马大勇 著

# 诗词课

诗词的五种新读法

辽宁人民出版社

© 马大勇 2019

图书在版编目（CIP）数据

诗词课 / 马大勇著 . — 沈阳：辽宁人民出版社，2020.1

ISBN 978-7-205-09754-7

Ⅰ . ①诗… Ⅱ . ①马… Ⅲ . ①古典诗歌—诗歌欣赏—中国 Ⅳ . ① I207.2

中国版本图书馆 CIP 数据核字（2019）第 222899 号

出版发行：辽宁人民出版社
地　址：沈阳市和平区十一纬路 25 号　邮编：110003
电　话：024-23284321（邮　购）　024-23284324（发行部）
传　真：024-23284191（发行部）　024-23284304（办公室）
http://www.lnpph.com.cn

印　　　刷：天津旭丰源印刷有限公司
幅面尺寸：145 mm×210mm
印　　张：10
字　　数：180 千字
出版时间：2020 年 1 月第 1 版
印刷时间：2020 年 1 月第 1 次印刷
责任编辑：祁雪芬
封面设计：主语设计
版式设计：麦莫瑞文化
责任校对：赵　晓
书　　号：ISBN 978-7-205-09754-7

定　　价：49.80 元

# 目录
CONTENTS

## 「读」与「解」：写在前面的话

003 千手千眼的「读」
007 笑中有泪的《鹿鼎记》
012 诗无达诂
016 四个层次与五个交通

## 内外交通

023 内外交通第一 读其书，想其人
024 「吃鸡蛋不必认识母鸡论」
027 《春日》并不写春天 生态与心态
030 「名教罪人」与「维民所止」
035 「定了风波越坎坷」
040 内外交通第二 看山是山，看水是水
040 《关雎》的翻译
043 酷吏解诗法
045 证据链条与无罪推定

049 可以随意『变性』吗？

054 古代选美靠文化

054 青楼文化与中国文学

057 『挟妓纵酒』与『风流韵事』

061 内外交通第三　我未成名君未嫁

064 『则徐兄』还是『少穆兄』

064 谁为毛泽东补字『润之』

066 『号』里乾坤大

069 内外交通第四　眉公的眉毛

075 『天王巨星』

075 内外交通第五　人人都爱苏东坡

078 能人背后有人弄

081 杀不杀苏东坡

083 舌尖上的黄州

087 羊蝎子火锅发明者

090 问汝平生功业，黄州惠州儋州

# 古今交通

- 099 古今交通第一 一桩被点赞的剽窃案
- 099 不可无一,不能有二
- 104 一切好诗到唐都已经作完?
- 107 胡夜雨与沈鹧鸪
- 110 不种黄葵仰面花
- 111 我词非古亦非今
- 114 古今交通第二 诗是人间笑忘书
- 114 哀莫大于心不死
- 117 为「死跑龙套的」作传
- 119 启功的「笑」哲学
- 124 古今交通第三 「溪流洗亮星辰」的网络诗词
- 125 写给三岁女孩的挽歌
- 128 低分贝音箱
- 130 李子的「风入松」时代

## 雅俗交通

- 134 夕阳红上腮帮
- 137 古今交通第四 相逢一笑泯恩仇：新诗与旧诗
- 138 戴望舒的古典灵感
- 141 「听雨」的「乡愁」
- 143 先锋的古典，古典的先锋
- 148 美人与迷香
- 153 「新诗」必会成「古诗」
- 159 雅俗交通第一 文学史上最囧公关
- 159 流行歌曲惹的祸
- 160 偏好与偏狭
- 165 晏殊「反三俗」
- 167 「俗」成大师
- 170 雅俗交通第二 有才你在干啥呢

# 情理交通

- 170 向阳屯题壁诗
- 174 千年王八回沙滩
- 175 心灵的秘密对话
- 180 **雅俗交通第三**　『武林绝学』：集句与诗钟
- 180 鬼斧神工说集句
- 184 诗钟圣手张伯驹
- 191 **情理交通第一**　假如诗人住对门
- 191 早逝文学天才排行榜
- 194 价值千金两句诗
- 197 夜笛横吹的孤独歌手
- 200 名篇名句何以『名』
- 202 **情理交通第二**　当文人遇上皇帝
- 202 妄想型迫害狂
- 206 自古聪明上海人

| | |
|---|---|
| 209 | 将装疯进行到底 |
| 211 | 中国古代最长寿诗人 |
| 215 | **情理交通第三 如怀明月夜中行** |
| 215 | 友情诗「准」绝唱 |
| 217 | 薙发令与科场案 |
| 220 | 顺治的帝王心术 |
| 223 | 心理素质不过关 |
| 227 | 东北文化的三处穴道 |
| 229 | **情理交通第四 绝塞生还吴季子** |
| 229 | 家庭教师顾贞观 |
| 232 | 和血和泪的「以词代书」 |
| 237 | 太息梅村今宿草 |
| 240 | 读诗：一种活法 |

## 知行交通

245　知行交通第一　我之格律观

| 页码 | 标题 |
|---|---|
| 245 | 如鱼饮水，冷暖自知 |
| 248 | 百年下性灵弟子 |
| 250 | 袁枚、杨潮观的『诽谤官司』 |
| 252 | 伪名儒不如真名妓 |
| 255 | 情所寄，有欢笑，有悲愁 |
| 257 | 诗在骨而不在格也 |
| 261 | **知行交通第二　那一场风花雪月的事** |
| 261 | 轻寒轻暖总相关 |
| 263 | 诗歌是一碗青春饭 |
| 265 | 调侃：中年情味 |
| 271 | **知行交通第三　我和我追逐的梦** |
| 271 | 一笑吴门竟有缘 |
| 275 | 戒酒·祭词·财迷 |
| 281 | 与先生诀别 |
| 284 | 梦原是，心头想 |
| 286 | 有些鸟的羽翼 |

007

- 290 知行交通第四 含情欲说人间事
- 290 再写「财迷词」
- 293 岁月凋零小伙伴
- 297 世道人心滋味长
- 301 词牌「新宠」《鹧鸪天》
- 304 谢先生、奇文枕边书
- 309 几句结语

『读』与『解』：写在前面的话

本书是在我给吉林大学文学院匡亚明文史实验班及吉林大学中国古代文学专业硕士研究生开设的系列课程基础上整理而成的。虽然本书的标题是谈古典诗词的读解与写作，但实际上，我讲述的范围比诗词要宽一些，其中会涉及不少中国古代文学鉴赏、研究的基本理念和思路。因为我治学的重心在诗词史，所以会更多地以古典诗词为切入点。

我们先解题，分别说说"读"与"解"二字。

# 千手千眼的"读"

"读"是一件最平常、最简单的事情。"人生识字忧患始"[1]，我们从"看图识字"就开始了"读"的行为，一直到头童齿豁、白发苍苍也不会停歇。那么，"读"其实贯穿了我们的一生，这是从历时性的角度来讲。如果从功能性的角度讲，不管是"看图识字"的幼稚阅读，还是消遣娱乐性质的阅读，或者是学术的、专业性质的阅读，"读"无所不在，无孔不入，尽忠竭力，始终不渝。"读"对我们的价值之巨大，不言而喻。

尽管只是一个"读"字，细分开来，其形态则是千手千眼、变幻无穷。粗略来看，有两大类。

第一大类是同一阅读主体对应多个阅读对象，也就是说同一个人读不同的书，他/她的感受会有很大的差异性。清末民初人丁治棠的《仕隐斋涉笔》云："同一读书之句，各有境界不同。"都有什么"不同境界"呢？"草堂夜雨读阴符，何等沉雄"，"阴符"即《阴符经》，代指兵家之书[2]。草堂夜雨，战阵杀伐，内心激昂澎湃，这是一种境界；"梧桐阴雨读离骚，何

---

[1] 苏轼《石苍舒醉墨堂》。

[2]《阴符经》又称《黄帝阴符经》《太公阴符经》，近代学者多认为其成书于南北朝。其内容各家看法丛杂，或认为道家之书，或认为纵横家之书，或认为兵家之书。比较来说，以第一种看法为多。此处不详辨，仅取"兵家"与"沉雄"对应关系而已。

等凄清",这是落寞不平的凄凉感;"江亭月白诵南华,何等空明","南华"是《南华经》的简称,即《庄子》,在明月江亭诵读《庄子》,心境必定飘逸空灵;"狼虎中间读道经,何等荒凉","道经"是泛指,旷野之中,狼嚎虎叫,手边一部道经,那是何等的荒凉境界;"红袖添香夜读书,何等绮丽","红袖"这一句我们最熟悉,它出自清代女诗人席佩兰的笔下,是写给她的老师、大才子袁枚的[1],这诚然是一种很美的读书境界,但也可能是最读不进去书的一种境界。这是玩笑话,上面这些说法确实证明了"同一读书之句,各有境界不同"的道理。

第二大类,不同的阅读主体在面对同一阅读对象的时候,差异也会很大。鲁迅有一段名言:"《红楼梦》……单是命意,就因读者的眼光而有种种:经学家看见《易》,道学家看见淫,才子看见缠绵,革命家看见排满,流言家看见宫闱秘事。"[2]几乎所有名著在被阅读的过程中都出现过这种"多向阐释"的情况。

举几个例子。《水浒传》的主题是什么?我们现在说它是江湖之书、侠义之书、英雄之书,但是古人不这样看,很多人把它读成"诲盗之书"。明清两代的禁书单里,《水浒传》不排在第一也排在第二。到二十世纪七十年代"评水浒",毛泽东讲了一句名言:"《水浒》这部书,好就好在投降。做反面教材,使

[1]见席佩兰《天真阁集》附《长真阁集》卷三之《寿简斋先生》,原句为"绿衣捧砚催题卷,红袖添香伴读书"。
[2]《鲁迅全集·集外集拾遗补编·〈绛洞花主〉小引》。

人民都知道投降派。"我小学的时候第一次读《水浒传》是"文革"时期出版的一百二十回本,第一页就是这句大号黑体字的"最高指示"。依据"最高指示",当时及此后很长一段时间,我们都把《水浒传》主题确认为农民阶级反抗地主阶级的一场阶级斗争。实际上水泊梁山一百单八将有几个是农民呢?纯粹的农民我看只有三个,那就是阮氏三雄。还有一个疑似农民的:九尾龟陶宗旺,因为他用的武器是一把铁锹。一百多人,只有三四个农民,说这是农民起义,是不是不准确呢?但这也是一种读法。

再说《西游记》。有人说作者是在弘扬佛教,但书里有那么多讽刺佛教的桥段。最典型的情节就是取经团到了西天以后,在有领导批示的情况下,阿难、迦叶二尊者还要向唐僧索贿。孙悟空一气之下告到佛祖那里,没想到佛祖说:"索贿是我们的正常程序呀!他们前些日子到舍卫国赵长者家念一遍经,收了三斗三升米粒黄金,我还说钱收少了,让我们后代子孙都没钱花呢!"最后弄得唐僧没办法,把紫金钵盂送出去才取回了真经。这显然不是弘扬佛教的意思。

有人说,《西游记》是阳明心学的"小说版",取经就是从"放心"到"收心"的过程。这是比较有学理性的一个看法,但争议也不小。最奇怪的看法是什么呢?是说《西游记》宣扬道教。我们的阅读体会是,小说中的道教人物几乎没有一个是正面形象,包括太上老君、太白金星,都是带有小丑意味的人物。孙悟空在取经路上打死的妖精中道士最多,但是居然有人给《西游记》起了个别名叫《西游证道书》,认为它阐扬了"金丹大道"[1]。这未免匪夷所思,但在明清时期也相当盛行。

---

[1]《西游证道书》初刊于康熙二年(1663),是《西游记》流传过程中的重要版本之一,其全称为《新镌全像古本西游证道书》,编者是明末清初的汪象旭、黄太鸿。

# 笑中有泪的《鹿鼎记》

再比如我讲得比较多的金庸小说。几十年来,金庸小说的读者覆盖了所有华人区,乃至世界各个角落,说"有井水饮处皆读金庸"也不过分。金庸读者里有最顶尖的学术泰斗,也有无数的贩夫走卒、引车卖浆之流,大家的读法显然是很不一样的。

以我自己的体会来说,金庸笔下最好的小说是《鹿鼎记》,我称之为金庸小说"形而下的极致"。在这部小说里,金庸以二十世纪中国最优秀作家之一的身份,表达了他对中国历史、中国社会、中国政治体制的独特思考。

《鹿鼎记》是一部喜剧性的小说,我们看的时候会时不时地会心一笑,甚至是哈哈大笑,但是那笑容后面是眼泪,欢乐后面是心酸,调侃后面是有着相当沉痛的情怀的。书中对于中国政治、历史的观察、表达,对于国民性的描写,其深刻程度简直比得上鲁迅的《阿Q正传》;书中的一些小情节,甚至一两句话都能给人带来很大的触动。

我们知道,韦小宝曾经出过国。因为他要躲避神龙教教主洪安通的追杀，寻求俄罗斯公主苏菲亚的庇护。他跟着苏菲亚来到莫斯科，却没想到在郊外就被军队包围了。因为俄罗斯国内发生政变，皇太后害怕苏菲亚威胁到小沙皇的地位，就把她关押起来，并且放出话，要把她关押到新皇登基五十年。苏菲亚公主不寒而栗，每天在冷宫里又是扯头发，又是摔东西，大发雷霆。韦小宝过来劝她："公主不要发火，我告诉你个办法，咱们就可以咸鱼翻身。看押咱们的有二十营火枪手，你去跟他们演讲，让他们起来攻打莫斯科，这样我们就有了翻身的机会。"

一听这话，苏菲亚的鼻子都快气歪了："我现在是囚犯，不是公主呀！我去演讲，人家二十营火枪手凭什么听我的呀？"韦小宝说："不要紧，我教你五字真言。你只要把这五个字讲明白，火枪手就一定能帮你造反。"这五个字是什么呀？就是——"抢钱抢女人"。苏菲亚公主悟性不错，领会了五字真言的意思，出去跟火枪手们演讲去了："你们各位都是俄罗斯的勇士，为国家立下那么多的功劳，可是你们没有钱花，没有美酒喝，没有美女陪，这公不公平啊？"所有的火枪手都说："不公平！""好！如果你们帮我攻打莫斯科，我批准你们随便找一个富翁跟他比武。他们有钱，但是论武功肯定不是你们的对手，只要你们赢了，他的房子、美酒、美女都是你们的。你们愿不愿意干呢?"

听了这话,所有的火枪手都欢喜雀跃,掉转枪口攻打莫斯科去了。苏菲亚公主因此咸鱼翻身,从囚犯变成实际掌握俄罗斯大权的摄政女王。她欣喜若狂,抱着韦小宝一顿狂吻:"中国小孩儿,你怎么能想出这么好的主意呢?你可真是太聪明了!"

我们知道韦小宝,那是浑身骨头加一块儿都没有四两沉的人,给他一点阳光他就灿烂。只要得人夸奖一星半点儿,他马上就飘飘然,唯一淡定的就是这一次。他淡淡地说:"这有什么?我们中国,从来这样。"请大家注意这八个字:"我们中国,从来这样。"韦小宝文化水平非常低,自己名字都认不全,他关于中国历史的这个印象是从哪儿得来的呢?那是因为他小时候在扬州街头多听了几部书、多看了几出戏而已。他接触的只是中国文化最皮毛、最表层的部分,居然就可以帮人家安邦定国、谋朝篡位,可见中国文化多么博大精深!金庸的描写显然是非常调侃的,但"我们中国,从来这样"这八个字又包含着多少辛酸泪水!这就是为什么我们说《鹿鼎记》并不是一部喜剧之书,喜剧背后有辛酸,幽默背后有眼泪。

金庸的另一部杰出之作是《天龙八部》。我以为,这部大书是金庸笔下"形而上的极致",它的主题是八个字——"无人不冤,有情皆孽",以这样的佛教理念笼盖全书。[1]什么是"无人不冤,有情皆孽"?说得好懂一点,就是神秘的、不可捉摸的、不能抵抗的命运之手。男一号萧峰是金庸笔下最完美的形象,人格、心术、襟怀、武功全都超一流,但在命运之手面前,萧峰显得太渺小太渺小,完全被玩弄于股掌之中,并最终成为"被毁灭的那个有价值的东西"[2],演出俄狄浦斯式的命运悲剧。段誉的命运无疑是一出喜剧,然而站在命运的高度上看,其实喜剧和悲剧并没有区别,那都是命运翻手为云覆手为雨的结果。我这样的解读或许有些消极,但我相信,这是人生的真相之一,而且,跟别人的解读肯定是不大一样的。

学术一点儿讲,这都是接受美学的问题。我们举这些例子并不高深,只是想说明阅读行为中的"多向阐释"现象是相当普遍的。这是值得关注的一大类情况。

还有一个"性之所近"的问题也普遍存在:我们身边有很多这样的人,他们读某一类的文学作品会很兴奋、很投入,对另外一类则始终不"感冒",接不通那根弦儿。其实古人也是如此,清人史承谦的《青梅轩诗话》记载了这么一件有意思的事:他的朋友储龙光是个不错的词人,在河南碰到一位文人同道,跟人家讲词如何如何好。那位虽然也是文人,但听后完全没感觉,反问他一句:"词何以佳?"储龙光就举

[1] 陈世骧语,见《天龙八部》附录。
[2] 鲁迅《再论雷峰塔的倒掉》:"悲剧将人生的有价值的东西毁灭给人看,喜剧将那无价值的撕破给人看。"

例子说，《花间集》中牛希济的《生查子》有两句很有名，意境也特别美："记得绿罗裙，处处怜芳草。"一个女孩子跟自己的情人告别的时候，叮嘱他要记得自己今天穿的绿罗裙，以后出门看到芳草就会联想到我这条裙子，你都会怜爱那些芳草、怜爱我。情感很悱恻，意味很深长，笔法很含蓄，这不是好词吗？那位老兄听他说了好半天，挠挠脑袋说："某终不解也。"储龙光只好一笑而过。这就是典型的"性之所近"。

# 诗无达诂

我们姑且排除这种特殊的情况,假设你喜欢诗词,有兴趣、有热情去读,那么,读到什么程度可以说"读懂"了呢?我们来说说"解"的问题。

要说"解",还要先排除一种情况,那就是"不解"。有些诗词作品是没有唯一正解的,董仲舒《春秋繁露》曰"诗无达诂"。这里的"诗"指的是《诗经》,把它的范围放大,这种情况就更普遍了。

我举几个例子。第一个是李商隐的《锦瑟》。所谓"一篇《锦瑟》解人难",关于这首诗的主题我们至少有四五种有影响力的说法。"悼亡说"是最盛行的说法,也有人说是恋情诗,还有人认为是披着爱情的外衣,寄托了诗人夹在牛李党争之间动辄得咎的政治处境。一千多年了,还没有哪一种说法能够一统天下、形成共识,恐怕再过一千年也还是如此。只有一种情况能解决问题,那就是我们找到了李商隐的日记,他明确记载这首诗到底说了什么,但这概率实在小到不能再小了,看来这场"主题官司"会一直打下去。

第二个例子,清代大诗人吴伟业的《清凉山赞佛诗》。吴伟业大家可能不太熟悉，提到他最有名的作品《圆圆曲》或许我们会有印象。《鹿鼎记》男一号韦小宝目不识丁，不可能爱听诗歌，但是他这辈子听过一首叙事长诗，那就是吴伟业的《圆圆曲》。陈圆圆以绝世容光和她无比曼妙的歌喉，吸引韦小宝把这首诗听完了。

吴伟业的《清凉山赞佛诗》比《圆圆曲》名气小多了，这组诗只是写了一些佛教的义理和场景，没有太多的文学价值，但这组艺术上的平平之作引起了后人诸多争论。很多人认为，这不是简单的游历、佛禅作品，而是影射了清宫四大疑案之首的"顺治出家"。正史当然说清世祖爱新觉罗·福临是在顺治十八年"寿终正寝"了，但野史中异说很多，《鹿鼎记》中不就吸收了顺治皇帝出家的说法吗？《清凉山赞佛诗》是否有所影射呢？这个笔墨官司到现在也没有打明白，吴伟业这组诗恐怕也不一定能找到"达诂"了。[1]

第三个例子，"近代文学开山"龚自珍的《己亥杂诗》中三百多首组诗是其生平杰作，也是中国诗歌史上罕见的杰作，其中"我劝天公重抖擞，不拘一格降人才""落红不是无情物，化作春泥更护花"等我们都熟悉。但引起后人争议最多的不是这些名作，而是这首我们不熟悉的诗："空山徙倚倦游身，梦见城西阆苑春。一骑传笺朱邸晚，临风递与缟衣人。"这首诗写什么呢？

[1] 近日，首都师范大学邓小军教授出版《董小宛入清宫与顺治出家考》，以为董小宛入清宫与顺治出家确有其事，争议仍旧不少。

龚自珍有自注云："忆宣武门内太平湖之丁香花。"据此，这应该是一首咏物诗。但很多人认为不是，这几个字的注释引起了后人的很多疑惑与争论，从而形成了从晚清开始一直争论到现在的"丁香花"公案。

什么叫"丁香花"公案呢？很多人认为龚自珍写的这个丁香花有所影射，它指向的是清代最出色的满族女词人顾春顾太清。所谓"男中成容若，女中太清春"，顾春是与纳兰性德并称的，文学地位很高。她的社会地位更不一般，是贝勒奕绘的侧福晋。奕绘也是风雅中人，仰慕龚自珍的绝世才情，经常请这位"爱豆"到府里做客，与顾春颇有接触。据说时间久了，两人之间就产生一些暧昧情事，文言说得很典雅："因有越礼之举。"究竟"越"到什么程度，我们不知道，反正是有一些不清不楚吧。后来东窗事发，"越礼之举"被奕绘发现，龚自珍才在己亥年仓皇南下。

我们看龚自珍的《己亥杂诗》，这一年他的行迹的确有些不正常。他离京非常仓皇，只带了儿子，还有一车书，家眷都留在京城。往南走了一段时间，才又折回来接家眷。到了北京城北的通州，他停下了，让儿子进城把家眷接出来。凡此种种，自然启人疑窦，所以很多人大肆渲染"丁香花"公案不是没有来由的。特别是第二年，龚自珍南行到江苏，暴卒在丹阳，有人就说是奕绘派人刺杀的，也有人说是奕绘买通了妓女下毒毒死的。

我们这里不说龚自珍的结局，单说"丁香花"公案，有两个人的意见比较有代表性。一位是明清史大家孟森，他有一篇《丁香花考》，洋洋洒洒，考证精详，认为"丁香花"公案纯属子虚乌有。龚自珍仓皇南下，是因为政见过于犀利得罪了权贵，而不是因为这个桃色事件。另一位与他立场相反的学者叫苏雪林[1]，这个人我们后面还会讲到。我们知道，鲁迅有句名言叫作"我一个都不饶恕"，苏雪林应该是他最"不饶恕"的人之一。民国时期，年轻的苏雪林对鲁迅就抨击得相当激烈。后来去了台湾，苏雪林仍然不遗余力地咒骂鲁迅。她1897年出生，1999年去世，九十多岁还在写文章，每次必提到鲁迅，提到鲁迅必没有一句好话。她是攻击鲁迅时间最长的人，这个记录不会有人打破了。苏雪林也是很有名的古典文学专家，她力主"丁香花"公案实有其事，还写了一些论文来考证龚自珍的这一段情史，但信服的人不多。到底真相如何呢？我估计这桩公案还会持续争论下去。

我上面举的几个例子都能说明，有一部分古典诗歌是没有"达诂"的，也就是"读不懂"的。读懂和读不懂是相对的，但某种意义上来说，读不懂并不是坏事，文学艺术的魅力有时候恰恰在于这种"1+1不等于2"的不确定性。

[1]苏雪林本名苏小梅，后改名苏梅，字雪林，以字行，笔名瑞奴、瑞庐、小妹、绿漪、灵芬、老梅等甚多。安徽太平（今黄山市黄山区）人，先后执教沪江大学、安徽大学、武汉大学、台湾师范大学、成功大学等，平生著作四十余部，涵盖小说、散文、戏剧、文艺批评，在中国古代文学和现当代文学研究领域成绩卓著。

# 四个层次与五个交通

"读不懂"的情况说完,我们再说什么叫"读懂",也就是"解"。我觉得"解"可以分成四个层次:

第一个层次,也是最基本的层次,把诗词的字句、典故等基础知识读懂,扫清阅读障碍,这没必要多说。

第二个层次,诗歌与别的文体相比自有其特殊性,它是一种具有音乐美和建筑美的文体。所以,要体察到其中的音乐美、建筑美,就要领会诗歌的平仄、押韵、对仗等技术环节的功能与美感。读懂平仄,最重要的是解决入声字的问题。要通过长时间的阅读或者对入声字表的机械记忆弄准哪些字是入声字。

押韵的问题比较复杂。由于古今音的变化,古代韵部和现代共同语的韵部已经相差很大。用哪一个合适呢?是"平水韵""词林正韵",还是"中华新韵"?这一直是争议很大的问题,没有绝对一致的标准。关于这个问题,言人人殊,我在第五个"交通"里再详细说。

总之,平仄、押韵为基础构成韵律,最能体现诗词的音乐美。我讲宋词的时候,开宗明义,先给出宋词两大特性：第一，宋词是音乐文学；第二，宋词是通俗文学。这两大特性结合起来，我们就能得出结论：宋词就是宋代的流行歌曲。我们现代流行歌曲里有的，宋词里都有。

比如说，现代流行歌曲爱情题材最多，宋词也是这样；现代流行歌曲里有单相思、暗恋、第三者插足、婚外恋，宋词里也一样不少；现在我们唱"你是电你是光，你是唯一的神话""你是我的小呀小苹果，怎么爱你都不嫌多"，宋词里也都有，只不过表达方式不一样而已。

诗词的建筑美体现在它的整齐对称或参差错落，这里最重要的修辞手段是对仗。对仗是古代文人的基本功，可以说，无对仗即无诗词。对仗功夫我们可以不大具备，但不能不懂，不能不关注。这是第二个层次的读懂。

这两个层次都是就文本而言的，达到了这两个层次，可以说，文本内部就没有什么问题了。

但我们不能只就文本来谈文本，还需要了解文本的外部环境。外部环境主要包括两个方面：一个是背景、本事。背景、本事性质略同，也有区别。时代的、历史的、文化的、学术的"大元素"谓之背景；促发作品产生的具体事件、场景之类"小元素"谓之本事。另一个是流变。我们拥有三千年的诗歌长河，每一篇作品都有自己的上游和下游。它的出现受到了谁的影响？它出现后又影响了谁？这些来龙去脉是我们必须要考虑的。从这个意义上说，我们只具有"文学史意识"还不够，还需要进步到"文体史"意识。诸如诗史、词史、散曲史、戏剧史、赋史、小说史、散文史……乃至更边缘化的对联史、诗钟史、集句史、回文史等，只有到了这个层面来观察思考，我们才能划定每一篇诗词作品的准确坐标，从而真正看清它的"三生三世"，欣赏它的"十里桃花"。如此，就做到了第三层次的"解"。

至此，文本内部、外部都搞清楚了，是不是就算完全读懂了呢？是，也不是。在这个层次之上，还应该有一种跟技术、跟学理无关的"读懂"。我始终认为，读诗是一个审美的过程，也是心灵对撞、强烈激荡的过程。我们读诗不应该只读到技术、学问，还要能够读到其中的情感和美感，体察到其中的感悟和道理，从而与古人穿越时空，神交冥漠，以此滋养你的人生、有益于你的人生，这才是最高层次的"读懂"。到了这个境界，读诗就不再是读诗，而是上升为一种生命方式，一种活法。

依据这样的认识，我来讲五个"交通"。所谓"交通"，就是融通、通贯，有五对范畴要把它联系起来，结合起来。第一个是针对"背景"和"本事"的"内外交通"；第二个是针对"流变"的"古今交通"；

第三个是针对审美宽度的"雅俗交通";第四个是针对最高层次的"情理交通";最后一个是针对诗词写作的"知行交通"。

开场白说罢,现在我们"书归正传",且听我细细道来。

# 內外交通

# 内外交通第一　　读其书，想其人

## "吃鸡蛋不必认识母鸡论"

"内外交通"的"内"指的是文本，"外"指的是背景、本事。我们要把文本和它发生的背景、本事联系起来进行考察。

我们知道，西方文学批评中有一个非常出名的流派叫"新批评"。简单来说，"新批评"强调要最大限度地关注文本。他们有一个著名的说法："当作者在自己的创作文本画上最后一个标点符号的时候，这个文本就已经和作者没有任何关系了。究竟是谁写下了这个文本，是一个人或者是一条狗都不重要。"其实这样的批评方法我们也有。比如钱锺书就有过一个著名的"吃鸡蛋不必认识母鸡论"。据说在一个社交场合，有一个贵妇人，平时喜欢读钱锺书的《围城》，就想通过别人介绍，认识一下《围城》的作者。钱锺书用一句很委婉的"钱氏幽默"拒绝了邀请。他说："如果你吃了一个鸡蛋觉得味道很好的话,你何必要认识那只下蛋的母鸡呢?"

"新批评"也好,"吃鸡蛋不必认识母鸡论"也好,都强调最大程度关注文本。这一点很重要,有它充分的合理性。很多年前,大学中文系普遍有"中国文学作品选"这门课,现在开这门课的高校越来越少,我们都在讲文学史。基本观点、条条框框都很清楚,一看学生的试卷,似乎无所不精。其实再问一点相对感性的东西:你读过这个诗人的什么作品?读过多少?他的集子看了吗?看了几遍?恐怕很多人在面对这样问题的时候都会"No Comment(无可奉告)"。

## 《春日》并不写春天

强调关注文本并不错,但要想真正读懂一篇作品,只关注文本是远远不够的。我们经过多年来对西方文艺理论的尝试、淘汰和选择,最后还是觉得,中国传统文学批评中是有很多合理的东西的。其中之一,用西方文学批评术语来表达,可以称之为"社会—历史批评",就是要把文本放到它的社会环境和历史空间当中去进行价值判断。这种"社会—历史批评"在中国文学批评史上渊源很早,即孟子的名言"知人论世"

"以意逆志"。这八个字仍然是我们读解古典作品最有力、最有效的武器。所谓"颂其诗，读其书，不知其人，可乎？"孟子的反问值得我们思考。

先讲一个通俗的例子，朱熹的《春日》："胜日寻芳泗水滨，无边光景一时新。等闲识得东风面，万紫千红总是春。"这首诗家喻户晓，我称之为学龄前级别的诗，但它的主题是什么呢？我小学的时候学这首诗，老师说这首诗是写朱熹踏青寻春，看见春光烂漫，万紫千红，于是有感而发，表达了对祖国大好河山的热爱。我们的语文课在对付这种诗的时候常常找不到主题，一般都会加上一句"抒发了对祖国大好河山的热爱"。从小学、中学一直到大学，几乎所有人都在讲这是一首写春天的诗，对不对呢？

我们看第一句，"胜日寻芳泗水滨"。这句诗相当浅近，唯一需要注释的就是"泗水"。这条河是什么情况呢？我们查一下相关文献，泗水发源于鲁中山地新泰南部太平顶山西麓，西南流经泗水、曲阜、兖州、邹城、任城、微山等县市。古代的泗河为淮河的大支流，流经山东、安徽、江苏三省，流向从东往西，是全国最大的倒流河。《论语》云："子在川上曰：'逝者如斯夫！不舍昼夜。'""川"就是指泗水。[1]查到这些信息以后我们就觉得很有意思了，说朱熹春天要去踏青，他去哪儿不好，为什么非要到一个自己没

[1] 程树德《论语集释》引《四书释地》之说。

有去过的地方踏青呢？朱熹是南宋时人，南宋只有半壁江山，它和北方的金国"划淮而治"，淮河以北都是金国的地面。朱熹要踏青，为什么不在自己的家乡江西或者自己讲学的福建，而要到淮河以北的泗水呢？谨慎起见，我们再查一查，朱熹有没有到过淮河以北呢？《朱文公年谱》记载得很清楚，朱熹连短暂的出差、公干都没有到过淮河以北。那么，这首诗应该怎么解释呢？

其实，这是一首朱熹讲自己治学体会的诗。泗水作为一个文化符号，我们现代人已经比较陌生了。而在古代，读过几天书的人都知道泗水代表着什么。孔子家门口有两条河，一条叫洙水，一条叫泗水，清代崔述所著《洙泗考信录》就是考证孔子生平事迹的。所以，诗中的"泗水"指的是以孔子为代表的儒家圣贤。"胜日寻芳泗水滨"就是说到这些圣人的著作当中去寻找精神营养和动力。找到精神营养以后，"无边光景一时新"，自己的眼前打开了一片非常开朗的世界。朱熹感慨说"等闲识得东风面"——只要你学到了圣人思想的精髓，"万紫千红总是春"——人生的一切茫然、困惑都会消散无踪，从而变得充实绚烂。原来，这是一首谈治学体会的诗！

这里需要思考的是，我们靠什么得到了这首诗的"正解"呢？像"新批评"那样，只关注文本，不管作者是一个人还是一条狗显然不行，必须"内外交通"才能解决问题。

## 生态与心态

再来看一个大家不熟悉的例子，出自我的博士导师、苏州大学教授严迪昌先生。严先生1999年在《古典文学知识》发表了一篇小文章，叫《心态与生态——也谈怎样读古诗》。这篇小文章在严先生诸多卓越的学术成果里显得很不起眼，他有《清诗史》《清词史》等很多广为人知的论著，论学文章也有很多比这个看起来更厚重的东西。但我觉得，在这篇小文章里，严先生表达了很重要的观点，甚至是贯穿他一生的学术理念，所以格外值得珍视。

在这篇文章中，严先生说："最近我在看马曰琯的《沙河逸老小稿》"——我们对这一句需要加个注解：马曰琯的弟弟叫马曰璐，对于这两个人我们肯定都相当陌生，但是在清代乾隆朝的扬州，马氏兄弟可以说是声名赫赫。为什么呢？有两大原因：第一，他们是大盐商，富甲一郡。扬州是豪富盐商的聚居区，马氏兄弟是可以排在前几名的。第二，兄弟俩又很风雅，他们在扬州有一处非常漂亮的园林别墅，叫作"小玲珑山馆",那是当时江南地区最负盛名的文化沙龙之一,无数文人在此盘桓。时间短的住上十天二十天、三五个月,时间长的也有一住数年,甚至数十年的。比如说乾隆文坛盟主之一,大诗人、大词人厉鹗就在小玲珑山馆一住数十年,一切生活用度都由马氏兄弟供应。

对于这种商人创办文艺沙龙、结交文人的行为,长期以来都免不了四个字的评价——附庸风雅。但是马氏兄弟不然,他们不仅好尚风雅、障护风雅,而且自身也是风雅中人,创作水平并不低,他们的很多诗词作品是很耐人咀嚼的。

严先生提到,《沙河逸老小稿》卷四有一首《哭姚薏田》,这是一首悼念朋友的诗。姚薏田(1696—1749),名世钰,薏田是他的号,浙江湖州人。像厉鹗一样,他也是高才沉沦,在马氏小玲珑山馆一住多年,乾隆十四年(1749)被庸医所误而病逝。[1]

我们先来看一下这首诗的大概意思:"廿年交契夙心亲,一病如何遽殒身"——姚薏田是自己的老朋友了,两个人交情很深,姚薏田一病不起,让人深感意外且痛心;"造物忌名从古是,医家查脉几时真"——这两句是说姚氏为庸医所误,以致病逝;"沉忧早结离乡恨,弱质难回辟谷春"——姚氏早年离乡漂泊,支离憔悴,体质积弱,这一次回春无术;"留得清风在苕霅,莲花庄上哭才人"——尾联重申悼念之情,

---

[1] 姚氏生卒年多异说,此据林玲硕士论文《清代布衣文人姚世钰研究》(江苏师范大学2018年)附《姚世钰年表》而定,特致谢忱。

"苕""霅"是浙江的两条著名河流,这里指代姚薏田的家乡。

客观地说,这首诗水平不高,题材也很寻常。乍看起来,无非是马曰琯对姚薏田这位落魄文人抱有真挚的友情而已,而姚薏田也无非是乾隆"盛世"中并不罕见的命运淹蹇的一介寒士。但严先生非常敏锐地注意到了一个我们难以察觉的问题——那就是第五句"沉忧早结离乡恨"。姚薏田有什么"沉忧",为什么要"早结离乡恨","扬漂"数十载,最后客死异乡呢?这里面究竟有什么不为人知的隐秘呢?

带着这样的疑问进一步追索,严先生就像大侦探波洛或者福尔摩斯那样,给我们讲起了这首平凡小诗背后埋藏的令人惊悚的诡谲风云。

我们要从"康雍乾盛世"的一系列大型案狱说起。康熙五十二年(1713),清圣祖玄烨审办了以翰林院编修戴名世为主角的"《南山集》案",戴名世被处斩,打开了"盛世系列大案"的大门。[1]到了雍正朝,在世宗胤禛的"出奇料理"之下,涌现了一批令人匪夷所思、啼笑皆非的"大案要案"。

---

〔1〕康熙四十一年(1702),戴名世在所著《南山集》中引用了方孝标的《滇黔纪闻》,而《滇黔纪闻》中使用了永历的年号。康熙五十年(1711)十月,都御史赵申乔参奏:"翰林院编修戴名世,妄窃文名,恃才放荡。前为诸生时,私刻文集,肆口游谈,倒置是非,语多狂悖,逞一时之私见,为不经之乱道。徒使市井书坊翻刻贸鬻,射利营生。识者嗤为妄人,士林责其乖谬……今名世……犹不追悔前非,焚削书板。似此狂诞之徒,岂容滥厕清华。"康熙五十二年(1713)二月,戴名世被斩。方苞免死,以白衣参加《明史》修撰工作,刘灏等因《南山集》案牵连入狱。

## "名教罪人"与"维民所止"

比如说"名教罪人案"。雍正即位之初,最倚重的武将是年羹尧。在给年羹尧的圣旨中,什么肉麻的、不伦不类的话都说得出口,什么"朕对你的感情就是父子之情"啦,什么"朕都不知道怎么疼你"啦,可见他对年羹尧确实信任有加。但是随着年羹尧尾大不掉,雍正开始对他百般疑忌,终于在雍正三年(1725)削夺他的官爵,列大罪九十二条,赐其自尽。

雍正剪除年羹尧在政坛引起了轩然大波,所谓"不是兔死狗烹,也有兔死狗烹的议论"[1],大量政敌虎视眈眈,要借这件事情来做文章。那么,雍正就迫切需要进一步制造舆论,打压反对派的声音,于是他盯住了钱名世。

钱名世(1660—1730)是江苏武进人,有"江左才子"之美誉。[2]康熙四十二年(1703)考中一甲第三名进士,也就是俗称的探花,长期任职翰林院。钱名世与年羹尧是乡试同年,交情颇好。雍正二年(1724),年羹尧平定青海叛乱,钱名世赋诗八首歌功颂德,有"分陕旌旗周召伯,从天鼓角汉将军""钟鼎名勒山河誓,番藏宜刊第二碑"之句。钱名世在第二句诗后特意加注解说:"公(年羹尧)调兵取藏,宜勒一碑,附于先帝'平藏碑'之后。"

[1]二月河《雍正皇帝》第五十回。
[2]康熙四十二年(1703)江南巡抚宋荦编刻《江左十五子诗选》,钱名世身在其列。

这样的诗,一方面是文人拍马、"趁热灶"的常见情形,当时写诗作文歌颂这位炙手可热的年大将军的何止千百人!另一方面,也有同年朋友间的吹捧因素,都没有什么出奇的。但现在年羹尧倒台,雍正"卯上"了钱名世,给他加上了"曲尽谄媚,颂扬奸恶"的罪名。按说以这样的罪名杀了钱名世也不为过,但雍正自有"出奇料理"。他非但没杀钱名世,反而亲笔赐了钱名世一块匾额,上写四个大字——"名教罪人",要求挂在钱名世武进老家的门上。每月初一、十五,常州知府、武进知县都要到他家门前检查该牌匾是否悬挂。

表面上看,钱名世捡了一条命,还算幸运,但士可杀而不可辱,这四个字挂上,或许比一刀杀了还来得痛苦。钱名世经此重创,没有几年就惊悸而死。问题是,雍正还不止于此。他颁下圣旨,钱名世出京那天,在京科举出身的三百八十五位官员要集体为他送行,还不能空手,每个人要带来一份特殊的礼物,那就是声讨钱名世的诗,举行一场"批判钱名世诗歌大奖赛",写得好有赏,写不好要受罚。

这场诗歌大奖赛最终夺得特等奖的是詹事府詹事陈万策,他有两句诗颇受雍正欣赏:"名世已同名世罪,亮工不异亮工奸。"这两句诗写得并不好啊,为什么能得特等奖呢?这里面大有奥妙。

出句里第一个"名世"指的是钱名世,第二个"名世"指的是戴名世。这一句就是说:钱名世的罪过与戴名世的罪过是一样重的;对句里第一个"亮工"指的还是钱名世,他的字是亮工。说来也巧,年羹尧的字也是亮工。这句就是说:钱名世的奸恶程度与年羹尧是一样的。诗不怎么样,但站在政治批判的角度可以说是妙手偶得、浑然天成。雍正皇帝大加赞赏,当即把特等奖颁给了这位陈詹事。

也有写得不好而受罚的:余甸、徐学柄、吴廷熙、庄松承、孙兆奎、王时济六人作诗"浮泛不切",原作发还重作;比较严重的是侍读学士陈邦彦、陈邦直"谬误舛错",翰林项维聪"文理不通",被革职回乡;最倒霉的则数翰林院侍读吴孝登,他"作诗谬妄",被发配宁古塔为军奴。这些诗由雍正审核通过后,交付钱名世,由钱名世出资刻成专集(请注意,不是国家出资,而是罚钱名世的款!),题为《名教罪人诗》,刊行全国。这就是所谓的"名教罪人案"。

这样的奇案还有一宗,而且与姚世钰的境遇关联比较密切,那就是"维民所止案"。这个案子的主角叫查嗣庭,浙江海宁人。他有一个同辈兄弟叫查嗣琏,就是我们比较熟悉的清代大诗人查慎行。海宁查家人口不多,但从康熙朝开始就是闻名天下的书香仕宦世族。当时有两句口号叫作"一门七进士,叔侄五翰林",

说的就是他家。当时还流传着一个美谈：康熙皇帝有一次传旨，要太监去找查翰林来。太监问："皇上要传老查翰林还是小查翰林？"老查翰林就是查慎行，小查翰林是他的侄子查昇，叔侄同在翰林院。康熙皇帝说："要找烟波钓徒查翰林。"因为查慎行的诗中有一句"臣本烟波一钓徒"，这是清代诗歌史上的佳话。

这样一个在文化、官场上春风得意的家族，到雍正前期受到了沉重的打击。据说查嗣庭在礼部侍郎任上外放江西担任乡试主考，出了一道作文题叫《维民所止》。这是用的《诗经·商颂·玄鸟》篇的诗句，本来没有任何问题，但东北有句俗话："不怕没好事，就怕没好人。"有些告密者心理是极度阴暗的。有人突发奇想，告了查嗣庭一个刁状，说出这道题的人居心叵测。因为"维"字就是把"雍"字去了头，"止"字就是把"正"字去了头。这一状告得真是五毒入心哪！雍正皇帝雷霆震怒，下令抄查嗣庭的家。这一抄家，又抄出来东西了：查嗣庭的日记。

厚厚一本日记，看来看去，别的都没问题，但四贝勒入继大统，也就是康熙逝世雍正登基这一天有点儿不对劲儿。这一天的日记查嗣庭也写得很平常，开头是"某年某月某日，天气晴，西北风3—4级"，后边如实记述："先帝龙驭上宾，四皇子入继大统。"到这儿都没毛病，但最后加了两个字的感叹语："大奇！"

这两个字谁看了也受不了，太讨厌了！估计雍正皇帝当时脸都绿了："我入继大统你觉得奇怪，谁当皇上你觉得不奇怪呢？"我们可能听说过，据说皇位本来是传给十四皇子的，胤禛派了轻功高手，飞檐走壁，在"正大光明"匾额后取出遗诏，把"十四皇子"添了一横一钩，改成了"于四皇子"。这当然是不可能的，"皇子"二字后面一定有名字，再说传位遗诏不光是汉字，还有满蒙文字，怎么可能改呢？但是当时这种说法甚嚣尘上，对雍正非常不利。雍正把查嗣庭下了监狱，还没来得及宣判，查嗣庭就瘐死狱中。

这起"维民所止"案有很多版本，也有一些捕风捉影的传说成分，这里我们不做考证。但有一点是可以肯定的：不管过程如何，查嗣庭确实受到了惩处。为什么要惩处他呢？可能不是因为考题，也不是因为日记，雍正皇帝没有那么糊涂，他惩处查嗣庭目的是打击另外一位权臣隆科多。因为查嗣庭是隆科多的人。要动隆科多，必先剪除其羽翼。查嗣庭一案结案后没几个月，隆科多就因为私藏皇室宗谱罪付审，被永远圈禁，第二年死于禁所。

政治斗争从来都是很血腥的，那也罢了，没想到，雍正这一次又拿出了"出奇料理"。他迁怒于浙江全省的读书人，说这些年来浙江发生了不少大案，这并不是偶然，是浙江的士风出了问题，应该停浙江省乡会试两科，浙江学子六年不许参加举人、进士考试。他往浙江省派观风使，什么时候士风好了再行恢复。这真是岂有此理！此案之后，告讦之风盛行。所谓"避席畏闻文字狱，著书都为稻粱谋"，文字狱在这时候就已经出现了，人人战战兢兢、如履薄冰，浙江家破人亡的名门望族不在少数，姚世钰所在的湖州姚氏家族就是其中一个。

## "定了风波越坎坷"

与姚氏家族关系更加密切的是轰动朝野的"吕留良案"。所谓"吕留良案"发生在吕留良死后四十余年的雍正六年（1728）。当时有位湖南的读书人曾静，派他的学生张熙到西安，直接投书于川陕总督岳钟琪，策动其起兵反清。为什么找岳钟琪呢？是因为他们平时关系很好，还是岳钟琪平时有抗清的思想？都不是。他们的主要理论依据是岳钟琪姓"岳"，是岳飞的后代。当年的岳飞是抗金的，所以今天的岳钟琪也应该起来抗清，这未免天真到不近人情的程度了，我觉得这师徒俩精神不是很正常。

但是，岳钟琪不能一笑置之。他倒不担心区区几个文人能掀起什么大波澜，问题在于这么敏感的政治事件自己必须要摆脱干系，否则皇帝稍存疑忌，后果就不堪设想。

岳钟琪老奸巨猾，假意响应曾静的建议，把他所有的话都套出来，然后把他逮捕，解送到京城。这样的惊天大案没什么好说的，主犯凌迟，株连九族就是了，但雍正思路很不一样。他竟然没有杀掉曾静，而且亲自动笔对曾静的理论逐条批驳，要求曾静到全国各地去演讲，表示忏悔。这就成了清代的一部奇书——《大义觉迷录》。

雍正没杀曾静，但对影响了曾静思想的、已经去世数十年的吕留良大开杀戒。他对吕留良和他的长子吕葆中剉棺露尸，把他们的尸体从坟墓中刨出来再杀一遍，把他的次子吕毅中斩立决，对其余的吕家人"法外开恩"，流放到宁古塔与披甲人为奴。[1]吕留良很多朋友、弟子、再传弟子也受到连累，其中有一个人叫王豫，在江南文坛声誉很高，因为受到吕案的牵连，被关押多年，出狱后不久就去世了。这个王豫正是姚世钰的亲姐夫，姚氏家族遭到的沉重打击也就可以想象。

我们在上面讲了雍正朝的几起惊心动魄的大案，目的是跟大家说明姚世钰为什么会"沉忧"，为什么怀抱"沉忧"早年离乡，浪荡湖海，最后客死扬州。"沉

〔1〕八旗制度"以旗统军，以旗统民"，平时耕田打猎，战时披甲上阵。旗丁按照身份地位，分为"阿哈""披甲人""旗丁"三种。"阿哈"即奴隶，多是汉人、朝鲜人；"披甲人"是降人，民族不一，地位高于阿哈；"旗丁"是女真人。清朝时多有犯重罪者，发配与披甲人为奴，系为稳定军心起见。

忧早结离乡恨"七个字后面是隐藏着一篇大文章的,这不是通常的落魄江湖的寒士生态,背后牵扯出的是"康雍乾盛世"的诡谲风云。

严先生提醒我们把这些历史背景都钩沉出来以后,还提供了更多的证据,得出了更精切的结论。我们看看马曰璐的《定风波·听姚蕙田谈往事》:

往事惊心叫断鸿,烛残香灺小窗风。噩梦醒来曾几日?愁述,山阳笛韵并成空。 遗卷赖收零落后,牢愁不畔盛名中。听到夜分唯掩泣,萧寂,一天清露下梧桐。

再看另一首《见蕙田手迹有感》:

定了风波越坎坷,即看浩劫历恒河。东野亡来吟兴懒,肠断,偶批遗墨泪痕多。 宿草身名归寂寞,残阳神采付烟萝。不忍频开好藏弆,休语,才人无命可如何。

什么是"往事惊心叫断鸿"?什么是"噩梦醒来曾几日"?什么是"定了风波越坎坷"?使他们"听到夜分唯掩泣"的又是什么?严先生说:

（读到这些）深感"邗江雅集"等咏物咏古、节令吟唱，只是他们"玩物"的现象之一种，而上引诗词以及一大批相关的颇为曲隐的作品则是未"丧志"的心态与抑郁沉慨的生活、生存的原生状态的表呈。这是文字大狱叠兴、酷网高张的年代，如果说"邗江雅集"吟风弄月乃是白日生态，那么"听到夜分唯掩泣"的"往事惊心"，"定了风波越坎坷"则是夜半生态。对这种心态与生态，今人并不陌生，经历过来的人生体验是足能助益对雍乾时期才士的审视的，轻率地说他们"附庸风雅"，说他们闲逸淡散，说他们"与现实远离"，说他们的诗格局气象不宏阔，等等，岂是公道的判词？不觉得太隔膜？

……

姚世钰也好，厉鹗也好，陈章也好，这群浙西寒士布衣们，十几年以至几十年往来于扬州、杭州间，有的在广陵每逗留数年不去，该有多少个夜半长谈，往事惊心呵！由此岂不又足能证实小玲珑山馆并非仅供清客鉴古之地吗？

至此，严先生得出两点结论：第一，首先能够看到姚薏田那种敢哭敢歌、棱角不尽被黑暗长夜磨圆的真面目；第二，故老相传的所谓"附庸风雅"之说其实是对广陵盐商集群当中高明之士在清代文学史、书画艺术史，乃至文化史上巨大作用的无视！

　　这样一首平平之作能够钩沉出这么多东西，此之谓"小题大做"，入木三分。"社会—历史批评"应该怎样运用，严先生举这个例子足以为我们开示津梁。千万不能因为它稍显冷僻就有畏难情绪，甚至忽略它的价值。

# 内外交通第二　看山是山，看水是水

我们在上一讲中特别提醒"知人论世"（也就是"社会—历史批评"）的重要性，在读解作品的时候要随时准备把作品和它所在的历史时空联系起来考察。但同时也要提醒广大读者，"社会—历史批评"的运用是有限度的，不能滥用，不能牵强附会，不能过度阐释。

## 《关雎》的翻译

举几个例子。第一个，人人都熟悉的《诗·周南·关雎》：

关关雎鸠，在河之洲。窈窕淑女，君子好逑。
参差荇菜，左右流之。窈窕淑女，寤寐求之。
求之不得，寤寐思服。悠哉悠哉，辗转反侧。
参差荇菜，左右采之。窈窕淑女，琴瑟友之。
参差荇菜，左右芼之。窈窕淑女，钟鼓乐之。

对这首"爱情诗之祖"的性质与主题，我们现在已经基本没有争议。这是一首民歌，一个小伙子，爱上小姑娘，追求不到，得了失眠症，简单说就是这样。现代人对这首诗的几种"今译"也都遵从这种共识。其实古诗是不能翻译的，一旦翻译，就把它特有的音乐美、建筑美都搞没了，只有一个例外，就是《诗经》。《诗经》可以翻译，而且《诗经》的翻译是一门学问。我们来看几种，[1]先看陈子展先生的译文：

关关地唱和的雎鸠，正在大河的沙洲。幽闲深居的好闺女，是君子的好配偶！

参差不齐的荇丝菜，或左或右漂流它。幽闲深居的好闺女，醒呀睡呀追求她。

追求她不得，醒呀睡呀相思更切。老想哟！老想哟！翻来覆去可睡不着……

再看金开诚先生的译文：

河边水鸟闹嚷嚷，双双对对小洲上。姑娘苗条人又好，正是哥儿好对象。

长短不齐水荇菜，一把一把左右采。姑娘苗条人又好，梦里也要把她追。

追求不能如我愿，睁眼闭眼想不断。漫漫长夜过不完，翻来覆去把天看……

[1] 以下几种译文均采自高玉《论古代汉语的"诗性"与中国古代文学的"文学性"——以《〈关雎〉"今译"为例》一文，《湖北大学学报》2006年第1期。

都翻译得很有意思吧？我以为最好的还是李长之先生的版本：

关关叫着大水鹰，河里小州来停留。苗条善良小姑娘，正是人家好配偶。

水里荇菜像飘带，左边摇来右边摆。苗条善良小姑娘，睡里梦里叫人爱。

寻来寻去没寻到，起来躺下睡不着。黑夜怎么这么长？翻来覆去到天亮……

特别是后两节，真是浑然天成，深得民歌精髓。最有意思的是，还有一种倪海曙先生的苏州话译文，也很见神采。[1]"水鸭勒轧朋友。""阿姐身体一扭""困勒床浪发愁""咪哩吗啦上轿""三班吹打洋号"，处处都是金句：

河里有块绿洲，水鸭勒轧朋友。阿姐身体一扭，阿哥跟勒后头。

河里长短水草，顺水左右飘浮。为仔格位阿姐，日夜叹气摇头。

实在无法接近，困勒床浪发愁。一夜赛过一年，眼泪好比屋漏。

河里长短水草，总算用手采到。心里格位阿姐，

---

诗词课 SHI CI KE

[1] 高玉在文中如此评说："倪海曙的苏州话翻译虽然在民歌这一点上把握了《关雎》，但在内容和文学性上则可以说更远离了《关雎》……'雎鸠'就是'雎鸠'，而不是水鸭……用水鸭来'起意'，就一点'兴'味也没有，也缺乏诗意。其他如'阿姐身体一扭，阿哥跟勒后头''实在无法接近，困勒床浪发愁''一夜赛过一年，眼泪好比屋漏''心里格位阿姐，咪哩吗啦上轿''今朝伲讨阿姐，三班吹打洋号'等作为翻译其实都没有原文根据。"录之备考。

咪哩吗啦上轿。

河里长短水草,总算用手采到。今朝侬讨阿姐,三班吹打洋号。

这里顺便介绍了几种《关雎》的译文,可见今人对其主题已经形成高度共识,但历史上是有不同说法的。汉儒说《诗》的时候,就认为这首诗是为周文王所作,吟咏的是"后妃之德"。持此说法的不是路人甲、宋兵乙,而是《诗大序》的作者毛亨、毛苌,后来的两位权威孔颖达、朱熹也都投了赞成票。但从毛氏到朱子都犯了一个最大的错误:由于坚决站在经学立场上,从宣扬儒家思想出发,把普通的民歌牵扯到国家、历史、政治层面上去。这就是滥用社会—历史批评的典型例证。[1]

## 酷吏解诗法

再来看中唐大诗人韦应物的名作《滁州西涧》:

独怜幽草涧边生,上有黄鹂深树鸣。
春潮带雨晚来急,野渡无人舟自横。

这首诗写什么呢?跟前面讲过的朱熹《春日》相比,

[1]《关雎》歌咏文王爱情故事之说,现在仍有市场,但声音已很微弱。

这倒是一首真正写"春日"的诗，只不过写的不是明媚春光，而是在野外涧边一个春雨绵绵的黄昏。但有人不这么看，他们觉得这首诗句句都指向当时局势。"独怜幽草涧边生"是哀叹草野遗贤，不为朝廷所用；"上有黄鹂深树鸣"是"小人在上之象"；"春潮带雨晚来急"是说国家大势岌岌可危；"野渡无人舟自横"是说大唐朝已经陷入无政府状态。

  这么解说我们是不能同意的。韦应物在这首诗里有没有一些寄托呢？可能有，但至多在若有若无、隐隐约约之间。诗人是不可能先做好了一个要讽喻的政治形势的模块，再用自然意象一个一个去对照表达的。有过创作经验的人都知道，这和诗歌的创作规律不相符。所以，这种解说也是牵强附会、过度阐释的。[1]

  类似的还有苏轼的《卜算子·黄州定慧院作》，也就是有名句"拣尽寒枝不肯栖，寂寞沙洲冷"那一首，也遭遇了被过度解读的命运。南宋词学家鲖阳居士以逐句解读的方式阐发词中的"微言大义"：

"缺月"，刺明微也；"漏断"，暗时也；"幽人"，不得志也；"独往来"，无助也；"惊鸿"，贤人不安也。"回头"，爱君不忘也；"无人省"，君不察也；"拣尽寒枝不肯栖"，不偷安于高位也；"寂寞沙洲冷"，

[1] 王士禛《唐人万首绝句选·凡例》云："宋赵章泉、韩涧泉选唐诗绝句，其评注多迂腐穿凿。如韦苏州《滁州西涧》一首……以为'君子在下，小人在上'之象，以此论诗，岂复有风雅耶？"

非所安也。[1]

[1] 见其《复雅歌词》。

这不是"读解"诗词,而是罗织锻炼。这样的人还是去做酷吏比较好,别来搞文学批评了。

## 证据链条与无罪推定

还有许多类似例子大家都相对熟悉,我们就不再细说了。再说一个例子,是我个人做《纳兰词选》过程中的一点体会。清代词我们一般都不大熟悉,我曾经说过,清词研究残山剩水,一片萧条,但纳兰性德是一个"异数",热度高得很让人意外。据说在一些地方甚至出现了纳兰主题沙龙,里面很多"女文青"背着漂亮的LV、爱马仕小包,包里放一本袖珍版的《纳兰词》,随时拿出来翻一翻。据说还有粉丝准备到民政部门注册跟纳兰性德的婚姻关系,以"遗孀"自居,真是光怪陆离,不可想象。我其实也很喜欢纳兰词,但我这个人有点怪脾气,什么东西一热我就想躲远点,更乐意做一点冷门的工作,可是还不容易躲开。2009年,中华书局约我做一本小型的《纳兰词选》,书出来第一版的名字叫《纳兰性德》,其实不大对劲儿。我写的不是纳兰性德传记,还是称"词选"比较准确。

根据篇幅的要求,我在这本书里选了纳兰一百一十八首词,占其全部词作的三分之一左右。

做选本有时候是很艰难的,特别是面对一个优秀的诗人词人的时候,那么多好作品都应该选进来,可是篇幅有限,不得不割舍一部分。怎么办呢?跟"世界小姐大赛"或者"中国好声音"一样的程序:先"海选",然后初赛、复赛,再决赛,十进七,八进四,最后才定下来哪一篇入选。经过如此艰难的PK,我选了这么一首词:

绿叶成阴春尽也,守宫偏护星星。留将颜色慰多情。分明千点泪,贮作玉壶冰。　　独卧文园方病渴,强拈红豆酬卿。感卿珍重报流莺。惜花须自爱,休只为花疼。

——《临江仙·谢饷樱桃》

按艺术水准来讲,这首词在纳兰性德的创作中至多是二流,可能选二百首都未必轮得上它。那我为什么放弃了一些好词而把它选进来呢?无他,有话可说而已。

先看词题——《谢饷樱桃》。也就是说,有人赠纳兰一些樱桃,纳兰写了这首词表示感谢。谁送的樱桃呢?有没有可能分析出一点头绪呢?我们一句一句读,可以捕捉到这样一些信息。

首句"绿叶成阴春尽也",暗用了杜牧的"绿叶成阴子满枝"句意,实际上已经点明了对方的女性身份。杜牧的诗题为《怅诗》,《全唐诗》有题注云:"牧佐宣城幕,游湖州,刺史崔君张水戏,使州人毕观,令牧闲行阅奇丽,得垂髫者十余岁。后十四年,牧刺湖州,其人已嫁,生子矣,乃怅而为诗。"词从这以下一直都是对女性的口吻,特别是到了下片:"独卧文园方病渴",用司马相如典故,那是著名的风月人物;"强拈红豆酬卿",红豆表相思,说得更明确了;煞拍"惜花须自爱,休只为花疼"两句,更是带有一种特殊的叮咛与怜惜之情。

从文本来看,词的"主角"是一个女孩子应该没问题了,那有没有可能确定这个女孩子是谁呢?有人认为可以,这个人就是我们前面说过的苏雪林。

苏雪林于二十世纪三十年代发表过一篇论文,叫作《清代两大男女词人恋史之谜》[1]。女词人是顾春,男词人就是纳兰性德。什么"恋史之谜"呢?苏雪林先生根据晚清蒋瑞藻所著《小说考证》引《海沤闲话》的记载,对这首词的"本事"做了如下描述:纳兰性德有一个表妹,两人互生情愫,后来此女被选入皇宫。宫门一入深似海,纳兰相思成狂,趁着一群喇嘛进宫做佛事的机会,化装成喇嘛跟了进去。他在皇宫里看见了表妹,但因为宫禁森严,两人没有机会说话,互

[1]武汉大学《文哲季刊》第一卷第三、四号,1931年。

相对了对眼光就怅惘分手了。

这事儿听起来有点传奇，好像《还珠格格》里的桥段。这也还在其次，关键是，它禁不禁得住推敲呢？

讲到"破解学术公案"，我有这样一个看法："破解学术公案"，省略掉所有限定成分，那就是"破案"，这和司法机构判断、侦破某个刑事案件的原则都是有共通性的。比如说"证据链条原则"。人证、物证、旁证互相咬合，要形成一条完整的证据链。如果证据链充分，就可以在犯罪嫌疑人零口供的情况下定罪。与此相关的，还有一条原则叫作"孤证不能成立"。只有一个证据，没有其他旁证，一般来说是不能作为可采信证据呈现出来的。第三条，"疑罪从无"原则。当证据不充分的时候，我们宁可相信他无罪，也不能把罪名强加给他。我们可以应用这些侦查司法原则来破解纳兰这桩公案。

我们要注意，苏雪林的"侦破结论"只有这一条孤证，没有提供其他任何旁证，那么，在完全不能形成证据链条的情况下，是不能作为事实采信的。苏雪林认为包括这首《临江仙》在内的很多爱情词作都是纳兰写给表妹的推断也就不成立。更加不可思议的是，她以纳兰词用了几处"谢娘"，就大胆做出判断，说他这个表妹姓谢。这就不只是"胆大妄为"，而是"走火入魔"了。

一般来说,"谢娘"有两种含义:一是指东晋才女谢道韫,也就是"咏絮才";二是妓女的代称。不管是才女,还是妓女,纳兰用"谢娘"都是泛指,绝不可以坐实。如果按苏先生的意思,晏几道写过"又踏杨花过谢桥"的句子,是不是他也有个姓谢的表妹呢?显然,这是走火入魔的外行话。

尽管如此,苏雪林的判断有一点还是可取的,她没有否认这首词是写给一个女孩子的。但是,近些年来,这个基本判断也出现了争议。

## 可以随意"变性"吗?

就纳兰词研究的总体而言,赵秀亭、冯统一的《饮水词笺校》堪称水平最高的一本书,海内无与抗手,但恰恰是这本书对这首词的解读让人无法苟同。二位先生提出一个看法:这首词不是纳兰写给一个女孩子的,而是写给他的老师徐乾学的。

对清初历史文化有一点了解的话,徐乾学的名字我们就不会陌生。他是江苏昆山人,大思想家顾炎武的亲外甥。他是探花出身,弟弟徐元文中状元,另一个弟弟徐秉义也是探花,世称"同胞三鼎甲"。徐乾学跟纳兰性德有两层关系:一、他是纳兰性德的父亲明珠的得力干将;二、他是纳兰性德中举人时候的座师。赵、冯二位先生认为词是写给徐乾学的,"樱桃"也不是指实际的水果,而是与科举有关。

樱桃与科举有什么关系呢?赵、冯二位先生以他们丰富的学养提示我们:在唐朝,新科进士发榜的时候正是樱桃成熟的季节,天子赐宴,请新科进士吃饭,时鲜水果都摆上樱桃,所以有"樱桃宴"之说,于是樱桃就成了科举史的一个著名意象。二位说,这是纳兰性德写给徐乾学的,煞拍两句"惜花须自爱,休只为花疼"是暗示徐乾学要自尊自爱,"慎用选士之权"。

二位先生的解说自有其高明之处。比如说考证樱桃和科举史的关系。此外,根据很多书证考证长者赐给少者东西为"饷",这也很给人启发。但是,这里凸显了学问,却忽略了情理。我们要问:纳兰性德有什么必要在劝谏自己老师的时候,将老师"变性"成一个女孩子,以如此缠绵,甚至轻薄调笑的口吻表达自己的想法呢?

诗词创作中"变身""变性"现象是很常见的,《离骚》开始就已经有了,所谓"香草美人"是也。但也必须指出,"变身""变性"是有规定情境的,不能随心所欲地乱变。什么是"规定情境"呢?有一位中唐诗人叫朱庆余,他的名作《近试上张水部》就是一个好例子。朱庆余参加进士考试之前,把自己的诗集送给了著名诗人、水部员外郎(相当于现在的水利部副司长）张籍，希望他能给点个赞，给自己考中进士增加一点砝码。在唐朝，这叫作"行卷"。

可能张长官比较忙，迟迟没有答复。眼看考试快开始了，朱庆余坐不住了。怎么办呢？直接问？那多不好意思呀！再说也不符合诗人的风雅。于是，朱庆余写了一首诗，目的是打听张籍对自己诗集的印象，但在诗中，他把自己"变身"成一个新嫁娘：

洞房昨夜停红烛，待晓堂前拜舅姑。
妆罢低声问夫婿，画眉深浅入时无？

昨天晚上，新媳妇入了洞房，今天早上要拜见公婆了。妆画得太浓了不行，公婆会觉得这个儿媳妇太妖艳；太浅了也不行，怕自己显得丑。所以这位新媳妇才忐忑不安地问自己的夫婿：我的眉毛画得怎么样？还合适吗？大家看，这其实就是问张籍对自己的诗评价如何，但说得非常蕴藉，很见风度，很见才华。张籍收到这首诗，才想起自己给人家回复晚了，于是回了一首诗："越女新妆出镜心，自知明艳更沉吟。齐纨未足时人贵，一曲菱歌敌万金。"这是对朱庆余大加赞赏。

其实张籍自己后来也"变身"过。中唐时期藩镇割据，一位势力很大的节度使李师道想拉拢张籍到自己手下做官。张籍不愿意卷入这种危险的政治旋涡，也不好正面回绝，开罪这位李司令，只好化身成一个贞节女子，写了一首著名的《节妇吟》表达心迹。其中有两句千古流传，那就是"还君明珠双泪垂，恨不相逢未嫁时"，极其婉转，但态度非常明确。

在上面几个例子中，我们都看到了"变身""变性"的规定情境：有的是因为文人的风度，有的是因为现实的压力。纳兰性德和徐乾学存在类似的情境吗？我看没有。学生劝告老师，可以，也有很多委婉的方式。但把老师"变性"，而且以缠绵口吻如此劝说，这成体统吗？纳兰会是这么不懂体统的人吗？我曾经开玩笑地说过，徐乾学可能是心胸比较开阔的老师，我这个老师是心胸狭隘的，要是我的学生给我写一首这样的词规劝我如何如何，我一定勃然大怒，把他逐出门墙：你以后别说是我的学生！所以我说，赵、冯二位先生的学问比苏雪林要好得多，但结论不过是五十步笑百步而已。

那么，真相应该是什么呢？几种解释中，首都师大张秉戍先生的解释最朴素，既没有精妙的考证，也没有华丽的联想，他只是说这首词是纳兰写给朋友的。我认为中肯，只补充一点：是女性朋友。这个女性朋友是什么身份？我们不能肯定，但是可以推测。

在索隐派红学那里，纳兰性德是贾宝玉的原型，明珠的大学士府就是大观园的原型。能否成立我们姑且不管，纳兰性德的生活状态与贾宝玉很相似，这一点应该没问题。我的意思是说，纳兰性德身边也有袭人，也有晴雯，也有薛宝钗、林黛玉、史湘云、妙玉。在他的日常生活中，每天都可能发生这样的情况：有一个小丫鬟或者一个表姐、表妹、红颜知己，送给他一盘樱桃，纳兰怀着情愫写一首词答谢，叮嘱她要珍惜自己、保重自己。这不是很常见的事情吗？所以，张秉戍先生的说法好像最没有"技术含量"，但可能最接近真相。

《纳兰词选》因为有篇幅的限制，我说得并不充分。后来又扩充了一些想法，写成一篇几千字的小文章，叫作《看山是山，看水是水》，发表在《文史知识》[1]上面。我们知道，这是宋代高僧青原行思的名言。他把修禅分成三境界：初等境界是"看山是山，看水是水"，中等境界是"看山不是山，看水不是水"，最高境界是"看山仍是山，看水仍是水"。我们读解诗词也有这样的三境界，最高境界不是谁都能达到的，也不是每首诗词都需要的。如果不能做到"看山仍是山，看水仍是水"的高境界，我们也不必强求，非要"看山不是山，看水不是水"，掉进猜笨谜的陷阱里头去，还不如老老实实"看山就是山，看水就是水"，那也不失为读解诗词的正道。

[1]《文史知识》2010年第5期。

# 内外交通第三　我未成名君未嫁

怎样才能合理运用社会—历史批评，做到内外交通呢？我觉得有两扇门很重要：一扇叫作历史之门，一扇叫作文化之门。

文学史是历史的一个分支，不能离开历史而谈文学。那些古典诗歌文本的作者，他们是"历史人"，也就是活在另一个时代的人，生活状态和现代人有很大差距。我们应该回到他们所在的时空，设身处地、带着"理解之同情"体察他们的生存状态，才能读懂他们的作品，看清他们的心灵世界。

## "挟妓纵酒"与"风流韵事"

1998年，我负笈吴门，师从严迪昌先生攻读博士学位。当时我们上课是到严先生家里，在书房喝着他的好茶，抽着他的好烟，天南海北地聊天，汇报读书的进展、遇到的困惑，有时候严先生想起一个问题，就主动讲一番。三年时间，我们就是在这样的"闲谈"

中逐步长进的。

有一次，我们谈了这样一个问题：为什么古人"挟妓纵酒"之诗特多，却从未受到谴责，反而被当成风流韵事唱和传写呢？是不是古人的道德标准比我们低呢？

我们首先要考虑到，古人是历史人，他们的生存状态必然影响到他们的心态，也影响了他们的道德标准。古代交通不发达，通信不发达，他们离家外出，就要受到这些因素的强烈制约。古代离开家几十里，就要走上一两天；几百里，来回一趟可能要几个月；几千里呢？肯定几年看不见对方，甚至一辈子不再相见。通个信也很难，没有电报电话，没有微信视频，只能是"马上相逢无纸笔，凭君传语报平安"。为什么古人对"别离"那么敏感，那么撕心裂肺，以至于"别离"成为诗词的母题之一？正是因为他们有着跟我们不同的空间感受。

尽管说"父母在，不远游"，但后面还有一句"游必有方"呢！古人也会出于各种各样的需要和压力离开故乡，求学、科举、做幕、当官……动辄经年，甚至几年、十几年。我看过一位清朝的广东人的日记。他在广东考中了举人，要进京参加会试。会试于第二年春天举行，他前一年春天就从广东出发了，一路上风调雨顺，没有遇到大的阻碍，一天走几十里，一共走了八九个月，冬天才到了北京城。租一所房子住了几个月，熟悉一下风土人情，再交几个朋友，第二年三月份入闱考试。放榜一看，不出所料，没考上。为什么说不出所料呢？明清时代，三年举行一次进士考试，一般来说，考生有五六千人，录取二三百人，录取率大概是5%。这位广东老兄不出所料地落榜了。大家替他打算一下，怎么办呢？回广东？一路上风调雨顺还得走八九个月，来年春天才能到家，待不上一年又得出发了，再赶下一次的会试。看来，回家并不明智，这位广东举人就选择在北京"漂"下去了。"北漂"不是现在才有的，什么地方是都城就有什么"漂"。唐朝叫"长漂"，北宋叫"汴漂"，南宋叫"杭漂"，元明清才叫"北漂"。

　　一个人长期漂泊在外，不能把家眷带在身边，必然会产生强烈的心理、生理需求，必然要通过挟妓纵酒的方式来宣泄，来获得慰藉。所有人都面临着这样的处境，面对着同一种解决方式，自然会形成不同于现代人的道德标准。所以，并不是说古人的道德标准比我们低，那是历史条件的局限导致的。不体察到这一点，一味站在现代人的立场上去谴责古人玩弄女性、低级趣味，不能算错，但是未免有"站着说话不腰疼"的嫌疑。

## 青楼文化与中国文学

"挟妓纵酒"并不是个低级趣味的无聊问题,往深处延伸一点,就是文人与妓女的关系问题,就是青楼文化与中国文学的问题。我们可以简单谈两点认识:

第一,"我未成名君未嫁,可能俱是不如人"[1],无论是落魄潦倒还是春风得意,文人与妓女的关系从来都是非常密切的。给文人带来巨大慰藉的妓女一直都是他们浓墨重彩去书写的对象,从南齐名妓苏小小,到唐代薛涛,再到宋代李师师、明代"秦淮八艳"、晚清赛金花……甚至可以说,他们形成了"双生关系"或"镜像关系"——有文人必有妓女,无妓女不成文人。我的好友姜红雨在一篇文章里写到文人与妓女的关系,语语绝妙:

他们貌似走在雅和俗的两个极端,实际上物极必反。冲开世俗的绳检,剥去浮生的业障,他们在内心深处曲径通幽。这注定了他们必然有志同道合之处……诗人们和妓女(们)的关系、情分各有不同,但青楼女子们的影子总是像飞花一样在唐诗的字里行间飘过。诗人和妓女之间,到底是欢娱、旖旎、谐趣,还是伤感、沉沦、虚无?是流连欢场的人面桃花,还是相互慰藉的泛梗飘萍?是"相逢何必曾相识"还是"坐来虽近

[1]罗隐《赠妓云英》。

远于天"？是醉生梦死，还是恋恋风尘……人散后，一弯新月凉如水，那一刻，有谁知道他们真实的想法？

我们看金庸成名作《书剑恩仇录》中的第十回《烟腾火炽走豪侠　粉腻脂香羁至尊》。这一回写的是红花会群雄绑架乾隆皇帝的故事，其中就描写了一场"花国状元大会"的"盛况"。"花国状元大会"的程序是怎样的呢？和珅说得很明白：

和珅……禀告："奴才出去问过了，听说今儿杭州全城名妓都在西湖上聚会，要点甚么花国状元，还有甚么榜眼、探花、传胪。"乾隆笑骂："拿国家抡才大典来开玩笑，真是岂有此理！"

和珅见皇上脸有笑容，走近一步，低声道："听说钱塘四艳也都要去。"乾隆道："甚么钱塘四艳？"和珅道："奴才刚才问了杭州本地人，说道是四个最出名的妓女。街上大家都在猜今年谁会点中花国状元呢！"乾隆笑道："国家的状元由我来点。这花国状元谁来点？难道还有个花国皇帝不成？"和珅道："听说是每个名妓坐一艘花舫，舫上陈列恩客报效的金银钱钞、珍宝首饰，看谁的花舫最华贵，谁收的缠头之资最丰盛，再由杭州的风流名士品定名次。"

乾隆皇帝"微服私看",来到选秀大会的现场。"钱塘四艳"果然名不虚传,各尽其美。过了半晌,采品检点已毕,大家围在评委会主任(书中称为"会首")座船四周,听他公布名次:

只听得会首叫道:"现下采品以李双亭李姑娘最多!"此言一出,各船轰动,有人鼓掌叫好,也有人低低咒骂。只听一人喊道:"慢来,我赠卞文莲姑娘黄金一百两。"当即捧过金子。又有一个豪客叫道:"我赠吴婵娟姑娘翡翠镯一双,明珠十颗。"众人灯光下见翡翠镯精光碧绿,明珠又大又圆,价值又远在黄金百两之上,都倒吸一口凉气,看来今年的状元非这位湖上嫦娥莫属了。

评委会主任刚要宣布这位湖上嫦娥获得"花国状元"称号,远处疾如风、快似电跑来一个人,口中高叫:"且慢——,我家老爷有一包东西要送给玉如意姑娘!"谁呀?正是和珅。送一包东西,还不明说是什么,各位评委也觉得有点神秘,面面相觑。

谁是这次"花国状元大会"的评委呢?在这里金庸用了小说笔法,故弄狡狯,他把乾隆一朝最负盛名的大文人都组织到这个评委会里头来了。评委会主任是大诗人、当世第一风流才子袁枚。评委还有跟他并称"三大家"的另外两位：大诗人、大史学家赵翼，大诗人、大戏剧家蒋士铨。还有乾隆朝的诗歌领袖、六十多岁才考中进士的老名士沈德潜，我们前面提到的诗坛盟主厉鹗，"扬州八怪"中最负盛名的郑燮郑板桥，还有一位特别有名——铁齿铜牙纪晓岚！真是大咖云集呀！

　　东西拿过来了，袁主任拆开一看，是三卷书画，笑道："这位看来还是雅人，不知送的是甚么精品？"展开一看，第一幅，祝枝山的书法真迹；第二幅，唐伯虎的《簪花仕女图》。这都是价值连城的宝贝呀，什么珍珠翡翠都是比不了的。第三幅是什么呢？这是一幅书法，写着一首诗，没有落款，只有"临赵孟頫书"几个字。郑板桥是大书法家，心直口快，马上说："微有秀气，笔力不足！"沈德潜是老江湖了，见多识广，老成持重，赶紧捂住郑板桥的嘴："嘘——这是今上御笔！"就这样，玉如意得了这一届的"花国状元"。

　　这段场景当然是小说家言了，这些大文人不可能因为这件事情齐刷刷地聚在西湖边，但是这里面有一种文化真实。当年各地举行仿文人科举的花国选秀活动是非常普遍的，评选程序也跟小说里面描写的如出一辙。这个情节充分说明了文人和妓女间那种"剪不断，理还乱"的联系。

## 古代选美靠文化

第二，文人至贵而妓女至贱，在妓女这个"贱民"阶层内部，她们追慕仿拟的对象正是"至贵"的文人，划分等级的标准并不是美貌和身材，而是文化修养的高低。比如说白居易有一次在写给朋友的信中有点扬扬得意地讲，他昨天晚上出席了一个大型party（聚会），听到了两个妓女的对话。一个妓女跟另一个妓女说："你不要不服气，为什么我的出场费会比你高呢？那不是因为我的身材比你好，我的相貌比你漂亮，而是因为我能背诵白学士的《长恨歌》，而你不能。"这说明青楼的价值观都是向文人看齐的。直到晚清民国，上海的高级妓女还称自己的居所为"书院"，大家称这些高级妓女为"先生"，可见潜意识里追慕的还是文人。

所以，青楼妓女的文化修养十分重要。凡是能作诗词书画的，与文人交往密切、能得到著名文士品题称赞的，身价必高，声名必增，被称为"才女""才妓"，不仅显赫于当时，甚至传名于后世。从文化史来看，妓女这个"至贱"行当中出现了数量不菲、成就不低的女作家、女画家、书法家。唐代四大女诗人有三位是妓女出身，一位是薛涛，另两位鱼玄机、李冶名义上是女道士，其实也是妓女。宋代有位妓女叫作琴操，留下了一桩很有意思的故事。

有一次,杭州市举行一场大型宴会,某副市长(古代称"州倅")兴致勃勃,要演唱一首秦观的《满庭芳》:

山抹微云,天连衰草,画角声断谯门。暂停征棹,聊共引离尊。多少蓬莱旧事,空回首、烟霭纷纷。斜阳外,寒鸦万点,流水绕孤村。　　销魂。当此际,香囊暗解,罗带轻分。谩赢得青楼、薄幸名存。此去何时见也?襟袖上、空惹啼痕。伤情处,高城望断,灯火已黄昏。

词本来是这样的,结果这位副市长开头唱成了"山抹微云,天连衰草,画角声断斜阳"。词唱错了还不大要紧,关键是把韵唱错了。琴操马上站出来说:"大人,你唱错了,是'谯门',不是'斜阳'啊!"副市长很有风度,笑着说:"你能接着我错的这句把词唱完吗?"琴操于是曼声唱道:

山抹微云,天连衰草,画角声断斜阳。暂停征棹,聊共饮离觞。多少蓬莱旧事,空回首、烟霭茫茫。孤村里,寒鸦万点,流水绕红墙。　　魂伤。当此际,轻分罗带,暗解香囊。谩赢得青楼、薄幸名狂。此去何时见也,襟袖上、空有余香。伤情处,高城望断,灯火已昏黄。

琴操的文思如此敏捷，难怪苏东坡也对她相当欣赏，千年之下，犹传芳名。再往后看，"秦淮八艳"中的柳如是、李香君、顾媚、董小宛、陈圆圆、卞玉京等，也都有着非同一般的文艺才华，从而与著名文人陈子龙、钱谦益、龚鼎孳、冒辟疆、侯方域、吴伟业等惺惺相惜，成为灵魂知音。从这意义上说，文人和妓女的关系完全可以成为研讨中国文学文化的一个重要窗口。在这方面，学界已经贡献出了很多优秀成果。南开大学陶慕宁先生1993年出版了《青楼文学与中国文化》，台湾龚鹏程先生有几篇文章也写得非常精彩，值得大家关注。从上面这些例子我们可以看出"历史之门"对我们古代文学研究的重要价值。

# 内外交通第四　眉公的眉毛

除了历史的储备，我们还需要文化的储备。我们面对的那些古人不仅是"历史人"，而且是"文化人"。他们是在古典文化长河中深深浸染的人群，身上有着极其丰富的文化元素，诸如地域家族、师承交游、爱情婚姻、同年僚属、雅集登览、庆吊哀乐……都构成了他们的七情六欲、丰满血肉。深入了解这些，古人才不是只会写一些诗词的"纸片人"，而是可以从纸上站起来的、和我们一样立体丰富的活生生的人。

## "则徐兄"还是"少穆兄"

我们以名、字、号中的文化元素为例，简简单单几个字，其实大有文章，别有乾坤。名、字、号搞懂了，古人就能读懂一半。

我们现代人名、字合一，人家问："你名字是什么？"我就回答人家："我名字是马大勇。"古人比我们要复杂，他们不仅有名，还有字，不仅有字，很多人还有号。

这里我们所说的"古人"其实没有多"古",二十世纪上半叶出生的人还是这样。也就是说,几千年文化史,只有这几十年、我们三四代人才用了现在的命名方式。那么,那些复杂的名、字、号里到底隐藏了哪些文明信息、文化元素呢?

名、字有两重关系值得我们注意:第一,名和字的使用时段不同,功能也不同。古人和现代人一样,孩子生下来要给他取名字。现代人取一个就够了,可以用一辈子。古人要取两个:一个名,一个字。名在孩子出生后就取好了,马上就能用,孩子躺在摇篮里哄他睡觉可以用,孩子长大了四处淘气,喊他"某某某,你妈喊你回家吃饭",也可以用。字什么时候才取呢?古代是男性中心社会,一个男孩长到十五岁至二十岁之间,选一年给他举行成年礼[1],才给他取"字"。为什么?我们知道,成年礼就标志着这个"男孩"从今天开始成为一个"男人"了,可以作为一个独立的社会人对外进行交往了。"字"就是供他对外进行社会交往用的,所以又称"表字"。那么,这就形成了古代的一种通行规范:只要你是文明人,只要你善意地和别人交往,就要称对方的字或号,这是一种礼貌和尊重,"直呼其名"是野蛮的、恶意的表现。

这些规范在古代尽人皆知,但由于我们这几代人割断了与古典文化的联系,古代的常识对我们已经显

[1]《礼记·曲礼上》,"二十曰弱,冠",又云"男子二十,冠而字"。《礼记·冠义》,"已冠而字之,成人之道也",把成年礼定在二十岁。后世因时因地而有变化,司马光《书仪》以为男子年十二至二十岁,可以行冠礼,《朱子家礼》将冠年规定为男子年十五至二十。

得隔膜了。在这些方面常常出现"硬伤",特别是影视作品之中。1997年,谢晋执导史诗巨片《鸦片战争》,其中林则徐和魏源对话的时候就互称"则徐兄""魏源兄"。可能编剧导演觉得这样称呼已经很文雅了,但古代如果真的这样称呼,下一步两人就可能打起来,"直呼其名"嘛!应该怎么称呼呢?林则徐字少穆,魏源字默深,两人应该互称"少穆兄""默深兄"才对。

经过大家指摘以后,影视作品近年来在这些细节上已经改善很多了。2011年有一部向建党九十周年献礼的电影《建党伟业》,毛泽东在北大,没人称他"泽东兄"了吧?称"润之";陈独秀也没人称"独秀兄"了,称"仲甫";李大钊也没人称"大钊兄"了,称"守常"……这才是正确的方式。所以我们说,名和字的使用时段不一样,字使用得比较晚;功能也不一样,字是对外进行社会交往用的。

## 谁为毛泽东补字"润之"

名和字的第二重关系在于:它们具有整体性意涵,或者说整体性指向。名和字通常是一起取的,是有密切关联的,不是两张皮,谁也不挨着谁。它们作为一个整体,"指向"哪里呢?这一点古人和现代人没有区别。各位可以想一想，你为什么取现在这个名字？你为什么给孩子取他／她现在这样的名字？很简单，父母长辈期望孩子成为什么样的人，就会给孩子取什么样的名字。期望孩子健康，所以叫"张健""王健"；期望孩子聪明，所以叫"刘聪""李聪"。

古人也是如此，于是，在这种世代相传的期望中，很多文明信息、文化元素就保存传递下来了。我们可以解读一下上面提到的几个名字。第一个，林则徐，字少穆。"则"是美好之意；"徐"，从容、矜持的样子；"少"，排行最小的一个；"穆"，肃穆、庄严的样子。名与字合起来，父母长辈期望林则徐成为一个从容、矜持、肃穆、庄严的君子。

第二个，**魏源**，字默深，这是一个取得很高明的名字。"源"，即江河的源头，一般都是一泓湖水而已。湖水有两个特点：一是沉静，没有大风大浪，即"默"；二是深不见底，源源不绝，即"深"。所以，**魏源**的名字是个比喻，父母长辈期望他能像那一泓湖水一样，不张扬，不喧哗，但是很有内秀。

第三个，毛泽东，字润之。"润"和"泽"是同义语，这个好理解，但需要说明一点：毛泽东的字不是父母或家族长辈给取的，而是他在湖南第一师范读书的时候，他的老师、后来成为其岳父的杨昌济先生给取的。为什么呢？我在前面有个问题没来得及说：所谓"古人都有名、字、号",我们说的其实是古代的文化人、体面人,底层劳苦大众是没有必要花那么多心思在这上面的。他们起名都相当草率,或者拿排行,或者拿出生日期对付一下就行了。很多读者可能都看过一部著名的历史通俗读物《明朝那些事儿》,大家可能还记得第一页有个表格,"姓名——朱元璋;曾用名——朱重八",也就是说,朱元璋是发迹以后取的好名字,之前按兄弟排行叫朱重八。"重"者,"双"也,"朱重八"也就是"朱八八"。他高祖的名叫朱百六,曾祖名叫朱四九,祖父名叫朱初一,父亲名叫朱五四。这样取名不是因为老朱家热爱数学,而是因为社会地位低下。毛泽东是湖南韶山冲的农家子弟,按家谱范字取名叫"泽东"已经不错了,没有取字。但后来到湖南一师读书就不一样了,没有字就很不方便,所以才由杨昌济先生根据他的名补了"润之"的字。这反映了古人名、字、号的实际情况,很重要,我们夹在这里来说。

第四个,陈独秀,字仲甫。独秀,即出类拔萃之意;仲,排行第二;甫,美男子。杜甫的字叫作子美嘛!也就是说,长辈希望他成为一个出类拔萃的美男子。

第五个,李大钊,字守常。这是最不好理解、也最有意思的一个。"大钊"者,大刀大剑的锋刃,也是出类拔萃的意思,跟"独秀"差不多,但李大钊的父母长辈比陈独秀的父母长辈想得更多一些。陈独秀的父母长辈觉得孩子优秀就可以了，李大钊的父母长辈则担心，万一孩子真优秀了，忘乎所以，不遵守做人做事的常规，那可怎么办？所以给他取个字"守常"，提醒他：优秀归优秀，底线不能过。真是煞费苦心哪！[1]

在"名"中期望他进取、优秀，在"字"中期望他收敛、含蓄，一进一退，是为中庸。两千多年前的中庸思想就这样在名字中世代承传下来了。

## "号"里乾坤大

名、字一般都是父母长辈给取的，表达他们的期望，肯定有名不副实的，也有自己不满意的。我名字叫马大勇，我就不大满意，也名不副实，但用惯了，也就不改了。"号"的情况不同，"号"是自己给自己取的，很能看见一个人的生平阅历、心灵世界、性格特点。

先来说几个有意思的人。比如说林纾。在古典文学和现代文学之间，林纾是一个极其重要的人物。他既是桐城派后期的古文大家，又是最早的大翻译家。"林译小说"曾经风靡中国，《茶花女》《基督山伯爵》《汤姆叔叔的小屋》等最早都是经林纾翻译引进中国的。但这个大翻译家一个英文单词都不认识，靠别人

---

[1] 陈独秀原名庆同，其字"仲甫"或取南宋陈亮字同甫之意，"独秀"系1914年开始使用之笔名，取义故乡安庆之独秀山，可视为号。李大钊乳名"憨头"，学名耆年，字寿昌，为塾师所取。1907年就读法政学堂后李大钊自改今名，"守常"或即"寿昌"转音义而成。本书正文只讲名字之间的逻辑关系，于史实不详辨。

讲故事，他听了以后，用文言写出来拿去发表。当时"林译小说"的稿费非常高，别人一千字一两块大洋，他是一千字五块大洋，所以他有个外号叫"造币厂"。林纾曾经给自己取过一个别号，叫"践卓翁"。什么意思呢？没人知道。林纾自己解释：我特别讨厌教育部一位姓董的次长，所以我要把这个姓董的踩在脚下。这个别号还是很能体现林纾性格的一个侧面的，很有味道。

还有一位出版家、词学理论家、词人徐珂，他的书斋号叫"天苏阁"。大家猜了很久，是景仰白乐天和苏东坡吗？结果跟徐先生一打听，满不是这么回事儿。徐珂说："因为我喜欢天足的苏州美女，所以才叫'天苏阁'。"《二十年目睹之怪现状》的作者吴趼人也有趣，他曾取过一个别号"我佛山人"。朋友问他："为什么取了这么一个大气的别号呢？也没听说你信佛啊？"他说："你们误会了，正确读法是'我，佛山人'。"这都是很好玩的掌故，有了这些细节，人就生动起来了。

更有代表性的是"晚明第一山人"、小品文作家陈继儒，也就是文献中常提到的陈眉公。他为什么号"眉公"呢？这要从他的山人身份说起。

山人就是隐士，而且，陈继儒是一位"身愈隐而名愈显"的不合格的隐士。什么意思呢？真正的隐士应该是你不知道他是隐士，这才算成功，但偏偏有些人越当隐士,名气越大。比如说汉光武帝刘秀的同学严光严子陵。刘秀登基以后,派人寻访严光,但严光隐居起来了,茫茫人海,上哪儿找呢?后来有人发现,在富春江边的一处钓台上,有个人三伏天穿着羊皮袄钓鱼,形迹太可疑了。上前一问,竟然是严光。刘秀见了严光很高兴,两人同榻而眠。严光不知道是睡相不好,还是有意的,睡觉时候把大腿放到了刘秀的肚子上。第二天上朝,太史令出班启奏,"昨夜有客星犯帝座甚急",刘秀大笑。这是很著名的隐士典故,但也有人写诗讽刺严光:"一着羊裘便有心,虚名留得到如今。当时若着蓑衣去,烟水茫茫何处寻"[1]——你要真想当隐士就别穿着羊皮袄在那钓鱼啊!那谁能找到你呢?

东汉还有一位隐士叫韩康,"小隐隐于市"(小隐隐于野,中隐隐于市,大隐隐于朝),当了一个卖药的小商人。文人卖药和普通的小商贩不一样,他的特点是从不讲价,一来二去在卖药这行里也出名了。有一次,遇上一位大嫂买药,非还价不可,韩康坚决不答应。大嫂火了:"难道你是韩康吗?卖药都不还价!"把韩康吓得落荒而逃,药也不敢卖了。这又是一个"身愈隐而名愈显"的。

陈继儒也是这样。他二十九岁开始隐居,若干年下来,名气越来越大。很多人卑辞重币,请他出山,

[1] 诗为宋人作,见郎瑛《七修类稿》卷二十九。

陈继儒一概婉言谢绝:"哎呀!我都四十来岁了,已经老了……"——古人年龄观念跟我们不一样,四十岁就视为进入老年。欧阳修写《醉翁亭记》的时候才三十九岁——"我身体又不好,百病缠身,活不了几年了。各位让我消消停停再活几年吧!"就这几句话,他说了四十多年,请他的那些人都死得差不多了,他还活着呢,还在那跟人家说:"我身体不好,我活不了几年了……"

他的措辞是温和的,当隐士的态度则是非常坚决的。问题是,他靠什么"生计"来障护隐士的"幽韵"呢?

北京大学中文系现当代文学专业的陈平原教授有一本非常好的书——《从文人之文到学者之文——明清散文研究》。在我看来,我们古代文学界搞了这么多年明清散文研究,还没有能超过这本书的,很值得大家看看。在这本书里,陈平原先生讲陈继儒用了一个小标题,叫作"生计与幽韵",对人极有启发。

隐士靠什么活着?用什么样的手段来谋生?怎样才能满足温饱,还能过得有点儿体面,不混得像丐帮长老呢?这并不是一件容易的事情。远的不说,就说和陈继儒同时代的大文人袁宏道。他考中进士以后,被任命为"天下第一县"的吴县县令,换个人肯定乐得找不着北了,但袁宏道觉得很痛苦。他给朋友写信诉苦:我这个县令"候上官则奴,迎过客则妓,治钱谷则仓老人，谕百姓则保山婆。一日之间，百暖百寒，乍阴乍阳，人间恶趣，今一身尝尽矣。苦哉！毒哉！"如此不开心，所以袁宏道辞职回家当隐士了，可是不久又迫于生计，不得不再入官场。袁宏道活了四十二岁，官场生涯不长，但是三仕三隐，可见当个隐士、有点"幽韵"多么不容易！

陈继儒是怎么做的呢？陈平原先生告诉我们：陈继儒维持生计的主要手段是——编畅销书。陈继儒名气大呀，很多书商来找他写书，给他很优厚的稿费。陈继儒后来疲于应付，干脆组织起写作班子，找来一些混得不太好的老同学、老朋友做写手，自己出思想、当主编，拿到稿费之后大家一起分。他的隐士"幽韵"主要是靠这种"生计"维持下来的。

陈平原先生说：陈眉公的隐逸别有甘苦，他放弃了"不出如苍生何"的伟大想象，把自己降低为一个"码字儿"的手艺人，从而很好地保全了自己的隐士人格。"谈论陈继儒，必须把商业因素考虑在内。因为，这不是一个传统意义上的清高的文人，也不是拿皇家俸禄的官吏，而是一个有一技之长、自食其力、靠市场生活的山人。他要赚钱，那是再自然不过的事，有点商人习气，也不难理解。"这种解读本身就是文化学立场的，可谓切中肯綮、入木三分。

回到我们讨论的主题上，陈继儒自号"眉公"是什么意思呢？他自己解释得很妙。他说：眉是五官之一，相法上称为保寿官，但它在五官中的位置非常微妙。一方面，"眉"没有实际的功能，其他"四官"出问题了都影响身体健康，没有眉毛，没事儿；另一方面，你说眉毛不重要吧？没有眉毛，你还轻易不敢出门儿。陈继儒说：我就是这个世界的"眉"，我是个多余人，但要是没有我，这个世界还会觉得缺点什么，不大对劲儿。这一个"眉"字就是他的世界观，呈现了他复杂幽深的心灵世界。

# 内外交通第五　人人都爱苏东坡

名、字、号的文化价值还不止于此。对于那些远比陈继儒重要的文化巨人，我们也可以通过名、字、号的解读来把握他们的"生态"，从而读懂他们的"心态"。

### "天王巨星"

我说这句话是有所指的，那就是千年一出的文化巨人——苏轼。我有一个说法：中国古代文人有四个半人格样板：屈原、陶渊明、杜甫、苏轼，还有半个是李白。因为李白是天才，只能仰望，但是学不到。[1] 仔细想想，这是很有意思的事情：唐朝以前一千多年，是文人相对稀少的时段，但是出现了三个半人格样板；唐朝以后一千多年，文人多如过江之鲫，无可计数，但千筛万选，最终只有苏轼一人杀入总决赛。他的气场到底有何特殊，能够这样磁吸着我们？或者换个角度来说，我们为什么这样热爱苏轼？

[1] 吾友姜红雨云："比他狂的没他有才华；比他有才华的——没有；和他一样有才华的苏东坡，没他狂。他已空前绝后。"见其《窜烟诗话》。

就从苏轼的名字说起。苏轼，字子瞻，这个名字是他的父亲"老苏"苏洵给取的。什么意思呢？"轼"是古代车辆上扶手的横木，古人通常有"凭轼而瞻"的动作，手扶在横木上向前看。从这个动作我们就看得出来，苏洵是希望苏轼能够登高望远，胸怀浩然，积极奋发，做一番大事业，这明显是儒家思想的主旋律。

嘉祐二年（1057），二十二岁的苏轼离开老家四川眉州，来到首都汴梁东京城参加礼部试（相当于明清时期的会试，会试考中以后还要经过殿试才能正式成为进士）即爆冷高中。主考官、翰林学士欧阳修激赏他的《刑赏忠厚之至论》：本来想评为第一名的，但看来看去，这篇文章写得太好了，连我都写不出来，谁能有这样的才华呢？估计也就是我的学生曾巩吧！但是转念一想，取中曾巩有舞弊的嫌疑，容易被人说闲话，那就录取为第二名吧。

虽然在名次上委屈了苏轼一点，但欧阳修心里是有杆秤的。他对这位来自四川的小伙子极尽褒扬之能事。在写给梅尧臣的信中他说："读轼书，不觉汗出，快哉快哉！老夫当避路，放他出一头地也（这就是成语'出人头地'的来历）。"给儿子写信又说："汝记吾言，三十年后，世上人更不道著我也（他说，三十年后谁都会知道苏轼，没人记得我欧阳修了）！"[1] 欧阳修是何许人也？首先是文坛盟主，相当于我们今天

[1] 分别见《与梅圣俞书》《曲洧旧闻》卷八。

的作协、文联主席；其次是政界高官，他做过参知政事，相当于国务院副总理。以这么巨大的话语能量来奖掖鼓吹，苏轼不可能不一夜成名，如日中天，迅速成为北宋文化界第一号天王巨星。我们说"天王巨星"有点开玩笑，但也没开玩笑，苏轼当时所拥有的粉丝数量之多、档次之高，绝不是我们现在任何一个娱乐明星、体育明星能望其项背的。

比如说他的粉丝里至少有三朝天子：宋仁宗、宋英宗、宋神宗，不仅有皇上，还有皇上他妈、皇上他奶奶，即仁宗朝的曹皇后与英宗朝的高皇后。

皇上和太后、太皇太后"粉"苏轼到了"死忠粉"的地步。他们常常派小太监到苏轼住所搜罗诗文，一旦看见新写的，皇宫里没有的，马上要抄录副本带回皇宫，不能及时看到就寝食不安。有时候小太监来得不巧，苏轼正写到一半儿，怎么办？小太监不敢惊动，在书房外头等着，什么时候苏轼写完最后一个字，墨迹未干，就赶紧抄录副本带回去。

古语云："上有所好，下必甚焉。"皇上和太后都如此喜欢苏轼，在官场、文坛混的文人，你敢说自己不喜欢吗？就是心里不喜欢，嘴上也得喜欢，而且还得加倍喜欢才对。所以当时的文人圈子里，谁要不能背诵几首苏轼新写的诗，就会"自觉气索"，翻译成现在的电影台词来说："你都不好意思跟人家打招呼。"

　　这样的天王巨星不仅是文学的风向标，也是服装时尚的风向标。有一年冬天，汴梁东京城非常寒冷，苏轼平时戴的毡帽不足以御寒，于是他就裁剪了一种新款式的帽子戴着上班。用不了几天，没人组织召集，没人下文件，几乎所有的官员都戴这"新款"帽子上班，还取了个名字，叫"子瞻帽"。

## 能人背后有人弄

　　作为一千年后苏轼的"粉丝"，我们替苏轼觉得高兴，但是不能高兴得太早。这里面还有两句古语，叫作"木秀于林，风必摧之；名高于众，谤必随之"，用郭德纲的话说就是"山外青山楼外楼，能人背后有人弄"。有多少人喜欢你，就有多少人咬牙切齿在后面恨你。苏轼那横溢的才华、爽朗的笑声把周边无数官僚、文人都照射得过于昏暗和狼狈了。他们就像动画片《狮子王》里的那群土狼，平时懦弱地栖息在潮湿的山洞撕扯腐肉，眼看着狮子王耀武扬威，只能望风而逃，没什么办法。可他们是很敏感的，很容易闻到空气中飘荡的一丁点儿血腥味，只要时机成熟，他们就会成群逐队、凌厉凶狠地向狮子王发动进攻。

时机总会到来的——那是元丰二年（1079）。

这一年，宋神宗变法到了一个焦头烂额、四面楚歌的节骨眼上，急需找到一个有效的突破口，土狼们终于闻到令他们兴奋的血腥味了。于是，何定国、舒亶、王珪、李定等各层面的官员交章弹劾，一时之间，杀气腾腾。

舒亶把刚刚问世的苏轼诗集通读了若干遍，摘出几句诗来，与时政对接。他说：

陛下发青苗钱（即小额贷款）扶持农业生产，苏轼写诗讽刺说"杖藜裹饭去匆匆，过眼青钱转手空。赢得儿童语音好，一年强半在城中"；陛下颁布各项规定考察公务员，苏轼又说"读书万卷不读律，致君尧舜知无术"；陛下兴修水利，苏轼说"东海若知明主意，应教斥卤（盐碱地）变桑田"；陛下推行食盐专卖制度，苏轼说"岂是闻韶解忘味，迩来三月食无盐"。

舒亶作出结论，说苏轼"包藏祸心，怨望其上，讪渎谩骂"，并说"无复人臣之节者，未有如轼也"。

这已经够阴狠的了，李定的奏章更加恶毒，干脆提出"轼有可废之罪四"。什么叫"可废"？直接点说就是"可杀"！我们看看他笔下苏轼犯下的四条死罪：

其一,"轼先腾沮毁之论,陛下稍置之不问,容其改过。轼怙终不悔,其恶已著",这是"不知悔改罪";

其二,"陛下所以俟轼者可谓尽,而傲悖之语,日闻中外",这是"忘恩负义罪";

其三,"轼所为文辞,虽不中理,亦足以鼓动流俗",这叫"造谣生事罪";

其四,"知而为,与夫不知而为者异也。轼读史传,岂不知事君有礼,讪上有诛?"这叫"明知故犯罪"。

有时候我们真得佩服这些小人,他们揣摩上意的功夫可谓炉火纯青,这些刁状也是告得五毒入心。不过他们也有失误的时候,时任参知政事的王珪,如获至宝似的找到苏轼写桧树的两句诗"根到九泉无曲处,世间惟有蛰龙知",说这是在讽刺皇帝。结果弄得皇帝都听不下去了,冷冷地反问了一句:"那诸葛亮号卧龙,也是在讽刺皇上吗?"把王珪闹了一个大红脸。

但是不管怎样,苏轼还是大祸临头了。元丰二年(1079)八月十八日,苏轼从湖州刺史任上被提解入御史台(主监察),规定时间规定地点交代问题。宋代的御史台为表肃杀,威慑犯人,把墙面都漆成黑色的,民间俗称为"乌台"。这就是中国古代最著名的一起文字狱——乌台诗案。

## 杀不杀苏东坡

苏轼在御史台一共被拘押审查了一百三十天,那么这四个多月里,宋神宗有没有认真考虑过杀苏轼的问题呢?我认为是认真考虑过的。

有人或许会问:宋神宗不是苏轼的粉丝吗?粉丝怎么会杀自己的偶像呢?有个道理大家不难明白:皇帝对人的好恶是最不可靠的。对一个皇帝来说,政治利益最大。他可以随时因为政治利益和不喜欢的人沆瀣一气,也可以随时为政治利益疏远甚至干掉自己喜欢的人。宋神宗正在推行新法,步履维艰,处处掣肘,如果他杀掉苏轼,就等于向天下臣民昭告了自己推行新法的决心——我的偶像我都舍得杀,我还有什么事干不出来呢?

但是为什么最终没杀呢?原因很复杂,但我认为有个重要因素是作为粉丝的感性战胜了作为皇帝的理性。有两条史料可以证明这一点:一条说,宋神宗曾经派了一个卧底,乔装成囚犯,与苏轼同吃同住好几天,回头问这个人,苏轼吃饭睡觉情况如何?此人如实回答:苏轼胃口很好啊!中午吃了八个包子,晚上吃了四碗饭。睡眠也不错,每天沾枕头就睡,还打呼噜、说梦话。宋神宗听了以后高兴地说:苏轼在奏章里辩解自己无罪，如果他对朕说谎，那是会寝食不安的！现在他饮食如常，说明心地坦荡啊！在这儿我提醒大家一句：不管遇见什么难事儿，首先要做的还是吃得饱、睡得着，关键时刻那是能救命的呀！

另外一条，据说宋神宗翻看苏轼诗文，看到那首千古绝唱《水调歌头》中"我欲乘风归去，又恐琼楼玉宇，高处不胜寒"几句，长叹一声说："苏轼终有爱君之心哪！"为什么呢？宋神宗认为这几句写的是他。因为他是皇帝，住在琼楼玉宇里，在最高处，而又"不胜寒"——孤独寂寞嘛！宋神宗觉得苏轼惦记自己、关心自己呢！其实我们知道，宋神宗是自作多情了。苏轼这几句词并没有惦念某个具体的人，如果说有的话，那也应该是弟弟苏辙嘛，跟皇上恐怕扯不上什么关系！看来这是个误会，但对于苏轼来说，却是个"美丽的误会"。我们可以看到作为苏轼粉丝的宋神宗内心的挣扎矛盾，他在感情上毕竟还是舍不得杀苏轼的呀！

宋神宗的这些心思，苏轼是不知道的。他在湖州被捕时，曾与儿子苏迈有个秘密约定：送饭时只送蔬菜和肉，要是送鱼就说明有坏消息了。有一天儿子离京办事，把送饭的事情暂交朋友，匆忙中忘了告诉朋友秘密约定的事儿，巧的是这位朋友又恰好给苏轼送去了一条熏鱼。苏轼大惊失色，以为自己必死无疑，写下了两首"绝命诗"。其中一首说自己"梦绕云山心似鹿，魂飞汤火命如鸡"，可见吓得不轻。另一首写给弟弟苏辙的可能是他平生最沉痛的作品了：

圣主如天万物春，小臣愚暗自亡身。
百年未满先偿债，十口无归更累人。
是处青山可埋骨，他年夜雨独伤神。
与君世世为兄弟，更结来生未了因。

这两首诗，宋神宗也看到了，很是怜惜，更坚定了不杀苏轼的决心。

## 舌尖上的黄州

这种情况下，苏轼终于逢凶化吉，转危为安，得了一个"检校水部员外郎黄州团练副使本州安置"的处分。这个官衔要分三个层次理解：第一层是"检校水部员外郎"，相当于我们今天的水利部副司长；第二层是"黄州团练副使"，相当于黄冈市人民武装部副部长；最后一层叫作"本州安置"，什么意思呢？这就是说，只给你一个基本的级别和职务，你可以享受相应的政治经济待遇，但是不分配工作，其实是"监视居住"、稍具体面的高级囚犯而已。

有时候,我也开玩笑说,谁要这么"安置"我一下我还挺高兴呢!不用上班,每个月去领工资就可以了,多清闲啊!问题是,苏轼能领到工资吗?

这里有个大背景需要交代:跟唐朝相比,宋朝官员数量和工资标准都有大幅度的提高,所以国家行政事业开支常常出现赤字,公务员工资发放不能及时到位。那怎么办呢?一般有两种办法:第一是先欠着,有钱了一总儿给;第二是拿实物来抵偿工资。比如说这个月到了十五号,该领工资了,苏轼说按照我这个副司级干部的标准,应该领五千块钱,可是财政没钱啊,正好,我们有点官家酒库剩下的盛酒的皮口袋,给你五十条皮口袋吧,就顶五千块钱了。其实五十条皮口袋哪值得上那么多钱呢?你到市场上卖,可能一千块钱都换不回来!苏轼《初到黄州》诗有"只惭无补丝毫事,尚费官家压酒囊"两句,说的就是这个意思。

苏轼在黄州最现实的困难是要应付经济上的严重困窘。在写给学生秦观的信中,他说自己"每月朔,取钱四千五百,断为三十块,挂屋梁上,平旦用画叉挑取一块",那就是说,每月初一,苏轼拿出四千五百钱,把它分成三十串,每串一百五十钱,从房梁的这边挂到那边,每天早晨用叉子挑下来一串,这就是一天的花销。就算不够,也不动第二天那串。

因为经济困窘,苏轼在黄州住所东面的山坡上开垦了一片平整的荒地,种一点五谷杂粮。据学者研究,苏轼种田的本事很一般(这我们能理解,大文人很难成为种田好手),一年到头收获几百斤粮食,聊胜于无而已。正是为了纪念自己从第一号天王巨星沦落到在黄州住所东面山坡开荒种地的巨大人生落差——那相当于从喜马拉雅山的山顶掉到马里亚纳海沟的沟底——苏轼给自己取了个号叫作"东坡"。

孟子有一段名言:"天将降大任于斯人也,必先苦其心志,劳其筋骨,饿其体肤,空乏其身,行拂乱其所为,所以动心忍性,曾益其所不能。"这话简直就是对流放着的苏轼说的。黄州的日子捉襟见肘,可是,越是这样的逆境才越发显示出苏轼的本事,他的本事之一就是总能把日子和心境都调适得和厚有味。

初到黄州,苏轼就写诗"长江绕郭知鱼美,好竹连山觉笋香",第一件事儿就注意到美食;久居黄州,又买来"贱如泥"的花猪肉,精心烹制,大快朵颐之余,给我们留下了一道道千古名菜。[1]这个时期苏轼诗文中讲到美食的相当多,放在今天完全可以拍一部《舌尖上的黄州》了。

这就是苏轼,不管到了何等田地,哪怕没有羊肉

---

[1] 苏轼《初到黄州》《食猪肉诗》。

没有银子，没有面包没有牛奶，他都吃得饱睡得着，心里充满阳光，腰杆挺得笔直，而且还有骂人的精气神儿。这绝对不是小事儿，那是一种高贵人格面对污糟的现实世界的态度。当代著名作家李国文先生说得好——

在你的敌人用钝刀子割你的头颅、给你制造痛苦；或是用谣言中伤、诬陷、抹黑的手段，在精神上弄得你半死半活；抑或是满心希望你过得悲悲惨惨、凄凄切切，希望你厌食、寻死上吊，而你却像一则电视广告说的那样，"吃嘛嘛香"，那绝对是一种灵魂上的反抗，实在使那些整你的人气得两眼发黑。

也是在黄州，苏轼的文学天才出现了前所未有的"井喷"势头，前后《赤壁赋》《念奴娇·赤壁怀古》《定风波》《海棠》等，一大批"千古不可无一，不能有二"的佳作络绎不绝，令人目眩。正是在这样的景况里，苏轼带着他光风霁月、毫不介怀的微笑，信手挥洒，信口高唱，轻灵而华丽地诠释了什么是诗、文、词的典范，什么是"儒、释、道互补"的思想格局，什么是人生这部大书的真谛。

## 羊蝎子火锅发明者

黄州平反之后，没过上几年相对顺利的日子，北宋绍圣元年（1094）十月二日，五十九岁的苏轼历经几个月的周折来到惠州，开始了他人生中的第二次贬谪生涯。

我也常说，要是现在把我贬到惠州我还挺高兴呢——珠三角经济发达区，TCL（全球化的智能产品制造及互联网应用服务企业集团）总部所在地，多好的地方啊，买台电视都方便！可是宋朝的惠州不比现在，那时候岭南一带蛮烟瘴雨，猛兽出没，根本就是远恶军州，不适宜人居。唐朝大文豪韩愈因为上书谏迎佛骨得罪了唐宪宗，被贬到岭南潮州当市长。所谓"一封朝奏九重天，夕贬潮阳路八千""云横秦岭家何在？雪拥蓝关马不前"说的就是这件事。韩愈到潮州上任后，要面对的第一个问题居然是鳄鱼横行，上岸伤害人畜（可见那时候生态系统保护得不错），如果换了别的市长，可能有别的治理鳄鱼的办法，可人家韩愈是大文豪啊，他就有自己的特殊办法。韩愈挥笔蘸墨，刷刷点点，写了一篇《祭鳄鱼文》，站在江边铿锵有力念了一遍，从此潮州的鳄鱼就搬家了。鳄鱼搬家当然是传说，那是反映了大家对韩愈的热爱而已，但这确实说明了唐宋时期岭南地区的那种难堪的生存状态。

苏轼就这样在惠州住下来了,虽然年近花甲,又是罪官身份,苏轼还是在逆境里保持着良好的胃口和睡眠。有诗为证:"罗浮山下四时春,卢橘杨梅次第新。日啖荔枝三百颗,不辞长作岭南人。"三百颗荔枝,我们现在去买,估计没有十斤也得有八斤!苏轼说,让我每天吃上十斤八斤荔枝,就是总待在这么边远荒凉的地方,那也没什么嘛!还有一首诗是写自己的好睡眠的:"白头萧散满霜风,小阁藤床寄病容。报道先生春睡美,道人轻打五更钟。"那就是说,每天都睡到五更天自然醒!

苏轼说得轻松,其实惠州的贬谪生活当然是很艰苦的,我们来看看这封写给弟弟苏辙的家书:

惠州市井寥落,然犹日杀一羊,不敢与仕者争,买时,嘱屠者买其脊骨耳。骨间亦有微肉,熟煮热漉出(不乘热出,则抱水不干)。渍酒中,点薄盐炙微燋食之。终日抉剔,得铢两于肯綮之间,意甚喜之,如食蟹螯。率数日辄一食,甚觉有补。子由三年食堂庖,所食刍豢,没齿而不得骨,岂复知此味乎?戏书此纸遗之,虽戏语,实可施用也。然此说行,则众狗不悦矣。

苏轼首先说,惠州的市场每天供应一只羊,因为人家当官的都买,我抢不上(其实可能是买不起的委婉说法），只好买点人家剔得很干净的羊脊骨回家，慢慢把它炖熟烤焦，拿竹签儿剔骨头缝里的肉渣吃。说到这儿我们应该想到，苏轼不只是东坡肉的发明者，还是羊蝎子火锅的发明者呢！

　　苏轼在信里啰里吧唆，把羊蝎子的做法写得很详细，像"不乘热出，则抱水不干"这样的细节他都特地夹注提醒一下。同时他也很得意——别看我只能吃到点儿肉渣，而老弟你在国宾馆吃红烧羊肉，一口咬下去根本没有骨头，可你能有我吃蟹螯一样的快感吗？在这句话里，苏轼用了一个典故，晋朝有位叫毕卓的名士，他说："人生最妙的事情莫过于左手持蟹螯，右手持酒杯，那就不白活这一辈子了！"苏轼信手拈来这个典故既是自嘲，也是苦中作乐，笔法是很妙的。

　　还有更妙的，这封信最神奇的地方其实是在结尾（用网络语言说就是"结尾亮了"）。表面上看，"此说行，则众狗不悦矣"说的是地下到处乱跑的可爱的小狗，人家小狗本来是要啃骨头上的肉渣的，结果你都给人家剔干净了，小狗当然就"不悦"——不高兴了！其实我们都不难领会，苏轼哪里是在说小狗呢？这是双关语！是骂人话！苏轼骂的难道不是那些排挤他、构陷他、把他置于今日境地的小人？

## 问汝平生功业，黄州惠州儋州

宰相章惇就是非常"不悦"的一个／一条，也是气得两眼发黑（而且是漆黑）的一个。说起章惇，我们还颇有些感慨。章惇本是苏轼交情不错的朋友，两人年轻时常在一起游山玩水。有一次过独木桥，苏轼有恐高症，不敢过，章惇则大踏步走了几个来回。苏轼相当羡慕嫉妒恨，开玩笑说"你这家伙连自己的命都不重视，将来肯定能杀人"，可见两个人关系的亲密。后来苏轼遭遇"乌台诗案"，章惇还参与营救，但现在十几年过去，章惇青云直上，成为最高行政长官，朋友翻脸整起朋友来有时候比敌人还狠。通过秘密侦谍渠道，章惇第一时间读到了苏轼这些诗，他一声狞笑："苏子瞻尚尔快活耶"——看来还得贬！可是惠州南面是大海了，贬不过去了怎么办？干脆，贬过琼州海峡，责授琼州别驾、昌化军安置，那就是现在海南省第三大城市儋州。

这里面我们还要注意一个细节：苏轼字子瞻，和儋州的"儋"相近，贬苏轼到儋州，这是特地给苏轼"量身定做"的。那么会不会是巧合呢？恐怕不是。我们看，苏辙也同时被贬，因为他字子由，所以贬雷州（现广东湛江），"由"和"雷"字底下的"田"字相近；

还有一位他们的朋友刘挚（字莘老）也被贬，因为"莘"字，就被贬新州（现广东新兴县）。大家看看，小人整起人来是何等的"关怀备至，体贴入微"！

绍圣四年（1097），苏轼渡过琼州海峡，来到天涯海角的儋州。这一年苏轼六十二岁，垂垂老矣，日暮途穷。在海南，苏轼过着什么样的生活呢？我们还有一封他写给侄孙苏元老的家书可以看一看：

> 海南连岁不熟，饮食百物艰难，及泉、广海舶绝不至，药物酱鲊等皆无，厄穷至此，委命而已。老人与过子相对，如两苦行僧尔，然胸中亦超然自得，不改其度。

他和小儿子苏过遭遇连年饥荒，百物匮乏，两人愁眉相对，像一对儿苦行僧一般。几乎所有人都会这么想：这一回苏轼挺直的腰杆肯定塌下去了，白银一般的嗓子肯定失声了，他再也唱不出那些美妙绝伦的诗歌了。

他们都错了。

元符三年（1100），宋徽宗赵佶登基，大赦天下，苏轼也得到了一纸特赦令，终于可以回到祖国大陆了。苏轼再次横渡琼州海峡回到祖国大陆的时间是这一年的六月二十日，正是在这一天晚上，苏轼写出了一生

中最杰出的诗,发出了一生中最浑厚、最洪亮的声音:

参横斗转欲三更,苦雨终风也解晴。
云散月明谁点缀?天容海色本澄清。
空余鲁叟乘桴意,粗识轩辕奏乐声。
九死南荒吾不恨,兹游奇绝冠平生。

诗的前两句是写三更天渡海的场景,第二句的"苦雨终风"就是狂风暴雨。从这儿开始,那就不是在写自然界的风雨了,而是在写自己人生的风雨。我们看苏轼在黄州的时候,有一首著名的词叫作《定风波》,词前小序说:"三月七日,沙湖道中遇雨。雨具先去,同行皆狼狈,余独不觉。已而遂晴,故作此词。"路上突然遇到大雨,雨具被仆人先拿走了,同行的朋友都狼狈不堪,四处奔逃,只有我觉得没什么,照样在雨里迈着四方步优哉游哉。过了一会儿,雨过天晴了。"莫听穿林打叶声,何妨吟啸且徐行。竹杖芒鞋轻胜马,谁怕?一蓑烟雨任平生。 料峭春风吹酒醒,微冷,山头斜照却相迎。回首向来萧瑟处,归去,也无风雨也无晴。"

这首词在苏轼笔下排不上前几名,《念奴娇·赤壁怀古》啊,《水调歌头·明月几时有》啊,《江城子·十年生死两茫茫》啊,都比它名气要大,可苏轼的词里我最喜欢这一首。它既写自然界的风雨,更写对于人生中暴风骤雨的态度——"何妨吟啸且徐行""一蓑烟雨任平生""也无风雨也无晴"!我们在千年以后读了这首词,会不会觉得自己的人生也被风雨洗礼了一次,绽放出雨过天晴的清新和芬芳?

《六月二十日夜渡海》也是这个意思。苏轼在说:人生的凄风苦雨都过去了!浮云也许会遮住月亮,但它总会散去,月亮会露出灿烂的笑脸,而我的人格和情怀,正如这辽阔的蓝天和蔚蓝的大海,永远那么澄澈,不会混浊!接下来一句"空余鲁叟乘桴意","鲁叟"是谁?翻译过来就是"那个山东老头儿",这里说的是孔子,用的是《论语》的典故。孔子晚年有句名言,"道不行,乘桴浮于海",意思是说理想不能实现了,我还是划着一条船到海上去漂流算了!所以苏轼这句诗后面隐含着"道不行"三个字,他心里是有点愤怒的!什么叫"粗识轩辕奏乐声"呢?"轩辕"意思是"轩辕黄帝",代指上古时代,因为海南岛蛮荒原始,所以才这么说。经过这两句的过渡,苏轼的情感曲线在最后一联达到了高潮,"九死南荒吾不恨,兹游奇绝冠平生"——你要问我这一趟流放什么感觉,我就告诉你,就算死在天涯海角多少次我都不后悔,因为这一次流放是我平生最壮观的旅行!

这十四个字是中国文化史上最震撼的宣言之一,

它负载和传递着苏轼无比巨大的人格重量，也构成了我们热爱苏轼最过硬的理由。

苏轼终于从海南回到了大陆，很多百姓听说流放海外好几年的大胡子苏学士回来了，都自发自觉围在河岸两旁，等着盼着看苏轼一眼。经过几年蛮荒生活的折磨，苏轼的身体其实已经不行了，但他又不忍心让这些"死忠粉"看不见自己，只好每天早晨搬一把椅子坐在船头等着让人参观，直到暮色沉沉才回到船舱里歇息一下。这样很多天下来，苏轼也很疲倦，跟小儿子苏过说："这样下去不是要看杀我苏东坡吗？"

这本来是句玩笑话，却成了不吉祥的谶语。苏轼走到常州，一病不起，走完了自己六十六岁的一生。他病逝前一个月在镇江金山寺写下一首六言诗："心似已灰之木，身如不系之舟。问汝平生功业，黄州惠州儋州。"这是苏轼给自己写下的"临终寄语""结案陈词"。不管别人如何评价他的才华、光环和业绩，他自己还是有点凄凉地说：这一辈子做了点什么呀？无非是从黄州到惠州，从惠州到儋州的流放罢了！

这就是苏轼，他临终前苦涩的叹息都带着一点幽默和阳光，别具一种系人心处的魅力。林语堂名著《苏东坡传》讲得很有意思："苏东坡有魅力，正如女人的风情、花朵的美丽与芬芳，容易感受，却很难说清其中的成分……显然他心中有一股性格的力量，谁也挡不了。这股力量由他出生的一刻就已存在，顺其自然，直到死亡逼他合上嘴巴，不再谈笑为止。"[1]

从林纾到陈继儒，再到苏轼，名、字、号文化给我们提供的营养真可谓美不胜收。这还只是文化之门的一道小小的缝隙而已，推开文化之门，我们会看到一片"鹰击长空，鱼翔浅底，万类霜天竞自由"的广阔天地。所以说，我们读解诗词，必须知人论世，而知人论世，必须了解古人的生态和心态。这是得自于严迪昌先生的教诲。了解古人的生态和心态，离开了历史和文化这两扇门将不得其门而入，这是我们读解古典诗词、研究古代文学的首要出发点。

---

[1] 林语堂《苏东坡传》，宋碧云译本。

# 古今交通

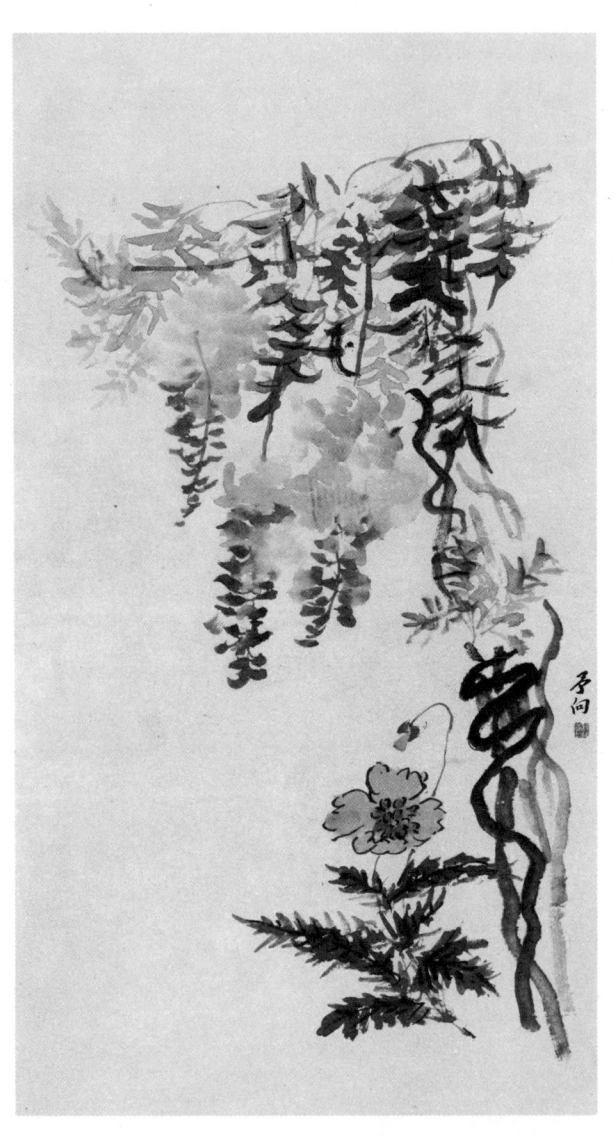

# 古今交通第一　一桩被点赞的剽窃案

针对诗词读解的背景、本事，我提出了"内外交通"。针对流变问题，我提出第二个"交通"，那就是"古今交通"。

首先，我提倡古典诗词爱好者或初入门的研究者选择较好的笺注本来读。从文献学的角度来说，"笺"和"注"有所不同，"笺"主要是"笺"背景本事，"注"主要是疏通语词典故。此外，"注"还有一个功能，它能够梳理出诗词文本的流变。有了比较好的笺注本，我们就能大概看清楚诗词文本处于流变的哪个位置，是上游、中游，还是下游。它对于诗歌遗产继承了什么，对后世创作产生了什么样的影响。

## 不可无一，不能有二

词史上有一桩很有意思的"剽窃公案"，"被告人"是宋代词坛最出色的抒情词人之一晏几道，当事作品是他的名作《临江仙》：

梦后楼台高锁,酒醒帘幕低垂。去年春恨却来时。落花人独立,微雨燕双飞。 记得小蘋初见,两重心字罗衣。琵琶弦上说相思。当时明月在,曾照彩云归。

小晏的作品中,这首《临江仙》如果不能算第一代表作,也跑不出去前三名。其中的两句又特别赢得好评,那就是"落花人独立,微雨燕双飞"十个字,晚清大词论家谭献甚至对它做出"千古不可无一,不能有二"的评语[1]。千年词史,不可以没有这一句,也不可能再有第二句,这样的评价可谓登峰造极、至尊无上了吧?可让人意想不到的是,偏偏这两句不是小晏的原创,而是原封不动从别人的诗里面抄来的,一个字都没有改。

"失主"是谁呢?通过笺注本我们找到了失主,晚唐五代一位名不见经传的诗人翁宏。且看他的《春残》:

又是春残也,如何出翠帏?
落花人独立,微雨燕双飞。
寓目魂将断,经年梦亦非。
那堪向愁夕,萧飒暮蝉辉[2]。

很清楚吧?"千古不可无一,不能有二"的名句

[1]《谭评〈词辨〉》卷一,原文为"名句,千古不能有二"。
[2]翁诗见《诗话总龟》前集卷十一。

赫然在目。五代在北宋之前，小晏显然是抄袭翁宏的，说得难听一点是剽窃。

怎样认识这桩剽窃案？经过一定的争议之后，我们还是得出了比较一致的结论，认为小晏抄得好、抄得妙、抄得呱呱叫，有点铁成金的手段。为什么？再读一遍或者几遍翁宏的诗，你会产生一种感受："落花"一联非常美，但是另外三联三十字就比较平常，有点配不上，甚至"糟蹋"了这两句诗的感觉。与翁宏同时代的刘昭禹论五律有个说法："五律如四十贤人，著一屠沽儿不得。"[1]也就是说，四十个字要般配，要均衡，有一个字粗俗刺眼，必然成色大减，甚至造成其中的"贤人"（也就是好句子）都会黯然失色。翁宏的诗有句无篇，正属于这种情况。

再反观小晏的《临江仙》，就不一样了，不仅这十个字好，而且通篇都好。起首二句"梦后楼台高锁，酒醒帘幕低垂"就被后人称为"华严境界"，评价很高。[2]从这两句引出"去年春恨"，逐步过渡出怅惘之情，再以燕子双飞反衬"人"之孤独寂寞，所谓"不必言恨，而恨已不可解"[3]。下片点出"春恨"之由来，原来是与"小蘋"有关。"小蘋"是谁呢？那是他的好友沈廉叔、陈君宠家中的歌女。除了小蘋，还有小莲、小鸿、小云等，小晏都和她们结下程度不等的情缘，词中不少体现。这里写到"小蘋"，不说其相貌之美，

[1]晚唐刘昭禹之说，洪迈《容斋随笔》、袁枚《随园诗话》引之。
[2]梁启超《饮冰室评词》引康有为语。
[3]陈匪石《宋词举》。

只轻轻点染一句"两重心字罗衣",再补上一句"琵琶弦上",就足够让人怦然心动的了。这种侧写手段,真是妙不可言。煞拍"当时明月在,曾照彩云归"两句以景结情,感喟无限,也是宋词中的名句,后人称其"既闲婉,又沉著,当时更无敌手"[1]。

我们解说这么多,目的是想说明:在翁宏诗中并不起眼的十个字,由于小晏把它放在了新的文本关系（Context）中,就擦去了原来蒙在它上面的灰尘,焕发出了应有的夺目光彩。在翁宏诗里是"铁",在小晏词中是"金",这就是所谓"点铁成金,夺胎换骨"的高妙手段,所以我们说小晏抄得好、抄得妙、抄得呱呱叫。著名学者沈祖棻对此有个绝妙的比喻:这两句用在小晏词里就相当于卓文君再嫁,第一次嫁人无声无息,第二次嫁了司马相如才成就千古之名。[2]

关于这桩所谓的剽窃案,我们还要替小晏"辩护"一个问题。在小晏创作这首词的北宋时期,把前人的诗句拿来放在词中、使之可歌,是词坛上通行的做法,并不存在有意为之、欺世盗名的主观故意。且不说小晏只拿来两句,苏轼有一首《水调歌头》就是把韩愈的名作《听颖师弹琴》全篇加以剪裁而成的,这有一个专有名称,叫作"檃栝"。从这一点来说,也不应该给出"有罪判决"。

关于这首词还可以补几句闲话。我上课的时候有

[1] 陈廷焯《白雨斋词话》卷一。
[2] 沈祖棻《宋词赏析》,中华书局2008年版,第70页。

同学问我:"老师,有没有可能是巧合呢?"我理解他的感情出发点,不愿意接受小晏偷了别人的句子,所以问我会不会是巧合。巧合的情况是有的,古代印刷术不发达,不一定后人都能看到前人的作品,尤其像翁宏这样不太有名的诗人,但是巧合是有限度的。宋初诗人王禹偁讲过:"我昨天写了两句诗,跟杜甫很像,我肯定是杜甫后身。"[1]这种巧合毕竟限于"很像",十个字有五个字很像,或者十四个字意境很像,但在遣词造句上有一些不同。我们很难相信一个后人和前人巧合到一笔一画都不变的程度。如果说是巧合的话,那也太"巧"了,概率太低了。

还有一点。有一本词话里说"记得小蘋初见"这一句,"小蘋"太凿实了,有的版本里面,这两个字是"年时","记得年时初见",这样比较空灵。我个人不同意这种意见,我觉得妙就妙在"小蘋"这两个字,越是这种"凿实"的具体描写,反而越能有一种特别打动人心的力量。纳兰性德有一首《虞美人》,最后一句说"第一折枝花样画罗裙",顾随的《清平乐》说"要看西山爽气,直来银锭桥边",这不是比"小蘋"还要"凿实"吗?但是恰恰这种"凿实"的魅力远胜于所谓的"空灵",这样的细节应该说"不厌其烦,不厌其细"。这个话题与"古今交通"关系不大,顺便一说而已。

〔1〕《蔡宽夫诗话》:"元之本学白乐天诗,在商州尝赋《春日杂兴》云:'两株桃杏映篱斜,装点商州副使家。何事春风容不得,和莺吹折数枝花。'其子嘉祐云:老杜尝有'恰似春风相欺得,夜来吹折数枝花'之句,语颇相近,因请易之。王元之忻然曰:'吾诗精谐,遂能暗合子美邪?'更为诗曰:'本与乐天为后进,敢期子美是前身。'卒不得易。"

回头再来说小晏词。不管认不认同上面的结论，如果能通过笺注本发现这样一桩"剽窃案"，我们对这首词的感觉会不一样——这就是"流变"。至于说小晏《临江仙》的"下游"，它对后来的创作产生的影响，这也同样是我们要关注的，这里我们暂且不说。

## 一切好诗到唐都已经作完？

我们要强调的是，重视流变，目的是穷源竟委、正本清源，而不是要拿来"厚古薄今"的依据。"厚古薄今"是儒家文化传统中一种典型的思维方式，体现在中国古代文学之中，很大程度上表现为"一代有一代之文学"的金科玉律。1934年，鲁迅在给杨霁云的信中说："我以为一切好诗，到唐已被做完，此后倘非能翻出如来掌心之'齐天大圣'，大可不必动手。"鲁迅的话是自谦之辞，有他特殊的语境，但后来这话常常被断章取义，引申成为"一切好词到宋都已经作完"等，成了很多学者用来"厚古薄今"的武器，这就有问题了。宋诗研究长期薄弱，清代诗词研究长期荒芜，跟这种思维方式有很大的关系。我们现在提出"古今交通"，首先要破除"厚古薄今"的成见，以"文学代雄"的眼光来观照文学创作的实际状态。韩愈说，

"师不必贤于弟子，弟子不必不如师"；我们也说，"前人不必贤于后人，后人不必不如前人"。

我们以现当代的诗词创作为例，这是比清代诗词还要荒芜，极少有人关注的一个区域。我在2006年前后提出"二十世纪诗词史"的研究课题，多年下来，形成了自己的一些认识，跟大家做一些分享。我在《二十世纪诗词史之构想》这篇文章的开头写了这么几段话：[1]

以1917年1月胡适在《新青年》发表《文学改良刍议》为标志，一直不能登大雅之堂的白话文终于向汉语言的主要书面系统文言文发动总攻。时势转毂，人心思变，仅仅三年，数千年雄踞至尊地位的文言文系统奇迹般地一触即溃。1920年，教育部颁布命令，全国的国民学校废除"国文"和文言文教科书，采用"国语"和白话文教材。从此，本是一条连贯河流的中国文学，在后来的文学史书写与阐释中被人为划分成了古代与现当代两个泾渭分明的学术界域，鸡犬之声相闻而老死不相往来。

如此划界在肇始时未必没有合理性，最起码标示了新文化与旧文化决裂的强劲姿态。但随着时间的推移，其负面效应乃愈发凸显出来。单就学术研究层面而言，一个成熟的现当代文学研究者本应具备古、今、

[1]《文学评论》2007年第5期。

中、外多个层面的知识架构，古典文学文化是不可或缺的学养。但众所周知，现状很不如人意。很多现当代文学学者不通也不屑通、不愿通古代文学，结果是只围着短短几十年的文学现象打转，或者只进行西方本位的隔靴搔痒式的阐释。反之亦然，知识架构相对可以简单一点的古代文学研究者，也存在不少固步自封、对中国文学的现代发展比较隔膜的现象，结果是既缺少当下关怀，也不易说清楚某些重要问题（尤其涉及流变的问题），从而给自己的研究留下不小的空白和缺憾。

从一般的学术史视角来看，古典诗歌历经数千年沧桑，终于在白话文运动蔚成壮观之后归于沉寂。但是究其实质，古典诗歌乃是一座停止了喷发的火山，一条干涸了的旧河道，在火山内部仍涌动着炽热的岩浆，河道下面仍潜藏着澎湃的暗流。它默默地蓄积着极其汹涌的气派和能量，一旦处于某些特殊的历史节点，或与某些特殊的人物灵犀暗通，就会破茧而出，洄漩激荡，奏出或昂扬慷慨、或凄婉悱恻的异样音调和旋律。所以王仲镛说："五四以后七十余年来，排斥者固已不遗余力，而好之者犹绵绵不绝，且日已寖富。"[1]可是，这么重要的一部分诗歌创作数十年来却既被古代文学研究所冷淡，因为作者都是现当代人物，同时也被现当代文学史研究所厌弃，因为

[1]《周虚白诗选序》，转引自胡迎建《民国旧体诗史稿》，江西人民出版社2005年版，第150页。

那是"新人物"写的"旧东西"。于是,二十世纪诗词写作成了一段可以置诸无闻无见的"聋区"和"盲区"。但毋庸置疑的,它是现当代文学中不可掩没的客观存在,更是完整的诗歌史研究不可割裂的一脉珍贵泉源。

论文要晦涩难懂一些,但我之所以长篇引用,目的是想说明:这种对二十世纪诗词研究的学理性认识,其实正是基于"不能厚古薄今"的简单的思维起点。我们讲的是常识,但是有时候我们欠缺的恰恰就是常识,从常识出发,也可以导向"不常识"的学术研究。

## 胡夜雨与沈鹧鸪

顺着常识的出发点,我们举一些例子来看现当代诗词,看看他们的成色、水平到底怎么样。第一个例子,胡怀琛的《浣溪沙·夜雨》。胡怀琛[1]是南社成员,但在南社中不是很有名,跟"三驾马车"柳亚子、陈去病、高旭等相比,二流人物而已。他也不怎么填词,一辈子只写了十几首,甚至称不上"词人",只是兴之所至、偶一为之。我们来看看这首兴之所至、偶一

[1] 胡怀琛(1886—1938),字寄尘,安徽泾县人。以童子试不避清帝讳被黜,从此深恶科举。宣统间任《神州日报》编辑,鼓吹革命。此后辗转多家报社,于新闻界颇著声名,并任职沪江大学、商务印书馆、上海通志馆等。有《国学概论》《托尔斯泰与佛经》《修辞学发微》等文史哲著作百余种,为一代通人。

为之的词：

　　有个愁人睡不牢，芭蕉风雨夜潇潇。新凉如水一灯摇。　　往事悲欢都过了，管他哀乐到明朝。只难消受是今宵。

　　这首词历来没有人提起，也没有人品评，但我以为，它放在任何一本《唐宋名家词选》当中，放在任何一位大词人笔下，可能都不逊色。从意境，到语言，都优美到了极点。特别是下片那几句，可以说千回百转，缠绵悱恻。首先说"往事悲欢都过了"，充满悲欢的过去都看开了，所以"管他哀乐到明朝"，这是"决绝语"，下决心什么都放下了，但最后还是折回来，"只难消受是今宵"，尽管下了决心要翻开新的一页，可那些悲欢哀乐仍然在心头缠绕，难以去怀。今天晚上我可怎么过呀！一个写滥了的"夜雨"题目，在胡怀琛笔下仍然是跌宕生姿，新意迭出。[1]面对这样的作品，我们还能偏执地说"一切好诗到唐都已经作完，一切好词到宋都已经作完"吗？

　　再来看沈祖棻[2]的《鹧鸪天》。沈祖棻是著名学者，她的《宋词赏析》至今还是词学研究者、爱好者的枕边书，她对词的章法、语言的细腻体味好像至今也没有人能够超过。其实沈祖棻是更好的词人，她作

[1] 胡怀琛还有一首《罗敷媚·夜雨》，也很精彩："芭蕉叶上宵来雨，已算凄清。不觳凄清。添个寒蛩抵死鸣。　　纸窗竹簟人无睡，坐到天明。听到天明。愁与秋潮一样平。"唐诗宋词中有"郑鹧鸪""崔孤雁""贺梅子"，我们也可称胡怀琛为"胡夜雨"也。

[2] 沈祖棻（1909—1977），字子苾，浙江海盐人，曾执教多所高等学府，与丈夫程千帆合称"程沈"，被师友赞为"昔时赵李今程沈"。

为词人的地位，将来总有一天要盖过作为学者的地位。她的《涉江词》早在民国就享有盛誉，很多人给出"李清照之后，一人而已"的评价，也有人认为她超过了李清照。对于这些文学史评价我们另当别论，我们先看这首词：

惊见戈矛逼讲筵，青山碧血夜如年。何须文字方成狱，始信头颅不值钱。　　愁偶语，泣残编。难从故纸觅桃源。无端留命供刀俎，真悔懵腾盼凯旋。

这首《鹧鸪天》作于1947年6月初。1947年6月1日，国民党政府军事委员会委员长武汉行辕及武汉警备司令部纠集军警特务数千人包围武汉大学，枪杀学生三人，重伤三人，逮捕教职工二十人，这就是震惊中外的"六一惨案"。面对鲜血与屠刀，女词人一反似水的柔情与伤感，戟指怒斥。开头一句就很令人惊悚——那些武器竟然逼到讲台上来了！现在居然不需要"文字"即能成"狱"，我们居然命如蝼蚁，任人宰割。早知如此，我们又何必盼望光复河山呢！这样凌厉苍劲的手笔虽然不能说一定胜过李清照，但它所记录的知识分子的心灵世界真是字字千钧，与李清照各有千秋，代表着二十世纪诗词的高度。

## 不种黄葵仰面花

由沈祖棻还可以再谈谈与她并称近百年女词人"双璧"的丁宁的《鹧鸪天·归扬州故居作》：

湖海归来鬓欲华，荒居草长绿交加。有谁堪语猫为伴，无可消愁酒代茶。　　三径菊，半园瓜，烟锄雨笠作生涯。秋来尽有闲庭院，不种黄葵仰面花。

丁宁（1902—1980），字怀枫，号昙影，又号还轩，扬州人。幼丧双亲，十六岁嫁与同乡一纨绔子弟，其夫五毒俱全，常施虐待，丁宁倚为心灵寄托的小女文儿四岁时又不幸夭折。1933年起，丁宁任职扬州国学专修学校、南京私立泽存书库、南京中央图书馆、江苏省图书馆、安徽省图书馆等，几乎毕生与图书古籍为伴。她曾三次从日伪士兵、国民党要员和"破四旧小将"手中抢救保护数十万册珍贵的古籍，为世人传为美谈。然而因为泽存书库系汪伪要员陈群所建，藏古籍数十万卷，多善本。丁宁就职于此，颇有人以"小汉奸"称之。后张溥泉见其词，曰："此人颇有志气，一小职员耳，何汉奸之有，且保全国家书籍，于民族文化有功。"[1]此语堪为定评。倘若一个独立谋食的弱女子还要称之为"汉奸"，这与"饿死事小，失节

〔1〕黄稚荃《张溥泉先生言行小记》，见其《杜邻存稿》，四川人民出版社1990年版，第173—174页。

事大"的"以理杀人"又有什么区别！顶着有形无形的巨大压力，丁宁临终自撰挽联云："无书卷气，有燕赵风。词笔谨严，可使漱玉倾心，幽栖俯首；擅技击谈，攻流略学。门庭寥落，唯有狸奴为伴，蠹简相依。"面对难堪的个人与时代之苦难，她最终以这样萧瑟而不嫌自负的口吻致上了属于自己的"谢幕词"。

这首《鹧鸪天》作于1938年丁宁自沪上"湖海"归返维扬"荒居"之时，家恨国仇，飘零无告，所以有"猫为伴""酒当茶"之句。虽然不无牢落萧寥之意，但更见骨力崚嶒，意态倔强。下片之"菊"与"瓜"既是实写，又融化"陶令""邵平"典故，极见情怀功力，且逼出煞拍的决绝妙句——"秋来尽有闲庭院，不种黄葵仰面花"。"尽有"，大有、广有也。虽然如此，可种菊，可种瓜，唯独"不种黄葵仰面花"！因为"菊"与"瓜"代表的是风骨，葵花朝向的则是日寇国旗上的"骄阳"！历来所谓"微言大义""比兴寄托"，可以说至此为极，足以成为抗战大潮流中最具代表性的宣言之一。

## 我词非古亦非今

白天黑夜，黄尘如雨下。这样春天真笑话，便没有他也罢。　昨宵细雨如麻，醒来依旧风沙。总算清明过了，虽然没看桃花。

上面这首《清平乐》的作者是顾随[1]，这又是一位有着独特风格的词坛大家。顾随一生从事教育事业，但重教学，重创作，学术著述不多，所以差点被现代学术史遗忘。幸亏他收了一个好学生叶嘉莹，二十世纪八十年代从加拿大回国后一直讲诗词，号为"叶旋风"。每讲必提及"我的老师顾随"，必说"我的老师顾随是大师"。这样孜孜不倦讲了几十年以后，大家终于都承认：顾随确实是大师。所以我们这些教书匠也常开玩笑说，收学生要收叶嘉莹这样的。

顾随平生有两位偶像：一个是王国维，一个是鲁迅，所以他也出入于新旧文学之间，提出"以新精神写旧体诗"的主张。在《卜算子》中，顾随写道："荒草漫荒原，从没人经过。夜半谁将火种来，引起熊熊火。

烟纵烈风吹，焰舐长天破。一个流星一点光，点点从空堕。"这几乎就是鲁迅《野草》的诗化翻版，两者意境逼似。再如《木兰花慢·赠煤黑子》："策疲驴过市，貌黧黑，颜狰狞。倘月下相逢，真疑地狱，忽见幽灵。风生黯尘扑面，者风尘、不算太无情。白尽星星双鬓，旁人只道青青。豪英百炼苦修行，死去任无名。有衷心一颗，何曾灿烂，只会怦怦。堪憎破

[1] 顾随（1897—1960），字羡季，号苦水，河北清河县人。毕业于北京大学国文系后执教山东省数所中学，1926年后先后出任天津女子师范学院、燕京大学、辅仁大学、北京师范大学、天津师范学院（今河北大学）等校教席。关于顾随词，可参见拙作《我词非古亦非今：论顾随词》，《文学评论》2015年第3期。

衫裹住,似暗纱、笼罩夜深灯。我便为君倾倒,从今敢怨飘零。"意境酷似鲁迅的名作《一件小事》。

这首《清平乐》也是顾随"以新精神写旧体诗"的上乘之作。虽然嘟嘟囔囔、絮絮叨叨,然而风趣即从此出,无理而妙,词人的慧心与性情昭然若揭,性灵与幽默洋溢于白话之中。对于现代白话/口语的运用,顾随也是有自己的理论别择的。他在讲《文赋》时说:"写作顶好用口语。我们现在只有用现代语言写现代事物……我们用现代语言并非把文学本质降低,乃是将语言提高。""古典文学讲格律,而其高处在冲口而出,如'昔我往矣,杨柳依依''袅袅兮秋风,洞庭波兮木叶下'……凡古典文学而能深入人心流传众口者,皆近于口语,绝无文字障。""文字障"一词可谓点中了要害,所以他在自己的诗词创作中正是有意在突破种种文字之"障"的,诸如"几个追求幻灭,何时抓住虚空""试问倘无缺憾,难道只需温暖,岁月任销磨""小草都含微笑,远山自写春容""试把空虚装寂寞,更于矛盾觅调和""莫怪新来无好梦。爱神烦恼诗神病"之类,尽都毫不犹疑,随手拈来,无论古今,为我所用,从而最终以"非古非今"的"大"词人身份定格于文学史。顾随的词特别能折射出二十世纪中国文学迷离繁复、魅力横生的光影,同时也极大程度地塑造出了二十世纪词史的特殊气质。

# 古今交通第二　诗是人间笑忘书

还有一位我很推崇的诗人聂绀弩，他的诗被称为"聂体"，自成一格。对于"聂体"，有人很喜欢，也有人给出很多批评。我是喜欢，甚至崇拜聂绀弩的，除了喜欢他那种很特殊的笔法，也很喜欢他的人格和骨气。有一位我很尊敬的同道前辈说他不喜欢聂绀弩，因为聂有阿Q精神，我不敢苟同。我认为聂绀弩是那个特殊年代里最有个性的文人，非常少见。

## 哀莫大于心不死

为什么这样说？我们看聂绀弩1966年写下的《血压三首》之三：

尔身虽在尔头亡，老作刑天梦一场。
哀莫大于心不死，名曾羞与鬼争光。
余生岂更毛锥误，世事难同血压商。
三十万言书说甚，如何力疾又周扬。

聂绀弩在二十世纪五十年代中期被打成"胡风反党集团"骨干分子，劳改劳教，又被判刑。到"文革"开始的时候，已经沦为阶下囚若干年了。在这样的逆境里，他还能发出这样沉慨悲郁的声音，不能不令人肃然起敬。首联"尔身虽在尔头亡，老作刑天梦一场"，这是用了《山海经》中刑天的典故。聂绀弩也是学者，擅长小说研究，诗中神话、小说的典故比较多。但这两句不是泛泛用典，也不像陶渊明一样赞颂刑天的"猛志"[1]，而是用得非常悲凉——我的肉体还在，但我的头已经丢掉了，那就是说，自己已经没有独立思考的空间了，行尸走肉而已！这是那个特殊年代里知识分子共同命运的写照。

颔联比首联更进一层。"哀莫大于心不死"翻用常用语"哀莫大于心死"，一个"不"字加进去，有万钧之力。什么"心"不死？赤子之心！正因为赤子之心不死，才沦落到今天这步田地。真是悲慨莫名，充满愤激！下一句"名曾羞与鬼争光"是有出处的，聂诗的注本没有注。这个典故出自《艺文类聚》引裴启《语林》，是个不怕鬼的故事，主角是大文豪嵇康。据说嵇康夜读，忽然有一张人脸从地面上冒出来，一开始像铜钱大小，很快就变得大如车轮，双眼闪烁，盯着嵇康。嵇康丝毫不惧，跟他对视了半个小时，"噗"

[1] 陶渊明《读山海经》："刑天舞干戚，猛志固常在。"

的一口把灯吹灭了,说:"我耻于和你这个鬼怪共用一盏灯(耻与魑魅争光)。"那个鬼很有自尊心,听到这话,哭着就跑了。我们不难体会聂绀弩用这个典故的意思,在他备遭歧视迫害的现实世界里,谁是"魑魅"?耻于和谁"争光"?这样的文人能有几个呢?

尾联的"三十万言书"指的是胡风当年上书高层的《关于几年来文艺实践情况的报告》,三十万字,换来三十年牢狱之灾。因为与胡风交好,聂绀弩半生磨难。1985年胡风去世,聂绀弩写下一首七言古诗悼念胡风,也是极其感人的杰作,篇幅虽短,沉痛程度则可以与吴伟业的《悲歌赠吴季子》相媲美:[1]

精神界人非骄子,沦落坎坷以忧死。千万字文万首诗,得问世者能有几?死无青蝇为吊客,尸藏太平冰箱里。心胸肝胆齐坚冰,从此天风呼不起。昨梦君立海边山,苍苍者天茫茫水。

这样的佳作,自带着掩盖不住的光芒。所以我在有关文章里面说过:"如果有人说,近百年诗歌史只剩下新诗,旧体诗词已经不值一提了。那么好吧,请找出来新诗中,谁写出过'哀莫大于心不死,名曾羞与鬼争光'这样如宝剑出匣般的句子? 1985年,哪首

[1]吴伟业诗系送其弟子吴兆骞流放宁古塔而作,诗云:"人生千里与万里,黯然销魂别而已。君独何为至于此?山非山兮水非水,生非生兮死非死。十三学经并学史,生在江南长纨绮,词赋翩翩众莫比,白璧青蝇见排抵。一朝束缚去,上书难自理,绝塞千里断行李。送吏泪不止,流人复何倚。彼尚愁不归,我行定已矣。八月龙沙雪花起,橐驼垂腰马没耳,白骨皑皑经战垒,黑河无船渡者几,前忧猛虎后苍兕,土穴偷生若蝼蚁,大鱼如山不见尾,张鬐为风沫为雨,日月倒行入海底,白昼相逢半人鬼。噫嘻乎,悲哉!生男聪明慎莫喜,仓颉夜哭良有以。受患只从读书始,君不见,吴季子!"吴兆骞事迹见后文"情理交通"部分。

[1]《论现代旧体诗词不得不入史——与王泽龙先生商榷》,《文艺争鸣》2008年第1期。

新诗比这一首《悼胡风》更有力度,更加沉痛?"[1]
我想这些都是很能说明问题的东西。

## 为"死跑龙套的"作传

聂绀弩还有一首诗值得一说,晚年所作《水浒人物五首》之五《董超薛霸》:

解罢林冲又解卢,英雄天下尽归吾。
谁家旅店无开水,何处山林不野猪?
鲁达慈悲齐幸免,燕青义愤乃骈诛。
佶京俅贯江山里,超霸二公可少乎?

《水浒传》里几百号人物,主角一大堆,要写五首诗,很多重要的人物都值得写呀!聂绀弩偏偏把眼光瞄准了两个"死跑龙套的"——董超、薛霸。董超、薛霸是汴梁东京城的两个解差,林教头被高俅陷害,误入白虎节堂,董超、薛霸受命押送林冲刺配沧州。虞候陆谦找到这两位,请他们喝酒,席间拿出两锭黄金,要求他们路上害死林冲,揭他脸上金印回来再领重赏。董超一听,还有点犹豫,薛霸则很"爽快":"人家陆虞候是高太尉的人,就是让我们哥俩死,也只得由他,何况还给我们重赏呢?"

  为了害死武艺高强的豹子头林冲,他们想了不少办法。先假仁假义要给林冲洗脚,结果端来的是开水,把林冲的脚烫坏以后,又逼他穿上崭新的草鞋走路。一路下来,林冲脚上全是血泡。走到野猪林,他们趁林冲疲倦睡去,把他绑在树上,举起两条水火棍,狞笑道:"林教头,咱们远日无冤,近日无仇,是高太尉要干掉你,到了九泉之下别找我们算账!"刚要结果林冲,平地一声大吼,树后飞出一根禅杖,鲁智深到了,解救了林冲。

  本来依鲁智深的脾气,要杀掉这两个人,还是林冲求情,才饶了他们。董超、薛霸因此没有完成任务,受到处分,从汴梁东京被"下放"到了河北大名府。到了小说的后半部分,卢俊义落难被刺配,押送他的解差又是这老二位,但这次两人的运气没有上次好了,被浪子燕青两支袖箭钉在咽喉之上,登时了账。

  这就是两个"死跑龙套的"在小说里的全部表现。有什么好写的呢?我们看聂绀弩的手笔:前六句基本上是化用小说情节,但写得很无奈,很悲愤。不管多大的英雄,豹子头(林冲)还是玉麒麟(卢俊义),落到这等小人的手里便是人家的"行货",正如另一个"死跑龙套的"差拨所说:"打不死、拷不杀的顽囚!你这把贼骨头好歹落在我手里!教你粉骨碎身!少间叫你便见功效!"[1] "何处山林不野猪",把"野猪林"拆开倒用,真有人世险恶、欲哭无泪之感。这样的句子唐宋时代可曾有过?诗的末尾是两句议论,"佶京俅贯",就是赵佶、蔡京、高俅、童贯。在这些昏君佞臣把持的昏天黑地里头,哪儿能少得了董超薛霸这样为虎作伥的微末丑类呢?

首先,从史识上说,聂绀弩注意到了小人物在大历史中不能忽视的"集体无意识""平庸之恶";其次,就诗法而言,这是"杂文入诗",或者叫"诗体的杂文",别具一格。但我们更加应该读懂的是,聂绀弩绝不是为了发轻飘飘的思古之幽情。在他坎坷的二十多年里,接触最多的不就是董超、薛霸这样的人物吗?董超、薛霸那样的嘴脸、心术、算计、手段,聂绀弩自己不也是百般领受吗?选择这样的题目,里边是有他自己的半世辛酸的!没看懂这些,因为他性格诙谐、喜欢苦中作乐就说他"阿Q精神",怎么能算看懂了聂绀弩呢?要知道,"苦中作乐,更形其苦",他的"嬉笑"背后是有"怒骂"、幽默背后是有眼泪的呀!

## 启功的"笑"哲学

与聂绀弩情况相似的是启功,我把这两位合称为

[1]《水浒传》第八回《柴进门招天下客 林冲棒打洪教头》。

"双子星座"。启功是大书法家,他的字,好之者称其为"当代书圣",贬之者也有说得很不好听的。这也正常,颜真卿的字也有人说不好,苏轼的字也有人说是"墨猪",问题是,对启功诗词的评价分歧更大。据启功自己说:"一般都在照例夸奖之中,微露有油腔滑调之憾;也有着实鼓励以为有所创新的;更有方家关心惜其误入歧途的;还有不客气的朋友爽直告诫不须放屁的……"[1]这还是当面说,私底下肯定还有说得更难听的。

问题在于,说是说非,大家都似乎很少考虑一个问题。启功明明会写典雅晦涩的诗词,他的《论书绝句》一百首就写得非常"高大上",像我这样不懂书法的读者,加上满篇注解都看不懂,那么,他为什么要写顺口溜、数来宝式的诗词呢?他的选择里包含着什么样的人生况味呢?

简单说,可能有这样几点:第一,他对自己"宗室"身份的微妙感受。启功是正宗的"皇室子弟",但1913年出生的时候,"铁杆庄稼"已经倒了,他的童年比很多普通人都要清贫。对于这个身份,他一直否认,有人寄信给他写"爱新觉罗·启功收",他总是拆也不拆就给人寄回去。他说:"你们看看户口本,我叫启功,不叫爱新觉罗·启功。"第二,启功家贫力学,得到陈垣先生的赏识,终于成名成家。但是到

[1]《启功絮语自序》,见《启功丛稿·诗词卷》,中华书局1999年版,第165页。

[1] 启功自述云:"我虽然深知当'右派'的滋味,但并没有特别冤枉的想法。我和有些人不同,他们可能有过一段光荣的'革命史',自认为是'革命者',完全是本着良好愿望……向党建言献策的……他们当然想不通……我的情况不同于他们……咱们是封建余孽……"《启功口述历史》第四章《反右风波》一节。

了1958年,启功刚要晋升教授,就被打成了"右派",教授职位被取消,生活迅即陷入困顿。[1] 1971年,因为毛泽东主席有"最高指示":"二十四史还是要出的嘛!"启功被调入中华书局负责《清史稿》的点校工作,境遇有所改善。花甲之年,他面对生老病死的人间和光怪陆离的世界,才重新选择自己的"说话方式":

痼疾多年除不掉,灵丹妙药全无效。自恨老来成病号,不是泡,谁拿性命开玩笑。　牵引颈椎新上吊,又加硬领脖间套。是否病魔还会闹,天知道,今天且唱渔家傲。

——渔家傲

"天知道,今天且唱渔家傲",这就是启功的"笑"哲学。不管这个世界甩给他多少难堪和眼泪,他从来不惮于写一地鸡毛式的"小生活",并且从"小生活"里发现空气中飘荡的"笑元素",从而把那些腐筋蚀骨的强酸中和成"养生保健"的弱碱。"乘公共汽车"是比"病"更加琐屑的小事,启功却"痛下杀手",一写八篇,咱们来读两首:

这次车来更可愁,窗中人比站前稠。阶梯一露刚伸脚，门扇双关已碰头。　长叹息，小勾留，他车未卜此车休。明朝誓练飞毛腿，纸马风轮任意游。

铁打车箱肉做身，上班散会最艰辛。有穷弹力无穷挤，一寸空间一寸金。　头屡动，手频伸，可怜无补费精神。当时我是孙行者，变个驴皮影戏人。

启功诗词当年传播最广的恐怕就是这一组，他自己最得意的也是这一组。[1]颈椎病、美尼尔氏综合征不是人人都有体验的，公共汽车谁没坐过？谁又没有过"明朝誓练飞毛腿，纸马风轮任意游""当时我是孙行者，变个驴皮影戏人"的感受和想象？读到启功这些狡黠笑容下的小心思、小动作，能不为之捧腹？

那么，这"笑"背后到底隐埋着一些什么东西？难道只是"油滑"的解颐而已？不妨上溯一下，看看王思任的《屠田叔〈笑词〉序》：

海上憨先生者老矣，历尽寒暑，勘破玄黄，举人间世一切虾蟆傀儡、马牛魑魅抢攘忙迫之态，用醉眼一缝，尽行囊括，日居月诸，堆堆积积，不觉胸中五岳坟起，欲叹则气短，欲骂则恶声有限，欲泣则为其近于妇人，于是破涕为笑。极笑之变，各赋一词，而以之囊天下之苦事。

[1]《启功老爷子如是说》，转引自王学泰《余生几朝夕，宜乐不宜哀——读启功先生诗词》，《清词丽句细评量》，东方出版社2015年版，第8页。

我认为这是揭橥出"笑"的底蕴的一段奇文。所谓"人间世一切虾蟆傀儡、马牛魑魅抢攘忙迫之态",启功也经历过,然而,他却能以豁达的心胸看淡这些小人物的恶,这是怎样一种人生大智慧呢?

所以,这样的解读,为我们提供了"知人论诗"的样本,这也是解读诗词的一种方法。

# 古今交通第三 "溪流洗亮星辰"的网络诗词

不仅离我们最近的二十世纪有好诗好词，跟我们同一时空的网络时代也有很多让人"惊艳"，甚至"惊为天人"的作家作品。我算是学界最早从事网络诗词研究的人，在2013年发表的一篇文章中我对网络诗词有这样的说法：

毕竟网络诗词兴起才不过十多年，这些簇新的萌芽能怎样生长、有多少追随者、能否形成一股潮流……诸如此类问题都还不易作出肯定性的预测。但是，如果因为感受到了它荦荦新意、生机勃勃的现状而大胆一点，我们就应该，也能够认同"当代诗词在网络""未来诗词在网络"的判断。我们看到，因为向传统虔诚致敬的"守正"姿态，因为"无论这个传统有多伟大"都坚持"现代人立场"的"开新"勇气，诗界革命派、南社、毛泽东、聂绀弩、启功们在二十世纪做得很出色的事情，网络诗词在二十一世纪的前十几年就已经做得同样甚至更加出色；大师们在二十世纪没有做到的事情，网络诗词也已经做到或者正在做到。无论怎样评价，不得不直面的现实是：我们原本以为早被画上句号的诗词史程正在变成省略号，甚至变成惊叹号！

回溯往昔，我们还记得二三十年前，朦胧诗的出现是伴随着很长时间的冷漠、敌视、挑剔和曲解的。但在"崛起"之声的不断鼓荡下，朦胧诗终于成功突破阻力、惰性和敌意，成为新诗史上恢宏的一波浪潮。以昔律今，我们有理由说，十几年来的网络诗词写作也正在崛起一种"新的美学原则"，正在出现一个"崛起的诗群"。而在这种"新的崛起面前"，准历史之先例，我们有信心认为：朦胧诗最终被接纳并引领一代风骚的那一幕也将在诗词写作的历史上重演，这个惊叹号还将被续写，并被堂皇地载入史册。[1]

## 写给三岁女孩的挽歌

带着这样的认识，我们来看一些网络诗词作品。第一首是胡僧[2]的"骚体"古诗——《挽歌为李思怡作》。这个题目什么意思呢？我们要说明一下：

[1]《文学评论》2013年第4期。

[2]胡僧，又网名地藏、畸人等，本名胡云飞，湖北荆州人，1977年生。毕业于北京大学，以工商管理为专业而自好吟哦。读书无所偏废，为诗无所宗而无所不法。

2003年，四川成都发生了一起令人痛心的事件。李思怡是一个三岁的小女孩，父亲离家出走，母亲因为吸毒被公安机关带走强制戒毒。但由于办案民警的玩忽职守，没有通知人去管这个无依无靠的三岁孩子。孩子的遗体被发现是在十七天以后，我不忍心叙述现场的样子，我们只能说："在六月的酷暑中，她忍受着饥饿、干渴、黑暗、孤独、恐惧的折磨，还有嗜血的蚊虫的叮咬，在绝望的哭声和永远得不到回应的呼喊中，经历了漫长的煎熬直至死去……十七天，整整十七天啊，在这个人满为患的世界里陪伴她的只有孤独，在这个霓虹灯照亮的不夜之城里投向她的只有黑暗，在这个酒饱饭足的幸福时代里她却被活活饿死了。"[1]

面对这样让人哀伤到无法言表的事件，嘘堂、碰壁斋主、胡僧、添雪斋、天台等网络诗词名家均有极富力度的诗作表达内心的激愤与悲惋，一时间形成网络诗词界的"李思怡现象"，其中胡僧之作可称翘楚：

黑漆门开兮大光明，白米饭兮玉米羹，阿妈在门兮神气清。黑漆门阖兮三岁之眼睛。

黑漆门开兮大光明，红苹果兮黄橘橙，有人初见兮阿爸是名。黑漆门阖兮三岁之眼睛。

[1] 康晓光《为了李思怡的悲剧不再重演》。

黑漆门开兮大光明，豆奶甘兮雪糕冰，小哥哥兮欢唱声。黑漆门阖兮三岁之眼睛。

　　黑漆门开兮大光明，糖七彩兮饼千层，邻居往来兮喜相迎。黑漆门阖兮三岁之眼睛。

　　黑漆门开兮大光明，果冻杯兮可乐瓶，警察叔叔兮笑盈盈。黑漆门阖兮三岁之眼睛。

　　三岁之眼兮长闭，三岁之哭兮渐逝。三岁之血兮枯萎，三岁之女兮见弃。

　　铁屋兮如铸，漆门兮盘固。坚墙兮不语，时钟兮漫步。绒熊生尘兮寒月在户。

　　诗是骚体，前五节采用了相似的复沓结构。每一节的第一句和第四句完全相同，中间两句则不断变换各种美食、变换所有能把李思怡拯救出死亡境地的人。这样的变换一步一步在深化"我们都是李思怡的地狱""没有人能幸免于罪"的强烈呼声。尽管谁都有可能救回李思怡，但结果还是"三岁之眼兮长闭，三岁之哭兮渐逝。三岁之血兮枯萎，三岁之女兮见弃"。最后一节中的"铁屋""漆门""坚墙""时钟""寒月"正象征着一些人的冷漠，而"绒熊生尘"用的则是"今典"。据新闻报道，李思怡的遗体被发现的时候，身边唯一的玩具是个很破烂的小绒熊，那是她离开这个世界时唯一的小伙伴。

相信读到这样的诗，我们都很难抑制内心受到的巨大震动。这首诗不愧为一首杰作！

## 低分贝音箱

就总体成就而言，嘘堂[1]还要超过胡僧，真正是让人"惊为天人"的大家。他的五言古诗把汉魏六朝简净典雅的味道与荒谬错杂的现代意象融为一体，比之一般的新诗、旧诗都别有一种奇异的"越界"味道。他的诗不好讲，只适合静心品味，我们来看《古诗九首》之五：

谁在木雕上，抚慰一面庞。在夜行车里，见某种灯光。石盐已在水，底片泛微黄。万物皆影像，沉浸于暗房。而我所赞喻，所爱或所伤。所有乞求者，幽深不可量。似水管弯折，似四壁白墙。所有已逝者，立于语言旁。藉此而复活，低分贝音箱。群动若将出，孰能作颂扬。散为浮尘举，聚为道路长。天空固明媚，旗帜久彷徨。我本大地土，语言是我乡。我今何所思，语言使我盲。我今无所见，秋日如空仓。应有拾穗者，默自贮余粮。（注：自寿诗）

[1] 嘘堂本名段晓松，安徽合肥人，1970年生，八十年代末出家，历任开元镇国禅寺监院、岭东佛学院教务长、《佛教文化》杂志社编辑，编撰出版《永嘉证道歌·信心铭》等。现从事传播业。早岁主攻新诗，2001年始以网络为平台，勤力现代文言诗写作，倡导"文言实验"。嘘堂出入僧俗世界，贯通新旧诗词，所倡"当代诗词在网络"之说，对网络诗词价值确认之功不小。其"文言实验"提倡"旧体"与"真想"相溶，无疑为网络诗词一面醒目旗帜（胡晓明语）。

这里我们不能只猎奇式地关注"影像""暗房""语言"等现代语汇的介入，更应该思考的是：这些语汇在嘘堂的调遣下到底形成了一种怎样的味道？那种纯粹的汉魏古诗体裁在表现当下生活和现代心灵的时候是否还具有适应性？如果有，奥秘何在？

五言古诗乃历史幽深之"正体"，务须打造古雅素朴之语感情境，最难与现代语汇兼容。然而恰恰在此体裁中，嘘堂举重若轻地镶嵌入了"影像""暗房""语言""低分贝音箱"等词汇，既打造出庞德、艾略特般的象征派诗歌情境，而五古那种收敛、雅致的韵味亦相当醇厚。古典诗体写到此种地步，确是空前的奇观了。

在词坛与嘘堂风格近似而现代感更强的是独孤食肉兽[1]，他是当代最有分量的网络词人之一，读一首《念奴娇·千禧前最后的意象》：

火柴盒里，看对面B座，玻璃深窈。冬雨江城流水粉，树色人形颠倒。达利、庄周，恍然皆我，午梦三微秒。石榴血溅，花间蝴蝶尖叫。　　频赴屏后良缘，移形换镜，像素知多少。林表片云凝酽酪，月戴面模微笑。空巷笙音，古垣泌影，仿佛前生到。邮筒静谧，冬眠谁遣青鸟。

[1] 独孤食肉兽本名曾峥，武汉人，现居海外。食肉兽提出并力倡"现代城市诗词"创作理念，多自先锋艺术撷获灵感，擅以蒙太奇等超现实手法整合拼接，特质个性极为鲜明，有"兽体诗词"之称，可谓网络诗词独树一帜之"印象派"。

独孤食肉兽的词也不好讲，我用两个词概括他的特点：一个是"超现实"，一个是"印象派"。"石榴血溅，花间蝴蝶尖叫"两句最有代表性，这是只能诞生在网络时代的词，值得大家关注。

## 李子的"风入松"时代

同样优秀、可以多讲一点的是李子梨子栗子，这网名挺绕嘴的，一般我们都简称为"李子"。他的真名叫曾少立，湖南人，生长于赣南，所学的专业与诗词离得特别远，他是水泥工艺专业硕士，结果被缪斯女神亲吻了一下脑门，最终选择了以诗词为职业。

我欣赏的网络诗人词人有很多，但如果非要找出一个"最"，恐怕我还是会选择李子。他有不少"千古不可无一，不能有二"之作，引起了包括哈佛大学田晓菲教授、四川大学周啸天教授以及我在内的不少评论家的关注。[1]在近几年撰写的《近百年词史》中，我用了两万字左右的篇幅来论述李子的"日常生活"与"平民立场"、李子的人文温度与哲学品格、李子词的语言特质与诗体交涉等问题，并且得出这样的结论：

[1] 田晓菲有《隐约一坡青果讲方言：现代汉诗的另类历史》之文发表在《南方文坛》2009年第6期，"隐约"句即出自李子词。周啸天在有关访谈录中多次提及李子，评价中肯。

只有"寒酸"的百余首的创作量，李子就提供了从日常生活、平民立场到人文温度、哲学品格再到语言特质、诗体交涉等几乎全方位的理论分析价值。放眼千年词史，以"开新"气派达到如此水准的词人能有多少？他的词史位置应该摆在何处不是很容易得出结论么？

我们这里不讲太多学理性的东西，还是看几首李子词，用作品来说话。比如下面这首《风入松》：

红椒串子石头墙，溪水响村旁。有风吹过芭蕉树，风吹过、那道山梁。月色一贫如洗，春联好事成双。
某年某日露为霜，木梓赶圩场。某年某日三星在，瓦灯下、安放婚床。几只火笼偏旺，一坛米酒偏黄。

《风入松》其实是一个很冷僻的词牌，一千年词史上也没留下什么名作，只有南宋初年一位太学生俞国宝写的《风入松》还有一点知名度。金庸的《射雕英雄传》第二十三回就提到了那首词：

黄蓉见桥边一家小酒家甚是雅洁……东首窗边放着一架屏风，上用碧纱罩住……碧纱下的素屏上题着一首《风入松》，词云："一春长费买花钱，日日醉湖边。玉骢惯识西湖路，骄嘶过、沽酒楼前。红杏香中歌舞，绿杨影里秋千。　　暖风十里丽人天，花压鬓云偏，画船载取香归去，余情付、湖水湖烟。明日重扶残醉，来寻陌上花钿。"

黄蓉道："词倒是好词。"郭靖求她将词中之意解释了一遍，越听越觉不是味儿，说道："这是大宋京师之地，这些读书做官的人整日价只是喝酒赏花，难道光复中原之事，就再也不理会了吗？"黄蓉道："正是。这些人可说是全无心肝。"忽听身后有人说道："哼！两位知道什么，却在这里乱说。"郭靖作个揖，说道："小可不解，请先生指教。"那人道："这是淳熙年间太学生俞国宝的得意之作。当年高宗太上皇到这儿来吃酒，见了这词，大大称许，即日就赏了俞国宝一个功名。这是读书人的不世奇遇，两位焉得妄加讥弹！"黄蓉道："这屏风皇帝瞧过，是以酒店主人用碧纱笼了起来？"

那人冷笑道："岂但如此？你们瞧，屏风上'明日重扶残醉'这一句，曾有两字改过的不是？"郭黄二人细看，果见"扶"字原是个"携"字，"醉"字原是个"酒"字。那人道："俞国宝原本写的是'明日重携残酒'。太上皇笑道：'词虽好，这一句却小家子气。'于是提笔改了两字。那真是天纵睿智，方能这般点铁成金呀。"说着摇头晃脑，叹赏不已。郭靖听了大怒，喝道："这高宗皇帝，便是重用秦桧，害死岳爷爷的昏君！"飞起一脚将屏风踢得粉碎，反手抓起那酸儒向前送出，扑通一声，酒香四溢，那人头下脚上地栽入了酒缸。黄蓉大声喝彩，笑道："我也将这两句改上一改，叫作'今日端正残酒，凭君入缸沉醉！'"那文士正从酒缸中酒水淋漓地探起头来，说道："'醉'字仄声，押不上韵。"黄蓉道："'风入松'便押不上，我这首'人入缸'却押得！"伸手将他的头又捺入酒中，跟着掀翻桌子，一阵乱打。

其实那首《风入松》也没有多好，只是因为有"御笔改词"的掌故才为大家所知而已。周啸天先生说得好："是李子复活了这个已经死去的词牌。"下面选几首我认为李子写得也非常好的：

炊烟摇曳小河长，柴垛压风凉。有关月亮和巫术，砍山刀、聚在山场。麻雀远离财宝，山花开满阳光。

旱烟杆子谷箩筐，矮凳坐爹娘。铁锅云朵都红了，后山上、祖墓安祥。老树枝头岁月，粗瓷碗底村庄。

以星为字火为刑，疼痛像雷鸣。互为火焰和花朵，受刑者、因笑联盟。金属时刀时币，天空守口如瓶。

突然夜色向前倾，然后有枪声。冬眠之水收容血，多年后、流出黎明。你在仇家脑海，咬牙爱上苍生。

南风吹动岭头云，花朵颤红唇。草虫晴野鸣空寂，在西郊、独坐黄昏。种子推翻泥土，溪流洗亮星辰。

等闲有泪眼中温，往事那般真。等闲往事模糊了，这余生，我已沉沦。杨柳数行青涩，桃花一树绯闻。

天空流白海流蓝，血脉自循环。泥巴植物多欢笑，太阳是、某种遗传。果实互相寻觅，石头放弃交谈。

火光走失在民间，姓氏像王冠。无关领土和情欲，有风把、肉体掀翻。大雁高瞻远瞩，人们一日三餐。

这些词实在是太精妙了，让人遏制不住想要引用的冲动。"种子推翻泥土，溪流洗亮星辰"两句更是被我经常借来借去，作为对网络诗词印象的描述。

## 夕阳红上腮帮

李子还有两首词也值得一说。第一首是《临江仙·今天俺上学了》：

下地回来爹喝酒，娘亲没再嘟囔。今天俺是读书郎。拨烟柴火灶,写字土灰墙。 小凳门前端大碗,夕阳红上腮帮。远山更远那南方。俺哥和俺姐,一去一年长。

《临江仙》是个常见词牌,多年下来我们至少也看了几千首了,可谁看见过这样一首呢?那么口语化,又那么雕琢锤炼,近乎天籁;那么平浅,又那么耐人寻味。"小凳门前端大碗,夕阳红上腮帮",放在新诗里不也是一流的好句子吗?

另一首是《绮罗香》。我们也看到过好多首《绮罗香》,史达祖的最早,也最有名。《绮罗香》是一个典雅而趋于晦涩的词牌,李子居然可以用现代口语来操作,第一次看到这首词的时候我们"小伙伴儿都惊呆了":

死死生生,生生死死,自古轮回如磨。你到人间,你要看些什么。苍穹下、肉体含盐,黄土里、魂灵加锁。数不清、城市村庄,那些粮食与饥饿。 鞋跟敲响之路,只见苍茫远去,阵风吹过。聚会天堂,谈笑依然不妥。是谁在、跋涉长河,是谁在、投奔大火。太阳呵、操纵时钟,时钟操纵我。

这是将传统的"忧生之嗟"整体性推到终极关怀

高度的一首词作。无论是"死死生生，生生死死，自古轮回如磨。你到人间，你要看些什么"的尖锐提问，还是"是谁在、跋涉长河；是谁在、投奔大火。太阳呵、操纵时钟，时钟操纵我"的痛切感喟，都给人带来无比巨大的内心震撼。对于现代人而言，那种烈度显然不是古典话语所能等比的。

在这里，我给大家展示了网络诗词的一小部分，说明什么？所有的文学史都告诉我们，"诗词史早已经画上句号了"，可是，我要用自己的研究告诉大家：这个结论是错的！诗词史也可以画逗号、顿号、省略号，甚至惊叹号，唯独不应该画上句号，它依然有着强大的活性和能量！我们需要有"古今交通"的眼光，才能看清这样一个极其重要的诗歌史事实，从而去修正、去证伪那些所谓的"公论"和"定论"。

# 古今交通第四　相逢一笑泯恩仇：新诗与旧诗

"古今交通"还有一层很重要的意涵，即要关注新诗和古诗的关系。大家看我上面的一些说法，或许多少会形成一个印象：马大勇是研究古典诗词的，所以不熟悉新诗，对新诗敌视、有成见。这样说不能算对，事实上，我早年也是新诗创作队伍中的一员。吉林大学在二十世纪八十年代到九十年代初有一个在全国高校地位非常重要的诗社，叫作"北极星"。我是北极星诗社的倒数第二任社长，也常开玩笑说自己是"北极星的亡国之君"。因为对新诗比较熟悉，所以我对新诗并无偏见，而且提出"不薄新诗爱旧诗"的说法。既反对新诗歧视旧诗，也反对旧诗敌视新诗。两者应该是友军，是同盟，应该携手并进，没必要水火不容，非干掉对方而后快。

## 戴望舒的古典灵感

新诗的发生是以1917—1918年胡适、沈尹默、刘半农等人的创作为标志的，到现在一百余年。[1]很多权威评论都指出，新诗是在"西学东渐"的背景下，受西方文化影响，特别是受惠特曼、艾略特等人影响而产生发展的。有些激进的旧体诗人甚至批评新诗是"舶来品""殖民文化产物"，企图完全否认新诗的成就。这些说法都有一定的偏颇之处，事实上，百年新诗从发生到发展，从来都没有离开过古典诗歌三千年长河里漫流的丰富营养。

1920年，胡适出版第一本新诗集《尝试集》，他就很老实地交代："我的新诗很多不过是洗刷过的旧诗。"[2]从此开始的半个多世纪里，朱自清、何其芳、废名、叶公超、卞之琳、余光中、洛夫、郑敏等诗人、诗论家一直在发出清醒反思的声音，他们的认识可以归结到一点："现代诗的气根，必须触向西方，触向世界；现代诗的主根，却必须扎进传统，扎在中国的泥土。"[3]

所以我说：只要你在用汉语写作，不管你写成什么样的新诗，你的诗歌就至少有一只脚是踩在中国古典诗歌的土壤上的。尤其一些古典修养很深厚的现当代诗人，如闻一多、徐志摩、戴望舒、余光中等，他

[1]学界公认的现代白话新诗的产生时间是在1918年1月，见于《新青年》4卷1号。第一批作品为胡适的《鸽子》、刘半农的《相隔一层纸》、沈尹默的《月夜》。

[2]《尝试集·初版自序》，亚东图书馆1920年版。

[3]李春生《一个游民的看法和意见——兼为葡萄园新诗明朗化的倡导笺注》，《现代诗九论》，转引自杨景龙《古典诗歌传统与20世纪新诗》，《中国文学古今演变研究论集二编》，上海古籍出版社2005年版。

们与古典诗歌的渊源尤其值得注意。

我们以戴望舒为例。戴望舒是新诗成熟期的代表性诗人，他的第一名作我们也都很熟悉，那就是《雨巷》。《雨巷》全篇都美，哪一部分最美？毫无疑问，是第一节：

撑着油纸伞，独自
彷徨在悠长、悠长
又寂寥的雨巷
我希望逢着
一个丁香一样的
结着愁怨的姑娘

这一节哪个意象最美？毫无疑问，是"丁香一样结着愁怨的姑娘"。这个意象从哪儿来的呢？显然不是学习西方现代诗歌的结果，而是中国古典诗歌遗产的影响。

我们可以首先追溯到李商隐的绝句《代赠》，其中两句是"芭蕉不展丁香结，同向春风各自愁"，我们看到了四个关键字："丁香""结""愁"。对比一下，很清楚吧？再到南唐中主李璟《摊破浣溪沙》的名句："青鸟不传云外信，丁香空结雨中愁。"在"丁香""结""愁"四个字之外，又添出来一个"雨"字，那就更明白显示了戴望舒名句的渊源。

戴望舒还有一首名气不大，但同样很美的作品，这首小诗叫《烦忧》：

说是寂寞的秋的清愁，
说是辽远的海的相思。
假如有人问我的烦忧，
我不敢说出你的名字。

我不敢说出你的名字，
假如有人问我的烦忧。
说是辽远的海的相思，
说是寂寞的秋的清愁。

不难看出这首小诗的奥妙所在：说是八句诗，其实是四句诗，第二节只是把第一节倒转而成，但是不仅形成了回环往复、缠绵悱恻的美感，音律也非常和谐流动。

这样的新诗可能受西方诗歌影响吗？我不相信英文、法文、德文诗歌里有这样的作品。很显然，他的创作灵感应该来源于中国古典文学中常见的"回文体"。我们的汉字是二维平面构型的表意文字，每一个字都是一个意义单位，倒读正读，皆能成文，于是我们就有很多回文对联、回文诗词。比如说"画上荷花和尚画；

书临汉帖翰林书",这是比较著名的一个回文对。还有个著名的回文对:据说乾隆和纪晓岚去一家饭庄"天然居"吃饭,乾隆来了灵感,出了上联:"客上天然居,居然天上客。"纪晓岚应声答道:"人过大佛寺,寺佛大过人。"大佛寺就是北京西郊香山的卧佛寺,民间俗称大佛寺。即兴对到这个程度,很了不起了,但也应该看到,严格一点要求的话,这个下联并不达标。因为乾隆的上联意境还是不错的,有一点儿诗意,下联的意境就要弱得多了,不太搭配。后来有人对了另一个下联:"僧游云隐寺,寺隐云游僧。"这就好多了。

我认为,戴望舒的这首《烦忧》正是从回文体创作获得灵感,只不过古代的"回文体"是以字为单位回文,而戴望舒是以句子为单位回文的。

## "听雨"的"乡愁"

再来看一个例子,余光中的生平第一名作《乡愁》:

小时候,
乡愁是一枚小小的邮票,
我在这头,
母亲在那头。

长大后,
乡愁是一张窄窄的船票,
我在这头,
新娘在那头。

后来啊,
乡愁是一方矮矮的坟墓,
我在外头,
母亲啊在里头。

而现在,
乡愁是一湾浅浅的海峡,
我在这头,
大陆在那头。

这首诗众口传颂,其游子之吟,确乎令人动容。从章法上讲,这首诗有一个突出特点:用四个表示时间的词汇"小时候""长大后""后来""现在",把漫长的一生浓缩在"乡愁"主题之中。这种结构方式在新诗中有一定的创新性,但在古典诗歌中是相当常见的。我们找一首相似度最高的作品,南宋末年著名词人蒋捷的《虞美人·听雨》:

少年听雨歌楼上，红烛昏罗帐。壮年听雨客舟中，江阔云低、断雁叫西风。　而今听雨僧庐下，鬓已星星也。悲欢离合总无情，一任阶前、点滴到天明。

《虞美人·听雨》是《竹山词》中名作，大概仅次于词人那首最负盛名的《一剪梅·舟过吴江》而已。同一"听雨"，蒋捷用了"少年""壮年""而今"三个表示时间的语汇，把不同的心境和状态串联起来，形成了一条连绵的"人生线"。《乡愁》的思路与蒋捷可谓如出一辙，两者的相似度是非常高的。

上面几个例子在一定程度上证明了我的观点，但还没有完全解决问题。戴望舒、徐志摩、闻一多都是民国诗人，余光中是台湾诗人，他们的古典诗歌修养深厚一些是可以理解的。那么，自"朦胧诗"以来四十年左右的当代诗歌写作是不是就与古典诗歌渐行渐远了呢？在我看来，古典诗歌传统的影响可能是变得更隐性、沉淀得更深了。

## 先锋的古典，古典的先锋

我一直认为，新诗真正登越巅峰是从"朦胧诗"

开始的。此后的诗歌写作品质日趋纯净，语言日趋成熟，意境日趋深邃。这是一个逐渐走高的态势。现代汉语诗歌从此真正得以建构起一整套的语言、思维、表述方式，以与自己的母体——古典诗歌相抗衡。不妨先看看几乎无人分析其古典气质的北岛。北岛的一大批成名作中，《结局或开始——献给遇罗克》《触电》《生活》《雨夜》等虽然也震撼了一代（甚至几代）青年的耳朵和心灵，但是毕竟最令我们刻骨铭心的、也最朗朗上口的还是《回答》《宣告》《一切》等古典诗歌元素更加丰富的作品。且读最负盛名的《回答》：

卑鄙是卑鄙者的通行证，
高尚是高尚者的墓志铭，
看吧，在那镀金的天空中，
飘满了死者弯曲的倒影。

冰川纪过去了，
为什么到处都是冰凌？
好望角发现了，为什么死海里千帆相竞？
我来到这个世界上，
只带着纸、绳索和身影，
为了在审判前，宣读那些被判决的声音。

告诉你吧,世界
我—不—相—信!
纵使你脚下有一千名挑战者,
那就把我算作第一千零一名。

我不相信天是蓝的,
我不相信雷的回声,
我不相信梦是假的,
我不相信死无报应。

如果海洋注定要决堤,
就让所有的苦水都注入我心中,
如果陆地注定要上升,
就让人类重新选择生存的峰顶。

新的转机和闪闪星斗,
正在缀满没有遮拦的天空。
那是五千年的象形文字,
那是未来人们凝视的眼睛。

不通过逐字逐句的分析,我们也不难感知到很现代的精神背后那种很古典的质地。押韵、对偶、排比,皆是古典诗歌常见的手法，更重要的是，其整体节奏的整饬精练亦极其古典化。从这首诗以及《宣告》《一切》等看来，北岛对古典诗歌与其说是背弃，不如说是在努力对接更为恰当。同时，江河也以取材于上古神话的组诗《太阳和他的反光》，杨炼则以《半坡组诗》《敦煌组诗》等表达了他们与古典传统相依为命的处境和愿望。

1986年，《深圳青年报》主办"现代主义诗群大展"，以此为标志形成了所谓"第三代"。"第三代"诗人曾高喊出"Pass（打倒）北岛""打倒舒婷"的口号，但他们拥抱古典文化的热情非但毫不逊色于舒婷、北岛们，甚至还摆出了更亲切的姿态。这种拥抱是整体性的，绝不限于一两个诗人。比如石光华、钟鸣、宋渠宋炜等对古典意象的迷醉，他们的某些诗歌甚至取消了现代汉语词汇，全以文言构成。同在巴蜀的李亚伟、万夏、梁乐等则以调侃疏离的笔调写出《中文系》《彼女》《梳子》等杰作，向古典诗歌及其背后的文化传统致敬。还可以举出张枣《镜中》《十月之水》、陈东东《独坐载酒亭，我们该怎样去读古诗》、柏桦《望气的人》《在清朝》和欧阳江河《美人》等杰出的诗人诗作，这几位都是相当西方、相当现代的诗人，可在他们慵懒的咏叹当中，我们还分明可以感知到一种属于古典诗歌的优雅、颓废、淡宕、纯净的味道。比如《镜中》：

只要想起一生中后悔的事
梅花便落了下来
比如看她游泳到河的另一岸
比如登上一株松木梯子
危险的事固然美丽
不如看她骑马归来
面颊温暖
羞惭。低下头，回答着皇帝
一面镜子永远等候她
让她坐到镜中常坐的地方
望着窗外，只要想起一生中后悔的事
梅花便落满了南山

再比如《望气的人》：

望气的人行色匆匆
登高远眺
长出黄金、几何和宫殿

穷巷西风突变
一个英雄正动身去千里之外
望气的人看到了

他激动的草鞋和布衫

更远的山谷浑然
零落的钟声依稀可闻
两个儿童打扫着亭台
望气的人坐对空寂的傍晚

吉祥之云宽大
一个干枯的导师沉默
独自在吐火、炼丹
望气的人看穿了石头里的图案

乡间的日子风调雨顺
菜田一畦，流水一涧
这边青翠未改
望气的人已走上了另一座山巅

## 美人与迷香

更显著的例子是《美人》：

这是万物的软骨头的夜晚，

大地睡眠中最弱的波澜。
她低下头来掩饰水的脸孔,
睫毛后面水加深了疼痛。

这是她倒在水上的第一夜,
隐身的月亮冰清玉洁。
我们看见风靡的刮起的苍白
焚烧她的额头,一片覆盖!

未经琢磨的钢琴的颗粒,
抖动着丝绸一样薄的天气。
她是否把起初的雪看作高傲,
当泪水借着皇冠在闪耀?

她抒情的手为我们带来安魂之梦。
整个夜晚漂浮在倒影和反光中
格外黑暗,她的眼睛对我们是太亮了。
为了这一夜,我们的一生将瞎掉。

然而她的美并不使我们更丑陋。
她冷冷地笑着,我却热泪横流。
所有的人都曾美好地生活过,
然后怀念,忧伤,美无边而没落。

三首诗都是杰作。《镜中》的言语方式相当"西化",意境则相当"中国古典",特别是结尾两句,突兀矫变,"古味"十足。《望气的人》则在"穷巷西风""流水一涧""青翠未改"等文言句法之外进一步选择了传统的押韵方式,从而使漫天的自由抒情之网收拢在古典情韵之中。

《美人》更加特殊,它的意象、单句或许还是比较"西化"的,句群关系却极其古典。熟悉古典诗词者可以看出,整首诗二十句,两句一韵,两句又一转韵,这种方式显然是有意无意间对两个著名词牌《菩萨蛮》《减字木兰花》的借鉴和活化。《菩萨蛮》我们最熟悉的可能是相传为李白所作的这一首:"平林漠漠烟如织,寒山一带伤心碧。暝色入高楼,有人楼上愁。玉阶空伫立,宿鸟归飞急。何处是归程,长亭更短亭。"《减字木兰花》我们举一首苏轼的词:"回风落景,散乱东墙疏竹影。满坐清微,入袖寒泉不湿衣。梦回酒醒,百尺飞澜鸣碧井。雪洒冰麈,散落佳人白玉肌。"我们可以拿《美人》比较一下[1]。更重要的是,透过那些技法,我们可以清晰地感知到,这些诗篇的内在韵味和气质全然是古典化的、中国化的,而绝非"西化"的、"殖民化"的,不能称它们为"舶来品"。

顺便一说,我在 1998 年 12 月 24 日平安夜学着这

[1] 这种押韵形式早见于闻一多《口供》等作品,陕北民歌信天游也多此类手法,但以极其现代的句法意象而采取如此古典的押韵方式,欧阳江河还是颇费苦心,也达到了艺术上的高度完美。

首《美人》也写过一首诗《平安夜·迷香》,也抄在这儿,一方面"显摆"一下,一方面为先锋诗歌与古典诗歌的关系再提供一个小小的佐证:

> 这是圣子即将降临的江南之夜,
> 眼前闪过六只翅膀的香艳蝴蝶。
> 西方传遍了桑塔·克劳斯泉水的铃声,
> 大地却沉寂着,像微澜一样宁静。
>
> 我像一只黯淡的野兽被囚禁在姑苏,
> 心情比最深的深冬都更加荒芜。
> 千年的佳人骑在彩虹上向四面高飞,
> 她们的容颜啊,使我的一生如此憔悴。
>
> 回忆中最软弱的温柔,还有
> 迷幻中最无用的闲愁。
> 午夜中最难握住的白银,
> 它的光泽原来这般容易破碎,不能接近。
>
> 南风吹来的香气,像丝绸一样颤动,
> 冥想里的爱情做个一转身的春梦。
> 剑光悬在壁上,总是吟唱着孤独,
> 我承认,怀旧的温馨牵动了空虚的幸福。

接近三十岁的人，他的命运已经如一首笙歌，
可是香风中幽幽的喟叹，比光阴还要落寞。
如果我爱上了木船和流水、局促的黄昏，
心上就不会落满尘埃和飞鸟、枯寂的花粉。

这首《平安夜·迷香》比起《美人》来，只是学步之作，但因为其中容纳了我个人的一些真实情感，也有一点打动人的地方。有位词人因而用词牌《行香子》写了一首很精彩的同题之作与我唱和。这再次告诉我们，新诗、旧诗是完全可以"交通"、结盟的：

浮彼彗芒，歌彼异邦。江南地、竟夕流光。花粉吹枯，蝶粉堕黄。过阊门街，胥门路，葑门塘。　春梦逾长，呼吸森凉。倾城色、一视成伤。囚我寂寂，溺我茫茫。是忘情水，长生酒，迷魂香。

我想，以上论述和例子应该可以证明，不管在哪个意义上，近几十年的现代汉诗写作从根本上没有拒斥古典诗歌传统的影响，反而越来越鲜明地在贴近、发现、吮吸、消化着古典诗歌长河中流漫的营养。

## "新诗"必会成"古诗"

相比于古典诗歌,新诗只有百年光景,相当于一个孩子蹒跚学步的时段。在这个阶段里,急于长大的新诗孩子饥渴地摄取着各个角落的营养,试探着走上每一条摆在自己面前的通道,那么就难免有磕碰,会摔跤,容易造成消化不好或者营养不良的毛病。可重要的是,她走过来了,不仅从"迄无成功"[1]的断语中跌跌撞撞地站了起来,而且初步显示出了她的稳健、康强,甚至是妩媚。那么,古典诗歌在这个进程中起了什么作用呢?我在一篇文章中有过一点粗浅的总结:

1.通过完满严谨的格律形式构建了新诗的音乐美和建筑美。这一点不仅在重视新诗格律的诗人那里得到体现,而且为试图打破整饬有序的格律形式的那部分诗人提供了借镜和参照。2.通过提供大量的"意象群"和"意境群"资源,推促和提升了新诗的"诗意"品位。在新诗"诗意"品位的生成过程中,我们可以清晰地寻找到中国古典诗歌和现代西方诗歌两个源头,两者的作用几乎同样巨大。3.通过"含蓄""神韵"等古典诗学权威话语的潜在要求,丰富了新诗理论,也促使新诗迅速从早期直白幼稚的状态破茧而出,形成独立成熟的美学风格。4.在民族文化心理沉淀的层

[1]毛泽东《致陈毅》,见中共中央文献研究室编《毛泽东诗词集》附录,中央文献出版社,1996年版,第267页。

面持续挥发影响,从而使中国新诗在葆有民族文化特色的前提下拥抱和走向世界。[1]

同时我们还要注意,新诗对古典诗歌的融合并不总是成功的。很多借重古典资源的新诗写作都出现了诸如生硬、隔膜、拼凑等问题。不妨看看宋渠宋炜的组诗《黄庭内照》中的两个小节:

种种消息纷纷往返巢腹 / 巢以腰身之水濯洗遍体素穴 / 四肢摊开而后缩拢 / 巢便移体户外,跣足赴岸 / 一脉弱于长风的身子出清入玄 / 击水声中,饰物一一取下 / 如此已是月虚日盈

——《巢》

自视之下,府中内景无疆 / 各类镜象纤尘不染 / 已暗合门户之见: / 堂庑之大兮,可以薰香 / 可以在其中婚丧嫁娶 / 居者于是叠梁架屋,开辟户枢 / 又以纸封门 / 从此心念与四肢合围 / 坐于土木之图中央

——《府》

宋渠宋炜是很有才气的诗人,这里还有不少做作、生造的地方。等而下之的,那就更多了。总而言之,我们可以得出这样的结论:不管你处于什么时代,不

[1]《略论新诗创作对古典诗歌资源的接受与整合》,《吉林大学社会科学学报》2008年第3期。

管你崇拜哪些偶像,只要你在用汉语写作,你就不可能完全割裂与传统汉语言(包括其最高层形式——诗歌)的联系。所以,中国古典诗歌的脉络不但没有在新诗中断绝,而且,所谓的"新诗"最终也必将会变成"古诗",把自身融化为传统的一部分,最终也必将成为民族诗歌血脉潜流的重要构成。

  如果把三千年的古典诗歌和一百年的新诗紧密联系起来进行考察,我相信,那个时候我们看到的新诗发展史会和现在有所不同,这指向了一个很值得研究的命题。这话对现当代文学专业的同学来讲,恐怕更有意义一点。现在搞现代诗歌研究的同仁们还很少系统化研究这个问题,说这是一种提醒,大概不算过分。

雅俗交通

介一先生畫花
鳥理趣俱深佩甚拙筆大慚
笑如云撥耳
虹廬

# 雅俗交通第一　文学史上最囧公关

在前文中，我用"内外交通"提醒大家注意背景与本事，用"古今交通"提醒大家注意流变，那么，还应该提醒一点：要有审美的眼界和宽度，所以我提出"雅俗交通"。

## 偏好与偏狭

这里我想用"雅""俗"来代表不同风格、不同审美类型的作品，"交通"，就是说我们在读诗的时候，应当能够欣赏不同审美风格的作品。读诗是一个审美的过程，审美难免有所偏好。有偏好是正常的，但是切忌"偏狭"。

偏好和偏狭有什么区别呢？偏好，就是喜欢某一风格的作品，其他风格我不那么喜欢，但我也承认它自有好处，别人可以喜欢它。偏狭就不一样了，偏狭，就是唯我独尊，只有我喜欢的这个风格才是好的。凡是不符合我审美期望的都是旁门左道、野狐禅，都应该一棍子打死。一旦带上了这种偏狭的审美思维，就相当于戴着一副有色眼镜走进五光十色的花园，本来里边红色的、白色的、黄色的、绿色的花儿各有各的漂亮，但是因为戴了有色镜片，你看到的花儿就只有一种颜色，你就会错过五彩缤纷、形形色色的美。所以，我提倡要调整自己的偏狭，要懂得欣赏"异量之美"[1]，不完全吻合你的审美理想的作品，也要能够欣赏和容纳。

所谓"异量之美"，最极端的莫过于"雅""俗"，这是我们在文学史，乃至文化史上争论最久、争议最多、分歧最严重、冲突最剧烈的一对概念。宋代词史上就有一次激烈的"雅""俗"交锋，对战双方一个是晏几道的父亲、"大晏"晏殊，一个是著名的浪子词人柳永。

## 流行歌曲惹的祸

柳永原名柳三变，"三变"这个名字听起来似乎有点土气，实际上这个名字出自《论语·子张》："君子有三变：望之俨然，即之也温，听其言也厉。"含义非常好，也非常典雅。柳永是福建人，才华过人，目空一切，到汴梁东京城参加进士考试，他就是奔着

[1] 异量之美语出刘劭《人物志》第七章"接识"："以己观人，则以为可知也；观人之察人，则以为不识也。夫何哉？是故，能识同体之善，而或失异量之美。"钱锺书、程千帆及严迪昌师皆大力提倡为问学之重要原则。

状元来的。考试结束，他觉得自己发挥得不太好，进士考不考得上不一定，状元估计是没戏了。从考试结束到等待录取，有一段空闲时间，他少年风流，就跑到秦楼楚馆厮混去了。柳永是优秀的文人，又是大作曲家，所以迅速在当时的娱乐圈里面闯出了名堂，成为首屈一指的天王巨星。

我们这样说有开玩笑的成分，但也不完全是开玩笑。前面我说过，宋词就是宋代的流行歌曲，而且柳永不光会填词，还精通音乐，这一点很了不起。《全宋词》里收录了一千四百多位词人，其中达到专业级别、可称大音乐家的只有三个人。第一个就是柳永；第二个是南北宋之交的周邦彦，周邦彦曾任大晟府乐正，相当于现在的中央音乐学院院长，词人是他的第二身份；第三个是南宋的姜夔。这三位是真正的词曲全能作者，从这个意义上讲，柳永其实就是当时音乐界的崔健、罗大佑、汪峰、周杰伦。柳永每填一首词，谱上曲，就迅速地唱响天下。"有井水饮处皆歌柳词"，有井水的地方就有人家，有人家的地方，你就能听到有人唱柳永的词。

有一天，他心血来潮，想起考进士中状元这事儿了，于是填了一首《鹤冲天》，宣泄一下失落的心情。开头一句是"黄金榜上，偶失龙头望"。黄金榜，就是进士录取时用黄纸写的榜单的美称。龙头即第一名，就是状元。柳永的意思是说，估计状元我是拿不到了，但我是偶然失足，没有发挥好。下面接着一句："明代暂遗贤，如何向？"在这清平盛世，我被弃置草野当中，怎么办呢？他说，那也不要紧，"才子词人，自是白衣卿相"，像我这样的词人才子，就是不穿官服的达官贵人，我比他们还强得多呢！在下阕，柳永写了许多烟花巷陌、左拥右抱、灯红酒绿的生活之后，煞拍说"青春都一饷"，意思是，青春一晃儿就没，年少及时行乐。"忍把浮名，换了浅斟低唱"——"忍"，就是"不忍""怎忍"，怎能忍心用官场浮名来换我这种喝喝小酒、唱唱小歌的生活呢？

我们看得很清楚，这就是柳永写的几句牢骚话，有点儿文人常见的酸葡萄心理而已。写了之后，他自己也没当回事儿，可就是这首词惹了祸。

这首词和柳永其他的词一样，不胫而走，迅速传唱开来。传到别人耳朵里不要紧，要紧的是传到了宋仁宗赵祯的耳朵里。过一段时间，赵祯审阅礼部进呈的进士预录取名单。为什么叫预录取呢？这里涉及古代科举考试的程序问题。礼部举行全国考试，经考官阅卷后，把预录取名单呈报皇帝，皇帝确认最后的录取结果，所以古代进士有个说法叫作"天子门生"。这一科的名单拿到宋仁宗这儿来，翻来翻去，忽然翻到一张眼熟的：哎哟！柳三变这个名字挺熟啊！前几天新歌排行榜 TOP10 上有他一首《鹤冲天》，里面有两句叫"忍把浮名，换了浅斟低唱"嘛！看来这是个无行文人，不予录取！于是他就把柳永的卷子摘出去了。

为什么可以把柳永摘出去呢？这里还有一个科举史的掌故。北宋前中期的科举考试有这样一个规定：皇帝可以取消考生资格。但后来有一个叫张元的人，因为莫名被取消了资格，一怒之下投奔了西夏，鼓动西夏和大宋大动干戈，纷争多年。从这儿开始就定下一条规矩：皇帝只能决定考生的名次，不能取消考生的资格。

关于考生名次的调整，这里面说道很多，水很深，趣闻掌故也很多。比如说有一种情况是：这个考生本来预录取的时候不是状元，因为名字起得好而被"拨"成了状元。谁呢？文天祥就是。文天祥当年预录取的时候也排在前列，但不是状元。礼部呈上名单以后，皇上和太后看来看去，一眼就喜欢上文天祥这个名字了。名叫"天祥"，已经够好了；字更好，叫"宋瑞"！当时正值南宋末期，风雨飘摇，这名字多吉利、多提神啊！于是文天祥凭空到手一个状元。当然，他正气凛然，照耀千古，选这个状元不仅是有眼光的，而且太"超值"了。

这是名字取得好得了状元，还有名字取得不好丢了状元的。明成祖朱棣的时候，有一年礼部呈上名单，预录取的状元叫孙曰恭。这名字怎么看都没问题，问题在于那份名单上这几个字是竖着写的。那么"曰恭"这两个字就变成一个字——"暴"。朱棣是以燕王身份造反才当上皇帝的，把侄子建文帝弄得生死不知，又杀了名臣方孝孺一家八百多口人，对这个"暴"字非常敏感，于是大笔一挥，把这位"孙暴"的状元给取消了。

晚清还有一位因名字不好而丢了状元的，这个人叫王国均。看着挺好的，没毛病，但是跟"亡国君"谐音啊！慈禧太后越看心里越堵得慌，把他这状元给拿掉了。换了谁呢？因为这一年春天京师大旱，连续好几个月没下雨，为了求雨的需要，从前几名里找了一位叫刘春霖的，取来当了状元。这真是祸福无端！

话说回来，柳永没赶上只调整名次的时候，宋仁宗赵祯看他不顺眼，把他的卷子摘出来了。我们为什么知道是这首词惹的祸呢？因为皇帝在他考卷下面加了一句批语："此人且去浅斟低唱，何用浮名。"就这样，到嘴的鸭子飞走了，柳永痛失大好功名。从此以后，柳永非但不洗心革面，反而更加放浪形骸，变本加厉，而且还有新名堂了。他给自己起了个外号叫"奉旨填词柳三变"，这是皇帝批准认证的，相当于我们现在获得ISO14000国际质量认证啊！改一个现在流行歌曲的名儿,那就是"大王叫我把词填"[1]。

话是这么说,但那个年代,娱乐圈是下九流,是非常不被认可的,年纪轻轻的才子柳永怎么会轻易放弃对功名富贵、对个人价值实现的渴望呢?所以柳三变改名柳永,继续参加科举考试。若干年坎坷,很不容易才考中了。

## 晏殊"反三俗"

其实我们能想象,像柳永这种性情,在今天的官场上不一定吃得开,在宋朝也是如此。大家都知道,柳永就是当时被皇帝取消录取资格的柳三变,所以组织部门也歧视他。人家别的进士考中之后,都被顺利安排工作了,而柳永这边,组织部门迟迟不任命。他非常愤慨,找政府说理去吧!谁是政府的最高长官呢?另外一位大词人晏殊。

柳永在见晏殊之前肯定在想:一会儿总理出来了,怎么跟总理套套近乎呢?还是从填词这事儿入手的好,能找到共同语言,就能做好这次公关工作。

见了晏殊,柳永先没话找话:"听说相公也作曲子(宋朝人称词为'曲子'或'曲子词')?"如果晏殊接个下茬儿,说:"对,我填词啊!"那不就找

[1] 这个"包袱儿"来自高松(殊同)先生,致谢。

到共同语言，沟通比较顺利了吗？不料晏殊当头一棒，一句话就打垮了柳永："殊虽作曲子，不曾道'彩线慵拈伴伊坐'！""彩线慵拈伴伊坐"是柳永歌词中比较流行的一句，写一个女孩子坐在自己心上人身边刺绣什么的。这在当时不是良家妇女的举动，而是风尘女子的行为。晏殊是说："我确实填词，但我填得典雅，我写的都是'无可奈何花落去，似曾相识燕归来'呀，'梨花院落溶溶月，柳絮池塘淡淡风'呀！不像你填词那么庸俗、恶俗、低俗。我们没有共同语言啊！"柳永的面子被卷得乱七八糟，"无言而退"。这次沟通成了文学史上最"囧"的一次公关。

柳永在仕途上的发展非常不顺利，若干年地方基层工作，到了晚年才被调到中央，做了户部屯田司员外郎，相当于现在的农业部农垦司副司长。我们看到，柳永在很多文献中被美称为"柳屯田"，就是针对他这个官职而言的。但就是这样一个副司局级官员，柳永也没当长远，很快就因为生活作风等问题被弹劾。

罢官之后，柳永晚景凄凉，只好又回到他熟悉的秦楼楚馆当中去，给那些歌女、舞女们填填词、作作曲，靠别人的馈赠惨度晚年。去世的时候，柳永"身无长物，葬无余资"，灵柩被长时间寄放在一座寺庙当中，后来还是跟他相好的一些歌女、舞女凑了点儿钱，才把这一代大文豪草草埋葬了。冯梦龙的《三言》有一篇《群妓春风吊柳七》,写的就是这一段故事。

## "俗"成大师

北宋前期词坛上,晏殊的"雅"和柳永的"俗"交锋实在是够尖锐的,但是站在千年词史的立场上,作为"雅词"代表作家的晏殊和"俗词"代表作家的柳永,他们都站稳了脚跟,坐稳了自己应该获得的席位。而且,恐怕晏殊当年不可能想到的是,柳永的席位要比他靠前多了。晏殊在宋词史上只是名家,而柳永足以成为里程碑式的大师级词人。

柳永最大的词史贡献是:以他卓绝的文学才华与音乐才华创制了大量的长调慢词。柳永之前,词基本上是小令,五六十个字而已,表现空间相对狭窄,容不下太复杂的感情和词汇。从柳永开始,百八十字,甚至一两百字的词牌大量出现,他创制的最长词牌《戚氏》甚至长达二百一十二字,相当于通常小令四倍左右的篇幅了。从这个意义上说,没有柳永创制的慢词长调,可能就不会有苏轼的《念奴娇·赤壁怀古》,不会有辛弃疾的《永遇乐·京口北固亭怀古》,不会有周邦彦的《六丑》,不会有姜夔的《扬州慢》。这样的词史贡献晏殊哪里比得上呢?

因为慢词长调拓展了情感容量和表现空间，词的作法也从原来的单纯"比兴"增加为"赋比兴"，叙事性大大增强。"赋"就是铺排、敷衍，以柳永最负盛名的《雨霖铃》为例：

寒蝉凄切，对长亭晚，骤雨初歇。都门帐饮无绪，留恋处，兰舟催发。执手相看泪眼，竟无语凝噎。念去去，千里烟波，暮霭沉沉楚天阔。　多情自古伤离别，更那堪、冷落清秋节。今宵酒醒何处，杨柳岸，晓风残月。此去经年，应是良辰好景虚设。便纵有、千种风情，更与何人说！

这首词还是写男女欢爱离别，题材没有什么新意，但写法与前人大大不同。柳永的词笔非常细腻，上片先交代别离的时间、地点，再详细刻画离别时的留恋，展现出眼泪汪汪、相对无言的特写镜头。下片写到别离后的那些感慨，可谓长篇大论，感情奔涌而出，"杨柳岸、晓风残月"一句是阶段性高潮，"便纵有、千种风情，更与何人说"是总的情感高潮的爆发。我们读这首词，感觉词人的笔就像摄像机的镜头，给我们拍出了一部远景、近景、特写、画外音兼具的"离别大片"。这就是慢词长调所特有的"赋"，是柳永为词史做出的又一个杰出贡献。

柳永的例子提醒我们，世界上从来都不缺少美，缺少的是发现美的眼睛。要能欣赏阳春白雪，也要能看懂下里巴人。每一种风格都有它特殊的美感，就好像每一朵花的颜色都有它特殊的美感一样。这种宽容的思维方式不仅是鉴赏诗词、从事文学研究所必需，其实做人做事又何尝不需要呢？

## 雅俗交通第二　有才你在干啥呢

从一定意义上说，"雅""俗"并不是截然对立的概念，而是可以相互转化渗透的。"大俗"可以变成"大雅"，一味"求雅"也是一种"媚俗"。

### 向阳屯题壁诗

为什么这么说？给大家举一个我"独家秘籍"的，也就是我自己发现的例子。前些年，长春市有一家很有点意思的饭店，叫作"向阳屯"。这家饭店的装修风格很有匠心，基本上是对几十年前东北农村生活场景的还原。包房墙上糊着五六十年代的旧报纸，留下一块地方做"墙报"，有漫画，有文字，内容或者是生产队的公告，或者是一些家长里短。"谢广坤"在"赵四"家喝醉啦，"刘能"两口子又吵起来啦，"谢大脚"的小卖店丢东西啦，等等，很有喜感。有一次，我在向阳屯的某个包房看到了这么一首诗，从题材上说是田园诗，从体裁上说是一首七言绝句[1]，姑且

[1] 下引诗不符合七言绝句格律，姑妄称之，方便理解而已。

称之为《向阳屯题壁》吧!

我们来做一点分析。

第一句,"高高山上一棵槐"。这个开头怎么样呢?应该说"不怎么样"。大白话,没什么诗意,勉强给个及格分吧!开头这一句让我们想起《红楼梦》第五十回:大观园要搞一次"咏雪诗会",找了当家的琏二奶奶王熙凤提供赞助。看在"冠名赞助商"的面子上,大家恭请王熙凤先吟一句诗,作为联句的开头。王熙凤犯难了,只好笑道:"你们别笑话我,我只有一句粗话,下剩的我就不知道了。……我想下雪必刮北风,昨夜听见了一夜的北风,我有了一句,就是'一夜北风紧',可使得?"

王熙凤这句"一夜北风紧"也不怎么样,但大家评价不低:"这句虽粗,不见底下的,这正是会作诗的起法。不但好,而且留了多少地步与后人。"这个说法还是比较实事求是的,"高高山上一棵槐"也是这个意思。第一句及格,如果后面三句越写越好,逐步调高,还是可以写成一首好诗的。但让我们意外的是,第二句远不如第一句。第二句是什么?"树下趴个孙有才"!

看到这儿,我们的心已经提溜起来了。七绝一共只有四句,第一句勉强及格,这第二句顶多能给个二三十分,远远达不到及格线啊!只剩下两句十四个字,后面要写得多好才能把它"写成"一首"诗"呢?到了这儿,我们还是存有最后一点希望的,但看到第三句,我们完全绝望了。第三句是什么?"有才你在干啥呢?"零分!不仅是大白话,完全没有诗意,而且这好像是我唯一一次看见把"呢"字写进诗里。太不像话了!到了这句,这首诗已经完全走进死胡同了。只剩下一句话七个字的空间了,难道真的能有回天之力,挽狂澜于既倒,把它写成一首诗,甚至还写成一首好诗吗?

真的能做到!因为最后一句是"我看槐花几时开"!

我们从头到尾把这首诗看一遍:

高高山上一棵槐,
树下趴个孙有才。
有才你在干啥呢?
我看槐花几时开。

怎么样?不仅成了一首诗,而且是一首难得的好诗!虽然字面"大俗",但是意境"大雅",这不是远比那些堆砌辞藻、空洞无物的"媚雅"之诗更能打动人、更有美感吗?说不定后代编我们这个时代的《诗经》,这首诗能选进去,很多所谓的"雅诗"还选不进去呢!

当年看了这首诗,觉得有点意思,我用电子邮件跟几个朋友分享了一下。有个朋友给了我一个很好的反馈。她说上大学的时候听过一首西北民歌,歌词跟这首诗非常像,也是七言绝句。第一句完全相同,"高高山上一棵槐";第二句不一样,"手扶槐干望郎来";第三句"娘问女儿干啥呢",也有"干啥呢"仨字,但对象不一样;第四句也完全相同,"我看槐花几时开"。

于是,这首诗我们有了两个版本。那个朋友提供的,我称为"槐干版",向阳屯这一首我称为"孙有才版"。我们比较一下这两个版本:应该说,就意境营造、情节的完整、诗味的浓郁来说,"槐干版"比"孙有才版"要好一些,但从审美的"惊奇感"而言,"孙有才版"无疑要更胜一筹。

怎么理解呢?我们注意到,"槐干版"的第二句"手扶槐干望郎来",这个场景本身是很有点儿诗意的。第三句有一个小小的落差,也用了"干啥呢"仨字,最后一句写女孩子遮掩了一下,于是说"我看槐花几时开"。这里面有心理活动,有可以"脑补"的很多情节,比"孙有才版"要好。但是,它的"诗意"一直没有被瓦解,始终还保持在一定的幅度,给人带来的审美冲击就没有"孙有才版"那么强烈。"孙有才版"的特点在于,不断在"解构诗意",到了"有才你在干啥呢","诗意"已经降到了零,但是它用最后七个字实现了峰回路转、柳暗花明,也给我们制造了强烈的"惊奇感"。

## 千年王八回沙滩

所以我们说,"雅""俗"不能只看字面,要看本质,要看精神。再举个小例子:东北二人转里头有一种"神调",也就是跳大神时候的唱腔。这是最"俗"的了,但是仔细品味,有的曲词写得真精彩!比如这一段:

日落西山黑了天,家家户户把门关。喜鹊老鸹[1]森林奔,家雀哺鸽奔房檐。五爪(的)金龙归北海,千年王八回沙滩。大路断了行车辆,小路断了行路难。十家上了九家锁,还有一家门没关。云淡淡,雾漫漫,焚起了大难香请神仙——

左手拿起文王鼓,右手拿起(了)赶仙鞭。鼓也不叫鼓,鞭也不叫鞭。驴皮鼓,柳木圈,奔嘚儿砍,刨得圆。横三竖四(七)八根弦,四根朝北四根朝南,还有这乾、坎、艮、震、巽、离、坤、兑八个大铜钱。

叫老仙,你别忙。或是灰,或是黄,或是鬼来或是怅。或是哪吒三太子,或是托塔李天王。要想家宅得安泰,就把那神仙请上房。[2]

[1] 老鸹、哺鸽,东北方言,即乌鸦、鸽子。
[2] "神调"版本众多,这里用的是郭德纲相声《跳大神》中的演唱整理版,只不过在相声里为了"找包袱",把最后一句改成了"要想家宅得安泰,除非把于谦他们家的卧室,就改成茅房"。

从诗歌的角度讲，不仅气氛的铺垫渲染非常成功，层层递进，而且有多处精彩的对偶、对比。"云淡淡，雾漫漫，焚起了大难香请神仙""五爪金龙归北海，千年王八回沙滩"，甚至称得上警句。这样的"俗"也是胜于那些看似眼花缭乱、实则不知所云的"雅"的。

怎么能够放开审美的眼界，做到欣赏"异量之美"呢？我在前面讲过对"定论""公论"保持质疑意识的问题，对"定论""公论"看深一层，看多一层，或绕到背面去看一看，这是放开审美眼界所必需，因而有必要在这里继续强调说明。

## 心灵的秘密对话

我们来说用韵、集句、诗钟三种现象。

在诗学史上历来有一种"公论"：和韵、次韵、步韵等"用韵"的创作方式往往是被诗论家所不齿的，用韵是文字游戏，不可能写出好作品。持此观点者甚至包括我最喜欢的、自称为他"二百年下私淑弟子"的大诗论家袁枚。做出这种负面评价的原因我们也能够理解，"清水出芙蓉，天然去雕饰"，自然、自在才能出好东西。但是问题还有另外一面：既然用韵的害处大家都这么清楚,为什么历朝历代无数诗人仍然孜孜不倦、前赴后继运用这种方式写作呢?是不是"用韵"有它不可替代的合理性呢?

多年之前写博士论文的时候,我对这个问题有一些思考,大概总结了几点意见:第一,交际的需要。孔子云,"诗可以兴、观、群、怨","群"就是公关、交际功能。要通过诗歌酬唱来拉近感情,促进交流,用对方成韵是对其人其作的尊重,也最易引起对方的情感共振,从而形成一种心灵间的"秘密的对话"[1]。

举个例子来说。2001年6月底,我在苏州大学拿到博士学位证书,即将启程返回东北。30日晚上,我到严迪昌先生府上辞行,严先生送了我他手里唯一一本大著《阳羡词派研究》作为分别的礼物。更珍贵的是,严先生打破了数十年不填词的惯例,在书上题了一首《鹧鸪天》送我:

(大勇归去白山黑水间,正多好景致,无以言别,检旧帙作新句题存。《鹧鸪天》或名《思佳客》,贺东山则又谓《半死桐》也。)

粉墨众相演百场,世间何处不无肠。焚心夜呗我已老,倚梦春吟君合狂。　　空咄咄,笑苍苍,鱼游物外为谁忙。一当穿尽芒鞋了,始信天堂亦醉乡。

[1] 见姜斐德(Freda Johnson Murck)《略说次韵诗作为秘密的对话》,首届国际宋代文学研讨会论文,2000年,上海。再举一例,袁枚《随园诗话》卷九条八六:"王阮亭尚书未遇时,受知于先达某(按:牧斋),故诗集卷首即录其所增五古一篇,用萧豪韵。穆堂(按:李绂)未遇时,受知于阮亭,故哭阮亭五古一篇,亦用萧豪韵。姜西溟《哭徐健庵司寇》诗用张文昌《哭昌黎》韵,想见古人声应气求、后先推挽之盛。"袁枚声称最不喜次韵一类习气,但与尹继善叠和不休,不亦未能"免俗"耶?事见《随园诗话》卷一条一二。

大家能想象我当时的心情,岂是"感激"二字所能了得!回到东北的第二天,我用"步韵"的方式写了两首《鹧鸪天》寄给先生:

(六月三十日晚至先生府上辞行,竟蒙先生以所著《阳羡词派研究》孤本见赠,并系一词,中有"一当穿尽芒鞋了,天堂亦合是醉乡"句,感慨深沉,气力雄厚,非弟子敢望项背。先生嘉惠于我,不知凡几,此番则真情流露,诚令予感激涕零不能自知也。因恭步原韵,调寄《鹧鸪天》。)

壁上冷看俳优场,难消芒角尚撑肠。正多国人无病病,遂令老子不狂狂。　朱颜换,绿鬓苍,茶烟事业转觉忙(先生喜烟好茶,尝自称"茶烟阁"中人)。仙人自有安生法,微醺处是白云乡。

花月应排一万场,人世何必九曲肠。得道仙人自微醉,飘零国士且半狂。　风劲峭,骨坚苍,无愣事须火急忙(东坡诗云"火急著书千古事",项莲生云"不为无愣之事,何以遣有涯之生",二语为吾辈传神写照,正在阿堵)。万物波澜云过眼,此心安处是吾乡。

跟先生相比，我的两首词写得并不好，但"好"在步了先生的原韵。如果不用原韵的话，表达感情的效果会一样吗？交际的结果会一样吗？这就是所谓"心灵间秘密的对话"，"用韵"之功亦大矣！

第二，表达的需要。韵字的选择很大程度上决定着作品的情绪格调，如果"用韵"双方存在类似的感受、观点，用相同、相近的韵字便可能对表达形成一种补益而非减损。这一点从上面的例子中也可以看出。

第三，从客观效果来看，"用韵"天然带有督促创作者发掘语言最大潜力的功用。它在束缚思维的同时也砥砺了思维，在限制创作水准的同时也提高了创作技巧。这句话什么意思呢？一方面，韵字对你形成了限制，必须要在这一句句尾用这个字，但是你要组的词又不能和对方相同。人家用"鲜红"，你也用个"鲜红"，这不行，你最起码要写个"粉红""淡红"什么的。这就逼着你必须动脑，所谓"争奇斗艳，逞才使气"，诗词也就可以写得更精美，更出人意料。

现代西方诗学从现代语言认识论出发提出了"语言实验"理论，相信语言作为一个自足系统，有其自我更新的无限可能。从这意义上说，"用韵"已经为"语言实验"理论开先声了。"用韵"作品的产生与兴盛，正如诗中的"四声八病"，词中的"工尺定格"，它使艺术少了几分古朴、多了几分匠气，却是顺理成章、穷则思变的。就技术操作层面而言,尤其是一种发展和进步。

第四,评论"用韵"对于诗歌创作的影响需因人而异,关键是看作者的才情能否很好地操控这种方式。一个人只能背八十斤东西,你让他背九十斤,他可能就走不动了,但另外一个大力士,可以背五百斤,你让他背三百斤,照样步履如飞。才力大小肯定是有巨大区别的。比如明清之际的大诗人钱谦益。他一生写诗很多,名作也不少,但最享盛誉的代表作居然是十三叠、一百零四首步杜甫原韵的《后秋兴》。杜甫的《秋兴八首》是他自己,也是唐代七律的巅峰之作,钱谦益身当山崩海立的易代时期,沉痛煎熬,惊悸酸楚,于是他前后十三次步《秋兴》原韵,写出了后人评价最高的一组大型诗歌。在这个例子中,"用韵"完全没有损害到钱谦益的诗歌成就,反而造就了他最重要的代表作。而且,这样的情况并非孤证,那都是"用韵损害"理论难以解释的诗史存在。这种复杂的文学现象本身就足以引起我们更深一层的思索。

# 雅俗交通第三　"武林绝学"：集句与诗钟

## 鬼斧神工说集句

接着"用韵"问题可以说说更加"文字游戏"的集句。集句作为一种创作方式，它所受到的批评诟病比用韵要严重得多。用韵，韵是别人的，诗词还是自己写的。集句不是这样，自己写就不叫集句了。把别人现成的句子"集"到一起，构成新的意义关系，才能叫作"集句"。

我在一篇文章中专门追溯了集句的发展史。孔子去世的时候，鲁哀公致悼词，就集了《诗经》中的两句诗，这是集句之祖。此后陆续有人为之，到宋代渐成规模。宋代集句诗的高峰出自文天祥之手，他被幽囚在元大都长达五年，狱中集杜甫诗成五言绝句二百首。为什么要"集杜"而不用自己的语言表达呢？文天祥说得很清楚："凡吾意所欲言者，子美先为代言之，日玩之不置,但觉为吾诗,忘其为子美诗也。乃知子美非自能为诗,诗句自是人情性中语,烦子美道耳。子美于吾隔数百年,而其言语为吾用,非情性同哉……予所集杜诗,自余颠沛以来,世变人事,概见于此也,是非有意于为诗者也。"[1]这就是说,因为杜甫的忠爱缠绵之情和我非常相似,我每想写一句诗,就发现杜甫当年都写过了,于是我把杜甫的诗串联起来,我觉得那就是我自己的诗。我们看到,到文天祥手里,集句已经不再是一种文字游戏,而是能够承载他生命之重的一种严肃的创作方式了。

尽管也有人注意到了文天祥集句诗的价值,但是,诗学理论仍然没有改变对集句的歧视性态度,对它产生的动因、内驱力、艺术形貌等缺乏系统的思考。我的基本认识是:不能否认集句总体上的文字游戏性质,但关键在于,文字游戏并不是谁都能玩的,更不是谁都能玩好的。文字游戏能玩好的人,其他的创作成就也低不了。

比如清代势力最大的浙西词派之宗师朱彝尊的集句词集《蕃锦集》。朱彝尊有四个词集,《蕃锦集》一向得到的评价最低,但我看这个词集的时候有"惊艳"的感觉,简直是鬼斧神工!怎么可能集唐诗填词,多达一百三十余首,又浑然天成到这种地步呢?我们来读几首:

[1]《文山先生全集》卷十四。

穆陵关上秋云起（郎士元），习习凉风（萧颖士）。于彼疏桐（宋华），槭槭凄凄叶叶同（吴融）。

平沙渺渺行人度（刘长卿），垂雨蒙蒙（元结）。此去何从（宋之问），一路寒山万木中（韩偓）。

——《采桑子·秋日度穆陵关》

无限塞鸿飞不度（李益），太行山碍并州（白居易）。白云一片去悠悠（张若虚）。饥乌啼旧垒（沈佺期），古木带高秋（刘长卿）。 永夜角声悲自语（杜甫），思乡望月登楼（魏扶）。离肠百结解无由（鱼玄机）。诗题青玉案（高适），泪满黑貂裘（李白）。

——《临江仙·汾阳客感》

刘郎已恨蓬山远（李商隐），金谷佳期重游衍（骆宾王）。倾城消息隔重帘（李商隐），自恨身轻不如燕（孟迟）。 画图省识春风面（杜甫），比目鸳鸯真可羡（卢照邻）。一生一代一双人（骆宾王），相望相思不相见（王勃）。

——《玉楼春》

《蕃锦集》中的对句更是一绝，我们也读一些。"阆苑有书多附鹤（李商隐），春城无处不飞花（韩翃）""碧幌青灯风艳艳（元稹），紫檀红拨夜丁丁（许浑）""树色到京三百里（殷尧藩），柳条垂岸一千家（刘商）""暮雨自归山悄悄（李商隐），残灯无焰影幢幢（元稹）""蜡照半笼金翡翠（李商隐），罗裙宜著绣鸳鸯（章孝标）""平铺凤簟寻琴谱（皮日休），醉折花枝当酒筹（白居易）""桃花脸薄难藏泪（韩偓），梧叶心孤易感秋（曹邺）""松间明月常如此（宋之问），石上青苔思杀人（楼颍）""女萝力弱难逢地（曹邺），戏蝶飞高始过墙（姚合）""落花不语空辞树（白居易），明月无情却上天（薛逢）"。

大家可以仔细琢磨一下，这样的集句词是不是精美之极？值不值得给予比较高的评价？朱彝尊以这种方式纪游踪，寄客愁，咏古感兴，题画赠别，怀人上寿……"原创"词所能表达的情感，朱彝尊用集句词大体都能做到。可以说，在集句词的创作历史上，朱彝尊是最大限度地解放了它的抒情功能的一个。

顺便再说一副著名的集句对联，上联是："劝君更尽一杯酒"，下联不是"西出阳关无故人"了，而是"与尔同销万古愁"。这是古代酒楼上常挂的一副对联，品位绝佳呀！明确了这些，我们对集句的认识就可以有所突破。

## 诗钟圣手张伯驹

再说跟集句有一定关联的"文字游戏之极致"的诗钟。

什么是诗钟呢？这是中国古代的一种限时吟诗文字游戏，大约出现在嘉庆、道光年间的福建八闽地区。限时限题写出一副七言律诗中的诗联，香尽鸣钟，所以叫作"诗钟"。诗钟主要有两种格式：一是分咏格，要求在上下联分咏出绝不相干的两件事物。比如分咏"草、血"，有人写"美人斗罢裙犹绿，侠客归来剑有斑"；二是嵌字格，要求在上下联指定位置嵌上毫无关系的两个字，或多个字。比如有名的诗钟"天、我"五唱，要求"天"和"我"都在第五字，清末有一联"海到无边天作岸，山登绝顶我为峰"。现在很多书法家都喜欢写这一联。分咏、嵌字两种格式都以集古人成句为最难，也最见功力。举个例子：

《女·花》二唱。初唱第三卷云"青女素娥俱耐冷，名花倾国两相欢"，听者已叹集句之工。再唱第二卷云"商女不知亡国恨,落花犹似坠楼人",听者皆拊掌叫绝,以为无出其右矣。及唱元卷云"神女生涯原是梦,落花时节又逢君",则无不惊服者。此三联皆集唐人最熟之句,而一联佳于一联,所谓妙手偶得之也。[1]

依现存文献来看,光绪末叶至1937年抗日战争爆发以前的五十年间,诗钟创作进入了极盛期。[2]此后则逐步消歇,大概只有北京、天津的张伯驹[3]、寇梦碧、陈机峰、张牧石几位先生还兴致勃勃玩儿了一段时间,现在基本上已经成为绝响了。

无论数量还是质量,我认为张伯驹是能称"一代之雄"的,他的集句分咏格可谓佳制纷披,当世无敌。比如说分咏"状元、聋子",他集白居易诗写成"一朝选在君王侧,终岁不闻丝竹声",上句是状元,下句是聋子,这已经够精彩了。下面这几个也都耐人寻味:

主人不在花常在;世事何时是了时。(废园·月份牌;集钱起、张继句)

昨夜秋风今夜雨;一人女婿万人怜。(落叶·驸马;集卢纶句)

---

[1]《竹间续话》。
[2]可以参看潘静如《时与变:晚清民国文学史上的诗钟》,《中山大学社会科学学报》2017年第4期。
[3]张伯驹(1898—1982),字家骐,号丛碧,河南项城人,生于官宦世家,与溥仪族兄溥侗、袁世凯次子袁克文、张作霖之子张学良并称"民国四公子"。刘海粟说:"丛碧词兄是当代文化高原上的一座峻岭。从他广袤的心胸,涌出四条河流,那便是书画鉴赏、诗词、戏曲和书法。四种姊妹艺术互相沟通,又各具性格,堪称京华老名士,艺苑真学人。"其生平行迹可参见章诒和等著述。

刻意伤春复伤别；不惟烧眼更烧心。（杜牧之·白干酒；集李商隐、李绅句）

新鬼烦冤旧鬼哭；他生未卜此生休。（庸医·卜者；集杜甫、李商隐句）

承欢侍宴无闲暇；对影闻声已可怜。（杨贵妃·近视眼；集白居易、李商隐句）

暂尝新酒还成醉；来是空言去绝踪。（欠债户·社日；集白居易、李商隐句）

"对影闻声已可怜"咏近视眼、"来是空言去绝踪"咏欠债户已经够绝的了，更绝的是，分咏"连鬓胡子·牡丹"，张伯驹上联居然用了崔护的"人面不知何处去"！下联用方干的"狂心更拟折来看"，弱了一些，但也足够让人哈哈大笑，拍案惊奇了。分咏"尿壶·美男子"，他集陆龟蒙、《木兰辞》云"好向中宵盛沆瀣；焉能辨我是雄雌"，那也是让人忍俊不禁的。看看，被很多人瞧不起的文字游戏是那么容易玩的吗？

为什么花篇幅谈用韵、集句、诗钟呢？我觉得，这几项都是我们诗学理论中长期批评的、很边缘化的东西,如果这些东西我们能欣赏,并且去认真思考,那么,审美眼界就能放得比较开了。有了这样的眼界,文学史上那些很珍贵的东西才能越来越多浮现出来,我们的文学史研究才可能一步一步向前推进。总是陈陈相因,总是无条件相信那些"定论"和"公论",我们的路只会越走越窄。

# 情理交通

# 情理交通第一　假如诗人住对门

在前三个"交通"里，我们已经把诗词的内部、外部环境全都解决掉了。既能关注诗词的背景、本事、流变，还能打开审美的宽度，达到这个境界很不容易，但是还没有完全令人满意。我们要知道，有一种读法是超越技术、超越学问，直指心灵和人生的，那就是"情理交通"。能读出诗词中蕴含的美感与情感，体味到其中的感悟与哲思，我们就穿越时空，恍惚之间坐在了古人的对面，与他们遨游歌啸、促膝长谈、心灵对撞。他们的悲欢喜乐就会跨过时空，酿造成我们自己人生中的一份丰厚营养。

## 早逝文学天才排行榜

比如我们前面讲到的苏轼的《定风波》与《六月二十日夜渡海》。《定风波》是苏轼流放黄州时写下的，那是他三起三落的传奇一生的开幕大戏。面对着珠穆朗玛峰与马里亚纳海沟般的人生落差，苏轼一方面引吭高唱"莫听穿林打叶声，何妨吟啸且徐行"，一方面又淡定一笑："回首向来萧瑟处，归去，也无风雨也无晴。"而在离开这个世界的前一年，鬓发斑白、饱经摧残的苏轼从天涯海角回到祖国大陆，居然硬朗朗地向所有人宣布："九死南荒吾不恨，兹游奇绝冠平生！"苏轼写的哪里是自然界的风雨呢？哪里是写渡过琼州海峡的经历呢？难道他不是在经历生命的风雨、渡过人生的海峡吗？我们读了这样的诗词，回顾苏轼的生命轨迹，会不会觉得自己人生的那些灰暗角落被一道神秘的天光照亮了呢？

我们再来看一位诗人的逆境——黄景仁。

黄景仁的名气当然比不上苏轼了，但在清代诗坛，这也是一个如雷贯耳的名字。时人评价黄景仁"乾隆六十年间，论诗者推为第一"[1]。乾隆朝是中国古典诗歌史上诗人数量最多、诗作数量最多的时期之一，可谓大家名家济济一堂，诸如袁枚、赵翼、蒋士铨、沈德潜、厉鹗、翁方纲、郑板桥，都是重量级选手。在这些林立的高手中被"推为第一"，谈何容易！也就是说，清代两万名左右的诗人，如果评"十大家"或"八大家"，黄景仁肯定是高踞一席的。

他还有一重身份——黄景仁是中国历史上早逝的文学天才之一。我曾经开玩笑说，应该弄一个中国文学史早逝天才排行榜，尽管谁都不愿意进入这个榜单，

[1] 包世臣《齐民四术》。

〔1〕李贺生于791年，卒于817年，可参周尚义《李贺生卒年新考》。

〔2〕王勃生于649年，卒于676年，可参王天海《王勃生卒年与籍贯考辨》。

〔3〕这里只排古代诗人，如果加入二十五岁早逝的海子，所有人都要后退一名。

但事实是存在的，而且进入这个榜单的门槛是很高的，并不是"早逝"了就可以。比如说有一位"逝"得最"早"的诗人夏完淳，因抗清英勇就义时年仅十六岁，尽管夏完淳有一定的创作水平，距离天才的标准毕竟还有距离，他是进不了这个榜单的。各种因素综合考量，"早逝天才排行榜"冠军得主是李贺[1]，他以二十六岁的绝对优势获得这一"殊荣"；王勃[2]以一年之差紧随其后，"勇夺"亚军；拿铜牌的应该是纳兰性德，三十一岁；第四就要数到黄景仁，三十四岁。[3]

黄景仁是个早慧的神童，九岁就能写出"江头一夜雨，楼上五更寒"。十六岁考中秀才，此后考举人就很不顺利，"屡试辄蹶"。到了乾隆四十一年（1776）他二十七岁的时候赶上了一个好机会，乾隆皇帝平定金川奏功，东巡回京，黄景仁随各省士子去天津献诗。大才子写抒情诗是好手，写歌功颂德的"拍马诗"就不行了，所以只考了二等，被授予武英殿校录的小官。

武英殿是皇家修书机构，相当于"大清出版社"。校录也叫书签官，隶属于校对处，负责校书、抄书，地位比较低，大概相当于今天的普通科员，工资肯定也不高，一年十两八两银子而已，但是黄景仁不这么想：校录虽然官卑职小，但那是皇家机构武英殿啊！进了这个门槛，飞黄腾达还不是指日可待吗？以这样的浪漫想象，黄景仁忙三火四给家里人写信：咱们老家那几间破房子都卖了吧！那几亩薄田都处理了吧！全家都搬到北京来享福吧！

就这样，全家都搬到北京城了，没几天，生活就陷入困顿。北京城的生活成本不是从今天才开始高的！任何一个地方成了都城，八方辐辏，人口聚集，生活成本必然升高。所谓"薪桂米珠"，那几两银子管什么用啊？日子很快就过不下去了。

到了这一年的深秋九月，全家人连棉衣服都没有钱买，只能在寒风里瑟瑟发抖。黄景仁看到这一幕也很心酸，于是写了一组诗《都门秋思》。这是他的平生杰作之一，其中有两句以白描出之，格外动人——"全家都在风声里，九月衣裳未剪裁"。这一组诗，连同最出色的这两句不胫而走，迅速传遍诗坛，传到了陕西巡抚毕沅的耳朵里。

## 价值千金两句诗

毕沅是苏州人，状元出身，也是很不错的诗人，而且能利用自己的地位奖倡风雅，名气很大。当时舒位作《乾嘉诗坛点将录》，沈德潜被点为晁盖，袁枚被点为宋江，毕沅排在第三，被点为玉麒麟卢俊义，也是诗坛巨头之一。

毕沅慧眼识才，看到黄景仁这两句诗以后，拍案叫绝，说："这两句诗可值千金！"我们说"可值千金"都是空话，夸张而已，人家毕省长可当了真，真的派人从西安给黄景仁送来了五百两银子。五百两银子是个什么概念呢？物价史是个非常复杂的问题，我们简单化一点，以米价来估算购买力，乾隆朝一个普通的五口之家生活一年大概十两二十两足够了。也就是说，省着点花，五百两过上二三十年都不成问题，很大一笔钱啊！

但是黄景仁拿到这么大一笔钱，没过几个月就挥霍殆尽了。怎么花的呢？当年我特地就这个问题请教过严迪昌先生，严先生回答得很干脆："不知道！""不知道"是因为没有确切文献，但严先生说，可以推测。几个月内能花掉这么大一笔钱，无非是花到高档娱乐场所去了，挥金如土，大笔给小费，就是这么花的。

有时候我们会生出这样的感慨：诗人这种生物，你在纸面上看他，如椽大笔，才华横溢，我们崇拜得不得了。要是诗人跟你住对门呢？你可能就看他很不顺眼，头不梳脸不洗牙不刷，天天穿着破牛仔裤，背着把破吉他，神头鬼脸，逡巡来去，你能喜欢吗？要是这个诗人跟你生活在一个屋檐下呢？没准儿用不上十天半个月，日子就过不下去了。

诗人当然有可爱的一面，但很多诗人也有在现实生活中很弱智的一面。黄景仁一开始鼓动家里人来京城就是典型的"诗人浪漫病"发作，现在又干脆利落把这一大笔钱花光了，下一步怎么办？人家黄诗人一点儿也不着急，为什么呀？因为毕沅上次随着五百两银子还捎来了一封信，信上说："黄先生，你这两句诗可值千金，我先送你一半，五百两，那一半我给你暂存在西安，等你来西安做客的时候，我再把那五百两送给你。"真是有情有义、无微不至啊！毕省长这个举动确实是很令人感动的。

虽说黄景仁心里有底，还有五百两银子存在西安，可是眼看快到年关，债主盈门，眼前可怎么过呢？十冬腊月，黄景仁骑着一头蹇驴，冲风冒雪，向西安进发。结果路上风吹霜打，一病不起，最终逝在山西运城一位朋友的官邸之中，没能进入陕西境内。这位早逝文学天才的境遇足使我们一洒同情之泪，虽然这里有他自己的问题，但对于诗人来说，我们又不能苛求，不能要求诗人都是现实生活中的强者。对自然也敏感，对心灵也敏感，在现实生活中又能人情练达、八面玲珑，这样的诗人也不是没有，但还是相对少见的。

## 夜笛横吹的孤独歌手

回头来说作为大诗人的黄景仁。他的诗歌成就极高，风格也多元，雄奇者如李白，缠绵者如李商隐，凄苦悲酸之作则最具特色，最能代表自家面目。比如组诗《绮怀十六首》，第十五、十六首广为传诵：

几回花下坐吹箫，银汉红墙入望遥。
似此星辰非昨夜，为谁风露立中宵。
缠绵思尽抽残茧，宛转心伤剥后蕉。
三五年时三五月，可怜杯酒不曾消。

露槛星房各悄然，江湖秋枕当游仙。
有情皓月怜孤影，无赖闲花照独眠。
结束铅华归少作，屏除丝竹入中年。
茫茫来日愁如海，寄语羲和快着鞭。

"似此星辰非昨夜，为谁风露立中宵"极缠绵之致，"茫茫来日愁如海，寄语羲和快着鞭"极凄苦之致，真是荡气回肠。但我们这里讲的不是《绮怀》，而是他的两首绝句《癸巳除夕偶成》。

应该先说一说"除夕"。除夕的渊源很早了，《诗经·唐风·蟋蟀》云："蟋蟀在堂，岁聿其莫。今我不乐，岁月其除。"这里的"除"是又去一岁的意思。《吕氏春秋注》提供了另一种解释:"前岁一日,击鼓驱疫疠之鬼,谓之逐除。"这个"除"是拔去凶邪的意思。作为旧年的最后一日,除夕既是两个年度的界碑,也是人生里程的重要节点。当万家灯火,欢声盈沸,或笑对亲眷,或独守青灯,或伫立风寒,或孤酌逆旅,不仅过去三百多日的甘苦酸甜会在此夜历历回放,以往镌下的生命印迹也都会奔来眼底,兜上心头,绾一个阶段性的结。于是,"除夕"就成了一个特殊的时间触媒,以其为主题的诗词作品也就蕴含着丰厚的生命意蕴。大家看一个诗人别集的时候,凡是遇到"除夕"的字样,应该多注意一点,好作品往往出在这个地方。

黄景仁这两首绝句就是典范。"癸巳"即乾隆三十八年(1773),黄景仁二十五岁,芳华正盛,但科举失意,人生蹉跌,心中无限积郁:

千家笑语漏迟迟,忧患潜从物外知。悄立市桥人不识,一星如月看多时。

年年此夕费吟呻,儿女灯前窃笑频。汝辈何知吾自悔,枉抛心力作诗人。

题目说"偶成",其实并不偶然。黄景仁四岁而孤,少年时即负盛名,却一举累踬,为谋生计,四方奔波,穷困潦倒。心中种种积郁在除夕万家灯火笑语的映衬之下,怎能不显得格外孤寂和苍凉,怎能不发出"枉抛心力作诗人"的哀啸?"悄立市桥人不识,一星如月看多时",当然是"无人识我"的自伤,不过也有"为何无人识我"的自负与愤激。种种情绪激荡,心头自然泛出莫名的"忧患"。此种"忧患"乃是虚灵的,宏观的,既忧生,亦忧世。在鲜花着锦、烈火烹油般的"盛世"中,黄景仁是一个冷眼袖手、病鹤舞风式的旁观者。所以严迪昌先生说黄景仁是乾隆盛世中一位"夜笛横吹的孤独歌手",他就像大观园里的贾宝玉,在"鲜花着锦,烈火烹油"的盛世里闻出了"悲凉之雾"的味道。

"悄立市桥人不识,一星如月看多时",这样的逆境我们没有过吗?这样落寞孤独的心情我们没有过吗?我们写不出苏轼的《定风波》,我们也写不出黄景仁的《癸巳除夕偶成》,但我们看到这些诗词的时候,会不会心里面有一个地方在跟着他们一起颤动,会不会有一根弦被他们的手指拨动了呢?

## 名篇名句何以"名"

名篇之所以为名篇，名句之所以为名句，正是因为那些诗篇、诗句穿越时空，拨动了你的心弦，让你和作者的心弦同频共振，而那些诗篇、诗句就从此烙在了你的脑海之中，再也难以去怀。

这样的例子太多太多了，我只随手举几个宋代以后的例子来说。黄庭坚《寄黄几复》中的名句"桃李春风一杯酒，江湖夜雨十年灯"，写时光的变迁，在我看来没有比这十四个字更精彩的了。陆游《临安春雨初霁》，"小楼一夜听春雨，深巷明朝卖杏花"，就算写一首《春赋》，洋洋洒洒上万字，也比不过这两句的秀美清澈。

再看吴文英《风入松》，"黄蜂频扑秋千索，有当时、纤手香凝"。吴文英这首《风入松》为悼念他的心上人而作，是宋代悼亡词的"三甲"之一。[1]在他之前有苏轼的《江城子》，"十年生死两茫茫"那一首，还有贺铸的《半死桐》（即《鹧鸪天》），就是"重过阊门万事非，同来何事不同归。梧桐半死清霜后，头白鸳鸯失伴飞"那一首。跟苏轼、贺铸的名作相比，吴文英这一首以深刻曲折取胜。

什么意思呢？我们看，这两句里，吴文英给我们展示了一个离奇的场景。"黄蜂频扑秋千索"，这是

〔1〕这首词历来解说者都当成一般的怀人之作，我以为"听风听雨过清明，愁草瘗花铭"两句已经点出悼亡之意，煞拍"惆怅双鸳不到，幽阶一夜苔生"也是哀悼语，故归为悼亡词。至于所悼者是妾是妓，还不能定论。

不符合正常生活逻辑的,蜜蜂应该飞到花丛里去采蜜,现在却在扑这两根秋千绳子,看来是蜜蜂把秋千绳子当成了花朵,为什么蜜蜂会产生这样的误会呢?"有当时、纤手香凝",因为我的心上人当年在此打过秋千,她两只手攥着的地方留下了幽香,经年不散,所以蜜蜂才会误会那是花丛!这是何等深刻的心思,何等曲折的写法!吴文英绕了一个弯又一个弯,一重一重地逻辑推演,最后我们体会到的是他对这个逝去女子铭心刻骨的怜惜、追怀、爱恋。这就带出了吴文英极度鲜明的艺术个性,我们甚至会觉得,在这样的句子对比之下,"十年生死两茫茫"都显得有点直白,不那么耐人寻味。吴文英写爱情的这两句真是值得千古流传!

　　顺便补说一首厉鹗的悼亡小诗,诗是为他的侍妾月上而作。诗仅二十字:"湖山徙倚处,盈盈记踏春。朱阑今已朽,何况倚阑人。"最后这两句真是惊心动魄:月上当年倚靠的朱红色栏杆现在都朽坏了,何况当年倚在这儿的那个人呢?在曲折深刻的角度上,厉鹗的诗和吴文英的词有异曲同工之妙,感人的力量也不相上下。

# 情理交通第二　当文人遇上皇帝

写时光，写春天，写爱情，我们已经举了三个例子。再来看一首写乡愁的小诗，作者是明初诗坛的传奇人物袁凯。为什么说袁凯"传奇"呢？这后面有一段传奇故事，我们要从洪武皇帝朱元璋说起。

## 妄想型迫害狂

朱元璋在中国历代皇帝中家庭出身低微，小时候没有受过好的教育，用他自己的话讲，是"淮右布衣"。朱元璋凭借自己的智慧，在元末乱世中脱颖而出，赶走了元统治者，建立了大明朝。打天下的时候，朱元璋还是比较英明果断的，但坐天下的时候，早年的贫苦经历在他内心积聚的自卑，渐渐酿成了一种扭曲的心理。这种行为愈演愈烈，乃至完全爆发出来，从而在洪武王朝演出了一场惊悚的历史大戏，其矛头指向的就是文人官僚阶层。

我们都知道"文字狱"的说法,文字狱清代居多,其实朱元璋洪武王朝的文字狱也非常严重,在我看来,毫不逊色于清朝。比如说有一位府学教授上奏章歌功颂德,其中有"光天之下,天生圣人,为世作则"之语。按正常人的思维,这都是好得不能再好的吉祥话,但朱元璋勃然大怒。首先,"光天"的"光"他不喜欢,因为我当过和尚,这就是讽刺我剃过光头;其次,"生"和"圣"他都不喜欢,因为这两个字和"僧"谐音,还是讽刺我当过和尚;再次,"则"与"贼"是同音字,讽刺我当过强盗。十二个字里有四个字朱元璋看了不高兴,就把这位府学教授就地斩首了。这是我看过最惨的拍马屁拍到马蹄子上的事儿了。

还有一个例子:有一位法号来复的印度和尚,元朝时期就来到中国传播佛教,朱元璋对他也很敬仰,经常邀他进宫讲说佛法。有一天,来复向朱元璋辞行,准备回国。朱元璋大张筵宴,为来复送行,非常隆重。这位大和尚一激动,说:"皇上,我给你写首诗吧!"大家看,会写诗有什么好?你蔫溜儿走了不完了吗?非要写首诗惹祸。来复惹祸的诗是这么两句:"金盘玉盒来殊域,自惭无德颂陶唐。"诗中的"金盘玉盒"大约指的是佛教的法器,袈裟、禅杖、钵盂之类,"来殊域"是指从异国他乡来到中国,"殊域"就是"异域、异乡"的意思;"自惭无德颂陶唐"是说我受到大明皇帝这么隆重的礼遇，自惭没有什么美德可以配得上大明皇帝的英明仁厚。这话没问题吧？当然没问题，因为我们是正常人，但在朱元璋的眼光里就有问题。他认为，"殊"字拆开，就变成"歹""朱"两个字，这不是辱骂我吗？一道圣旨下来，来复和尚从座上客变成阶下囚，不久就死在监狱之中。

类似花样百出的文字狱还有很多，常有人莫名其妙地被杀。后来很多高级官员联合上书，要求朱元璋"颁定楷式"：哪些字能用，哪些字不能用，您给个标准，我们遵照执行总行了吧？朱元璋给不出标准，看不顺眼的还是照杀不误。

这些事情是足以当成精神病理学的典型个案来对待的。事实上，我确实就此种表现咨询过精神病科的医生朋友，他们很干脆地给出诊断——妄想型迫害狂！

在这样的颠狂心理的作用下，不仅同时代的活人遭遇不幸，连跟他相距将近两千年的孟子也受到波及。朱元璋当了皇帝，需要文官给自己讲圣贤之道。讲着讲着，就说到了《孟子》的"民为贵，社稷次之，君为轻"。朱元璋一听之下勃然大怒，愤愤地说："此非臣子所宜言！"气愤地把《孟子》"啪"地摔在地上。文官们赶紧把书捡起来，放在皇帝手里，跟皇帝苦口婆心地讲："皇上！人家孟子是大圣人，人家讲这个东西是不会错的，你应该好好听。"劝了半天，朱元璋终于妥协了。

又讲了几天,讲到"君有大过则谏,反复之而不听,则易位"。怎么换君主呢?不排除暴力革命的可能性。听到这话,朱元璋更火了,"啪"的一下又把《孟子》摔在地上,讲了一句狠话:"使此老今日尚在,宁可免耶?"——这个老家伙,如果今天还活着的话,我非宰了他不可!文官们又一次捡起书,苦口婆心劝了半天,朱元璋终于按住自己的暴脾气,接着往下听。又听了几天,听到"君之视臣如土芥,则臣视君如寇仇"这句,朱元璋又大火而特火,第三次把《孟子》摔在地上,这一次谁劝都不捡了。不仅不捡,而且连续下发两道圣旨。第一道圣旨:把孟子塑像从文庙中给我搬出来,取消孟子的圣人资格;第二道圣旨紧跟着发出去,他说:我知道我取消孟子的圣人资格会有许多人求情,但是我警告你们,刚才那道圣旨不是一时冲动,是深思熟虑的结果。我已经忍孟子很久了!谁敢为孟子求情,杀无赦!

气势汹汹,锋芒毕露,这说明朱元璋对孟子的影响力是有比较充分的估计的,但他毕竟还是低估了孟子的影响力。圣旨明明发出去了,但是以刑部尚书钱唐为首的一百多位官员齐刷刷地跪在朝堂之上为孟子求情。史书记载,这些人"袒胸受箭":"皇上,我们就是要为孟子求情,你可以随时让弓箭手放箭射死我们,我们为孟子而死,死得光荣!"朱元璋是什么人呢?心特狠,手特辣,杀人不眨眼。但是这一次,在如此强大的舆论压力之下,他破例收回成命,保留了孟子在文庙陪孔老先生享受香火的资格。

但是朱元璋也没饶了孟子。他回头就跟这些文官谈判:我不取消孟子的圣人资格,但是孟子文章中有很多大逆不道的言论得删掉,不能让它传播天下,流毒无穷。他让文官删掉了八十五条自己觉得不满意的孟子言论,形成了《孟子》的删节本。我们只知道《金瓶梅》有删节本,可能想不到《孟子》也有删节本吧?这个删节本的名字叫作《孟子节文》,朱元璋将其颁布天下,作为读书人的标准化教材,被删掉的部分老师不许讲,学生不许听。这个版本的《孟子》使用了一百年上下,直到明武宗正德年间才恢复全貌。

## 自古聪明上海人

袁凯正是生活在这位暴君横扫天下、当者披靡的时代,而且还跟他正面交锋,并全身而退。在洪武朝著名文人中,这是唯一一个全身而退的案例。

袁凯在元朝时候就已成名,因在诗坛盟主杨维桢座上赋《白燕》诗,得了一个美称——"袁白燕"。

大明朝初建的时候，袁凯年纪已经不轻了，六十岁上下，[1]因为名声在外，朱元璋征召他出来做官。袁凯虽然不愿意，但在朱元璋严厉的督促甚至威胁之下，还是被迫出山。朱元璋授予他五品监察御史的职位，品级不是很高，但地位很重要，经常在朱元璋身边从事秘书工作。袁凯小心翼翼地伺候，虽然伴君如伴虎，但还是很平静地度过了一段时间。就在他冷不防的时候，大祸突然临头。

有一天，朱元璋正在勾决死刑犯的名单。什么叫"勾决"呢？古代司法制度规定，刑部每年把准备处以死刑的犯人名单交给皇帝最终审阅，皇帝审阅的时候笔蘸朱砂，觉得这个人应该执行死刑，就在这个名字上打个钩，这个人今年秋天就会被处决。如果看到案件还有一些疑点，或者认为量刑可以从轻，就把这个案卷放在底下，今年先不勾，这个人还可以再活一年。这一年可能赶上老爷子心情不好，拿起红笔从头到尾几百份案卷一个不漏，全都打上钩了。当时袁凯正好在身边伺候，朱元璋回头交给袁凯一个工作："你去把这个案卷送到太子朱标那儿，让太子再勾一遍，以太子的决定为最后决定。"

朱标这个人比较善良，跟他爸爸性格很不相同。他审查了这些案卷以后，觉得有一些可以从轻的，就勾回来了，袁凯又捧着这些案卷回来向朱元璋交差。

[1]袁凯生年很多文献作"不详"，贺圣遂在其点校的《海叟集》中说袁凯生于元至大三年（1310）或稍前，并注曰："杨维桢《东维子集》卷十九《改过斋记》谓其于至正九年晤袁凯，凯自称'今年岁已强矣'。古者'四十曰强'，则凯于至正九年（1349）至少已四十岁。"其说可信。

大家看得出来，在整个事件当中，袁凯就是一个跑腿儿的，没有他任何责任，也没有他参与的任何意见。但是，朱元璋冷不防地给袁凯出了一道生死攸关的选择题。选择题很简单，只有两个选项，但怎么答都错。朱元璋问："袁凯，你说这件事情是我做得对，还是太子做得对呢？"

只有两个选择，但你选哪一个都不对。你说太子对，那就说明皇上不对，皇上现在就可以翻脸处置你；你说皇上对，那就是太子不对，太子明天就可能当皇帝，照样可以处置你。我对袁凯有过一个评价——袁凯是大明洪武朝智商最高的人。袁凯是哪儿的人呢？明朝叫作华亭，就是今天的上海人。我还开过一个玩笑，上海人不是从今天才开始聪明的，古时就聪明。面对这样的难题，袁凯即兴回答得非常精彩，我们想了几百年了，都没有想出比他当时更好的答案。袁凯说："陛下执法之正，太子乃心之慈。"这话越琢磨越有意思：陛下你没有错，因为你是以事实为依据，以法律为准绳；太子也没错，太子是法外开恩哪！

听了这么一个回答，一个正常人会怎么看待袁凯呢？我会认为袁凯是个人才，给五品官太小了，应该大力提拔。这是正常人的反应，但朱元璋不是正常人，他给了袁凯八个字的评语——"老奸巨猾，首鼠两端"，当即把袁凯下了大牢。

## 将装疯进行到底

过了几个月，可能赶上有一天心情好，又想想人家袁凯确实没犯什么错，朱元璋就把袁凯放出来了，将他官复原职。袁凯本来就不乐仕进，经历这次无妄之灾，更是体会到了伴君如伴虎的滋味。怎么才能从朱元璋的魔掌中逃脱出来呢？我们说远一点，袁凯所面对的困境不是他一个人的困境，而是无数文人在面对险恶政治旋涡的时候共有的困境。这种困境用李国文先生的一本书名来概括，叫作"当文人遇上皇帝"。当文人与权力狭路相逢的时候，你能凭借的有什么呢？无钱无权，无兵无勇，你能凭借的只有智慧。所以，无数文人遇到这种险恶的政治旋涡的时候，都英雄所见略同地选择同一个方案——装疯！我还开过一个玩笑，有机会可以研究一下文人装疯史。为什么装疯？怎么装疯？装疯以后又怎样了？那会是非常有趣的一个课题。

袁凯是"文人装疯史"中非常杰出的一个。怎么装呢？袁凯一定有过精心的设计。首先要选择众目睽睽的场合，你自己在家装得再好也没有用，皇上看不见；其次是要算好跟朱元璋的距离，太近了不行，容易被看出破绽，太远了也不行，看不清楚就白装了。所以，他选择了所有官员上朝的时候，走到离朱元璋几十米的距离，突然倒在地上，四肢抽搐，口吐白沫。这叫羊角风，学名癫痫。袁凯躺在地上抽风，朱元璋神色不动，站在台阶上看了袁凯半个小时，然后告诉身边的卫士："我听说羊角风病人都没有痛感，你们拿锥给我去扎几下。"这里说的"锥"不是我们日常用的锥子，而是武士佩戴的匕首。卫士奉旨，往袁凯身上捅了几刀。装疯不是件简单的事情，你光有智慧不行，还得有毅力。袁凯意识到这是生死关头，以强大的毅力忍痛不动，做出完全没有痛感的样子。捅完了以后，朱元璋又站那儿看了袁凯半个小时，还是没看出什么问题，不得不相信袁凯已经疯了，只好批准袁凯退休，放他回了老家。

  就这样，袁凯从朱元璋的魔掌里逃出去了，但真的逃出去了吗？恐怕还没有。袁凯离开朝廷以后，朱元璋老惦记他。惦记什么呢？惦记袁凯是不是骗我，怎么能让袁凯跑了呢？于是，朱元璋派一个钦差到华亭，给袁凯传了一道"温情脉脉"的圣旨。确实是温情脉脉，圣旨开头就说："袁爱卿啊！自从你离开以后，朕经常惦记你——这话倒没错，确实是惦记袁凯来着——惦记你什么呢？惦记你的身体是不是痊愈了。如果你身体好一点儿的话，还欢迎你回到朝廷做官，我这儿虚席以待；如果你身体还没有完全恢复，那就在地方上做个教官,替朝廷作养一点人才。"确实是温情脉脉,非常动听。但前面我们说过,袁凯是大明洪武朝智商最高的人,他对朱元璋这点儿小心思洞若观火:这哪里是关心我呀,不就是看我疯没疯,是否欺骗了皇上吗?

袁凯现在只剩下一个选择——将装疯进行到底。问题是钦差进了门,你还像上次一样发羊角风,不一定骗得过去了。不仅要把装疯进行到底,还得拿出装疯系列的必杀技,升级2.0版。于是,袁凯弄了一盆面粉,加上红糖或者什么染料拌和到一起,和了一盆又黏又黑的东西,把它捏得一段一段的,做成一盆假狗屎,洒得满院子都是。钦差来袁凯家里传圣旨的时候,看到的是这样一个场景:袁凯蓬头垢面,衣衫褴褛,趴在地上捡这个东西吃呢!钦差差点没吐出来,他哪儿敢拣一个尝一尝啊?只好回去跟朱元璋禀报,说袁凯的确疯了,比原来更疯,这才最终骗过了朱元璋。

## 中国古代最长寿诗人

袁凯凭借装疯"必杀技"最终逃出生天,可能连他自己也没想到,他付出的这些代价是非常"超值"的。根据我的考证,袁凯最终骗过朱元璋的时候是六十多岁，他自己肯定没想到，此后他又多活了三十年上下。袁凯是明朝最长寿的诗人，也可能是中国古代最长寿的诗人，一直活到九十四岁才去世，那时候已经是永乐年间了。[1]看来有时候不必计较和别人的恩怨，只要你比他活得长，你就赢了。正如李国文先生在《司马迁之死》中所说的那样：

后来，我明白了，这固然是中国文人之弱，但也可能正是中国知识分子之强。

连我这等小八腊子，在那不堪回首的"右派"岁月里，还曾有过数度愤而自杀的念头呢！因为那些王八蛋作践得你实在不想活了。那么，司马迁，这个关西硬汉，能忍受这种度日如年、生不如死的苟活日子吗？他显然不止一次考虑过"引决自裁"，但是，真是到了打算结束生命的那一刻，他还是选择了中国大多数知识分子在无以为生时所走的那条路，宁可含垢忍辱地活下去，也不追求那死亡的刹那壮烈。一时的轰轰烈烈，管个屁用？

因此，我想：

他不死，"所以隐忍苟活，幽于粪土之中而不辞者，恨私心有所不尽，鄙陋没世，而文采不表于后世也"，他相信，权力的盛宴，只是暂时的辉煌，不朽的才华，才具有永远的生命力。

〔1〕袁凯生卒年异说颇多，贺圣遂在其点校的《海叟集》中据杨维桢《东维子集》卷十九《俊改斋记》定袁凯生于元至大三年（1310）或稍前。在袁凯诗集卷五《一览楼和韵》一诗后贺氏又注曰："《海叟集外诗》于此诗后附有《松江府志》所收'夏忠靖公原韵并小序'……知此诗和夏原吉者。据夏诗小序，知其作于永乐甲申。倘《府志》所载无误，则凯享年当在百岁上下也。"

他不死，一切都要等待到"死日然后是非乃定"。活着，哪怕像孙子，像臭狗屎那样活着，也要坚持下去。胜负输赢，不到最后一刻，是不见分晓的。你有一口气在，就意味着你拥有百分之五十的胜出几率，干嘛那样便宜了对手，就退出竞技场，使他获得百分之百呢？

他不死，他要将这部书写出来，"藏之名山，传之其人，通邑大都，则补偿前辱之责，虽万被戮，岂有悔哉"，很明显，他早预计到，只要这部书在，他就是史之王，他就是史之圣；他更清楚，在历史的长河里，汉武帝刘彻者也，充其量，不过是众多帝王中并不出色的一位。而写出"史家之绝唱，无韵之离骚"的他，在历史和文学中的永恒地位，是那个"宫"他的刘彻，再投胎十次也休想企及的。

所以，他之不死，实际是在和汉武帝比赛谁更活得长久。

这就是袁凯令人唏嘘的传奇故事。袁凯不仅智商为洪武朝之冠，作为诗人也是非常优秀的。元末明初有一个名声很大的群体叫"吴中四子"，也叫"吴中四杰"，指的是高启、杨基、张羽、徐贲四位，现在看来，袁凯的成就应该在杨、张、徐三位之上，与高启并称为明初诗坛的"双子星座"。他的这首《京师得家书》

篇幅虽短,但堪称平生杰作:

江水三千里,家书十五行。
行行无别语,只道早还乡。

首句的"三千里"也作"一千里",从南京与上海的距离看,"一千里"更近乎实际,但作"三千里"也不算错,夸张手法而已。"家书十五行"没有很好的解释,其实古代信纸常常印成八行格式,也称"八行书",这里说"十五行",大概是表示区别于一般虚文客套的两张八行书的意思。十五行家信字字含情,但也无非说了"早还乡"三个字而已!写乡愁,全用白描笔法,不加修饰,是很动人心弦的。联想到袁凯日后的遭遇,这份"乡愁"又多了一种沉甸甸的内涵。

# 情理交通第三　如怀明月夜中行

[1]张文光（1593—1661），字谯明，河南祥符人，崇祯元年（1628）进士，官山西知县，久无迁升，入清知钱塘，又不升。顺治十年（1653）前后始调入京师任给事中，迁主事。顺治末年出为江南池太道副使，未几卒。其诗作今仅传《诗刻》中《斗斋诗选》一卷。

## 友情诗"准"绝唱

友情，也是古典诗歌永恒的母题之一。清代诗词里写友情的句子很多，也很感人。比如清初一位名不见经传的诗人张文光[1]。他的《重过识舟亭》中有"偶得故人天上句，如怀明月夜中行"两句，我读了颇感震撼。一位多年没有音信的老朋友，给自己大老远寄来一封信，那种开心我们可能都有体会。张文光先用了"天上句"三个字，不管是"天上掉馅饼"还是"天上掉下个林妹妹"，都是一种强烈的欣喜，但更重要的在后面——把这封信揣在怀里是什么感受呢？"如怀明月夜中行"！你可以想象一下，在黑灯瞎火的旷野中，周围虎啸狼嚎，而你怀里揣着一轮月亮，那会是什么样的感受？友情写到这种程度，也可以算是翻新出奇了。

龚自珍《投宋于庭翔凤》中的友情也很让人感动。

宋翔凤，字于庭，是常州学派的中坚人物，与龚自珍的老师刘逢禄同为常州今文经学鼎盛期之代表。同时又与林则徐、邓廷桢交往频密，于时世动荡多有阅历，是晚清一位高才无命、经世致用、情怀无处施展的杰出文人。龚自珍是当世有名的"狂士"，他能看得上眼的人微乎其微，但只要遇到宋翔凤这般令他真心钦敬的才士，龚自珍又绝不吝惜地真挚赞美：

游山五岳东道主，拥书百城南面王。
万人丛中一握手，使我衣袖三年香。

前两句写宋翔凤的阅历与学问，目的在于为后两句作铺垫。"万人丛中一握手，使我衣袖三年香"，"衣袖"这两个字很考究，衣袖可以香三年，手能香多久？对宋翔凤景仰激赏到了何等地步？这七个字包含着好几层意思，愈转愈深，与张文光的"如怀明月夜中行"各尽其美，各有千秋。

上面的诗句都够"绝"了，但距离"绝唱"还有差距。在我心目中，几千年来写友情的冠军作品，毫无争议要颁给顾贞观的《金缕曲·寄吴汉槎宁古塔，以词代书》。吴汉槎是谁？宁古塔是哪儿？顾贞观为什么要以词的方式给他写信呢？凡此种种，背后又隐埋着一大段令人惊悚、诡谲变幻的历史风云。

## 薙发令与科场案

汉槎即吴兆骞的字，吴江人，这是明末清初一位著名的大才子。"大才子"这三个字在我这儿不是轻易许人的，吴兆骞够得上。顺治十年（1653），江浙文社在苏州虎丘、嘉兴鸳鸯湖举办了几次大型聚会，每次参与者多达上千。二十二岁的吴兆骞在会上大出风头，被文坛盟主吴伟业点为"江左三凤凰"[1]之一，从此名震江南。本来有着大好前途，结果命数弄人。顺治十四年（1657）吴兆骞参加江南行省举行的乡试，顺利考中了举人，也因此开始了自己一生的大悲剧。

顺治十四年的干支是丁酉，这一年发生在江南的"科场案"是此后一系列大型案狱的开端。为什么这样说？我们要从明亡清兴说起。

当年盘踞在关外的清朝"辫子军"其实本来没有入主中原的野心，在山海关一片石大战李自成，他们恐怕也没有想到看起来战斗力那么强的大顺军队，摧枯拉朽般被自己迅速击溃，彻底崩盘。从这开始，树立了信心的清朝军事集团高歌猛进，在整个北方地区都没有遇到强有力的抵抗。从地域文化性格的角度来看，这样的局面未免有点儿让人诧异。

北方一向是以阳刚气质著称的，所谓"燕赵之地，多慷慨悲歌之士"，所谓"山东大汉"，所谓"天下

[1] 另外两位是阳羡词派宗师陈维崧、华亭才子彭师度。

武功出少林",按理说不应该出现望风披靡的情况。反而是到了温文尔雅、烟水迷离的江南地区,风起云涌、前赴后继的铁血抵抗一浪高过一浪,这尤其让我们觉得不可思议。

我是东北人,在苏州生活过几年,感性体会很多。比如说我在苏州的住所附近有两间小超市,两个老板不知道因为什么吵架了,两人都站在自家门口,隔着几十米吵,从早晨八点多吵到中午吃午饭,谁也不会往前走一步,就在那儿"干吵"。我们东北哪有这事儿啊?东北人吵架一般不超过三句话:"你瞅啥?""瞅你咋地?"第三句就动手了,弄不好几分钟就出人命了。

前些年周立波有个小段子也很好玩。他说:我给咱们上海争了一口气。一个沈阳的朋友说:你们上海男人一点儿都不像男人,吵架好几个小时都不动手,你看我们东北怎么怎么样。周立波说:我跟你讲上海是怎么回事儿。上海滩不是出打手的地方,是出流氓的地方。流氓和打手有什么区别?上海滩的大流氓,比如黄金荣、张啸林、杜月笙,他们看谁不顺眼的话,自己是不会动手的,而是告诉手下人:"把他做掉!"谁去做呢?都是你们东北人去做呀!

这些闲话的确反映出地域文化性格的差异,但我们提醒一句,为什么在江南出现铁血斗争的情况?有一个非常重要的因素必须考虑进来——清兵在顺治二年南下长江，颁布了著名的"薙发令"。"薙"字现在常常被写成"剃"字，其实这两字有很大差异。"剃发"是剪去头发，"薙"是斩草除根，力度完全不同。薙发令的核心是十个字："留头不留发，留发不留头。"头发、脑袋选择一个！

　　头发是小事儿，剃成什么发型都不会影响身体健康；但头发又是大事儿，所谓"身体发肤，受之父母，不敢毁伤"，头发背后是文化传统！大明衣冠我们早就习惯了，现在要逼迫大家把前半截头发剃掉，后半截梳个辫子，这是禽兽之装！这不仅是审美品位的大滑坡，更是对汉文化法统的全面摧毁。从南宋以来，江南就是汉文化积淀最厚的地区，于是，就在这个"干吵"地带出现了抛头颅、洒热血的抗争。

　　扬州十日、嘉定三屠、江阴保卫战、四明山游击战……虽然最后都以失败告终，但是可歌可泣，气壮山河，在清朝统治层心里留下了长久的惊慌和疑忌。局势稍稍稳定一点儿，就要启动一系列必要手段，打击江南地区的知识阶层、士绅阶层，拔除自己的眼中钉、肉中刺。顺治十四年丁酉科场案就是在这样的背景下登台亮相的。

## 顺治的帝王心术

丁酉科场案其实是一个全国范围的案件，在顺天（俗称北闱）、河南、江南（俗称南闱）的乡试中都有违规现象，也都有人受到惩处。但是，我们比照一下，就能明显看出朝廷对南闱科场案重拳出击，后果最严重，处刑最严厉。

如同每一次乡试一样，录取结果出来了，几家欢乐几家愁，有上榜的，就有落榜的，每一次也都会有落榜秀才"找茬儿"，以各种方式表达自己的牢骚和不满。这一科考试的"茬儿"在什么地方呢？

有人注意到，这一科的主考叫作方猷，而他录取的一个举人叫方章钺。这两人肯定是同宗近亲，明显是营私舞弊、暗箱操作！于是一传十十传百，舆论沸腾，甚至有位落榜的才子尤侗写了一出时事活报剧《钧天乐》，又有人写了一出《万金记》，由戏班搬上舞台，引起巨大轰动。《万金记》的名字取得很有讲究，"万"字加上"、"就是"方"，指主考方猷；"金"字是"钱"字的偏旁，指的是副主考钱开宗；"万金"合在一起又暗示他们收受贿赂。这样的舆论造势很快引起强烈关注，京城有一位监察官员阴应节"风闻奏事"，把这件事情报告了顺治皇帝。

那么，到底应不应该同宗回避？主考官有没有违规操作呢？其实真相很容易查清楚。因为当事举子方章钺也不是没来历的人物。他是安徽桐城方氏望族出身，父亲方拱乾现在朝廷担任詹事府右少詹事兼内翰林国史院侍讲学士的要职，大哥方玄成担任内弘文院侍读学士，品级也不低，而且颇受皇帝赏识，[1]把他们叫来问问不就知道了？方拱乾回奏得很明白了："臣籍江南，与主考方猷从未同宗，故臣子章钺不在回避之例，有丁亥、己酉、甲午三科齿录可据。"这就是说，我们同姓不同宗，历史上从来没有回避过！

这个证据是坚实的，但问题在于，如果皇帝采信了你的说法，认为没有舞弊，下一步的戏要怎么唱？那将置皇帝体面于何地？将置皇帝打击整治迟迟不肯归心的南方士子的算计于何地？

接下来的事件与其说是"千古奇冤"抑或"一场闹剧"，不如说是一次蓄意已久的阴谋。一般情况下，皇帝听了这样的举报以后，应该怎么处理这个事情呢？应该表态说："我高度重视江南考场舞弊的事情，马上调派一批干员，组织一个专案组，一查到底，把真相搞清楚，如有违法违规情节，我们坚决处置，严惩不贷！"这是正常程序，但是顺治皇帝这一次的反应很不正常。他貌似愤怒实则很开心地下了一道圣旨，开头就说："方猷、钱开宗离开京师去主持南闱考试

[1] 顺治十一年（1654）诏举词臣优品学者十一人，侍帷幄，备顾问，顺治亲简其七，方玄成与焉。翌年选经筵讲官，例用大臣，玄成又以学士入选。野史记载，顺治帝对方孝标"呼为楼冈而不名"，又说"方学士面冷，可作吏部尚书"。

的时候，朕曾经当面训谕，一定要秉持公心，千万别出问题，哪知道这两个家伙阳奉阴违，辜负朕的一片苦心，实属可恶。"然后再说："派人下去，一查到底！"

　　大家看出来哪里不对了吗？他已经先给案件定了性，然后再去查，你能查出什么来？你能唱反调，查出两位主考官没舞弊吗？把皇帝的圣旨往哪儿放？还要注意一点：顺治皇帝对方拱乾提供的证据完全"选择性失明"，视而不见，提都没提。他是不是因为愤怒而忽视了有力证据呢？我认为不是，顺治皇帝既不是昏君，也不是暴君，相反，他是奠定大清江山的"三祖"[1]之一，是非常英明而有算计的！这是他故意走的一步大棋！所以我说他"貌似愤怒实则很开心"，这简直是雪中送炭嘛！

　　专案组的调查结果不用说了，移交到审判机关，结果也不用说了：方、钱二人舞弊证据确凿，拟处绞刑。十六房同考官也负有连带责任，处以流刑。大家可能会觉得这个刑罚太重了，但这里我们要说明两点：第一，古代科场案是惊天大案，惩处是非常重的，清朝后期曾经因为科场案杀过大学士。[2]按照这样的规矩，这个"拟刑"并不算重。这个拟刑不仅不算重，其实还有点儿轻呢！司法部门的目的是救方、钱二人的命。为什么？这里面有一个古代司法制度通行的"潜规则"，叫作"杀之三，宥之三"。什么意思呢？传说上古尧

[1]努尔哈赤庙号为"太祖"，顺治庙号为"世祖"，康熙庙号为"圣祖"。

[2]咸丰朝戊午科场案，大学士柏葰以主考责任斩首。此案有党争因素，但也可见科场案之重大程度。

帝时期有位大法官叫作皋陶,铁面无私,有人犯了死罪,他禀报尧帝说要杀。尧帝心存悲悯,说:"饶他一条命吧!"皋陶坚持说:"不行啊!要杀!"如是者三。[1]这条"潜规则"的意思就是要彰显帝王的仁慈,所以一般都是司法部门把刑罚定得重一点儿,留给皇帝"法外开恩"的余地。现在司法部门拟的是绞刑,也就是最低一等的死刑,皇帝一"加恩",减一等吧!这两人的命就保住了。这就可见,司法部门知道这些人是冤枉的,他们不敢驳皇帝的意思,就想玩儿一点儿法律手段。

打算得挺美,但谁也没想到,顺治皇帝按照自己的战略思想又一次给予了非常态处置。他没有遵照"杀之三,宥之三"的原则法外开恩,反而"特旨改重",把方、钱两位主考的绞刑升格为斩刑,十六房同考官升两格,一起斩首。于是,这一科十八位考官全部被杀,其中只有一位叫卢铸鼎的比较幸运,先死在监狱里面了。他们的家产被没收,妻子儿女被流放到黑龙江,给披甲人为奴。

## 心理素质不过关

对考官如此出格严惩,对考生怎么办?顺治传下

[1] 苏轼《刑赏忠厚之至论》:"当尧之时,皋陶为士,将杀人。皋陶曰:杀之三,尧曰宥之三。故天下畏皋陶执法之坚,而乐尧用刑之宽。"龚炜《巢林笔谈》卷一:"《王制》:'大司寇以狱之成告于王,王命三公参听之。三公以狱之成告于王,王三宥,然后制刑。'《周礼》:'一宥曰不识,再宥曰过失,三宥曰遗忘',谓行刑之时,天子犹欲以此三者免其罪也。东坡'杀之三,宥之三'本此。"

圣旨：所有已录取举人从南京到京城瀛台，一体复试！我们能想象，瀛台复试的场面、气氛和在南京考试肯定大不一样了。大家有机会可以去南京看看江南贡院，它是中国古代规模最大的考场，鼎盛时期仅考试的号舍就超过两万间，加上官、膳、库、杂役兵等数百间房，占地面积超过三十万平方米。当然，号舍的条件也很艰苦，几平方米而已，没有床，搭个木板当书桌，困了就蜷缩在上面睡觉。但那毕竟是个独立空间，心情还是相对放松的。到了瀛台是什么样子呢？为了防止再一次出现舞弊行为，每个考生身边儿站着两个全副武装的士兵，甲胄鲜明，刀枪铮亮，肌肉发达，目露凶光，胆子稍小一点儿的考生，谁还能安心写文章？害怕还害怕不过来呢，腿肚子可能都转筋了！那点儿才华早就丢到爪哇国去了！

我们要讲的这两首词里的主角吴兆骞就是这么一位心理素质不过关的考生。他是名震江南的大才子，谁都得承认，他考这个举人小菜一碟，绝不会存在什么贿赂、舞弊之类的问题。可偏偏就是他，复试考砸了！

为什么呢？有一种说法认为吴兆骞对这种复试形式非常不满，说："岂有堂堂举人而为盗贼之事者？"为了表示抗议，他交了白卷。这种说法恐怕是后人的一厢情愿，我们没有找到相关的文献证据。从现有文献来看，吴兆骞是被这种剑拔弩张的场面吓破了胆，那些"江左三凤凰"的才学连一成也没发挥出来,所以"未能终卷",考了个不及格。

李兴盛先生在《江南才子塞北流人吴兆骞年谱》中对吴兆骞瀛台复试被除名的原因有详尽考证,[1]迻录如下:

> 瀛台复试,兆骞除名之原因有三种说法:因病曳白;战栗失次不能终卷;故意不完成试卷。兹引史料数则,以供参证:刘禺生《世载堂杂忆》:"吴汉槎兆骞,惊才绝艳,江南名士也,犹交白卷而出。或曰汉槎惊魂不定,不能执笔,查初白所谓'书生胆小当前破'也。或曰汉槎恃才傲物,故意为此。"戴璐《石鼓斋杂录》:"殿廷复试之日,不完卷者锒铛下狱。吴汉槎兆骞,本知名士,战栗不能握笔"……又,许嗣茅《绪南随笔》亦同此:"同年中名士如吴汉槎、陆子元,皆战栗不能终卷。"徐珂《清稗类钞》第二十册《顾贞观救吴汉槎》:"吴因病曳白,除名,遣塞外。"《宁安县志》卷四:"复试南北举人于瀛台……与试者皆震惧失次,则叹曰:'焉有吴兆骞而以一举人行贿者?'遂不复为。"按:上述三说,平心而论,以战栗失次、不能终卷一说近于情理。盖吴兆骞身处厄境,惴惴不能自保,有此复试机会,必然会全力与试,企图以一己之才华,证实自己之无辜。然与试之际,考场甲仗森严,人皆

[1]李兴盛,《江南才子塞北流人吴兆骞年谱》,黑龙江人民出版社2000年版,第59—60页。

股栗,兆骞战栗不能终卷,实属可能,此种结果并不能证明兆骞没有才华。

李先生所说甚是,在此我再略作补充:第一,如因病曳白为事实,则其运气之不济,必见诸记载或吟咏,今无踪迹可循,可见是无根游谈。第二,《归来草堂尺牍》家书第一兆骞戊戌夏上父母书:"儿于三月初九日赴礼部点名,即拘送刑部。儿此时,即口占二诗,厉声哀诵,以伸冤愤。"其二诗见之《秋笳集》卷四,其一句云:"自许文章堪报主,那知罗网已摧肝。冤如精卫难填海,哀比啼鹃血未干。"其二句云:"衔冤已分关三木,无罪何人叫九阍。""应知圣泽如天大,白日还能照覆盆。"从这些词句分析,吴兆骞努力雪冤之意极为显豁,必无恃才傲物、故意不终卷之举。

跟吴兆骞命运类似的还有另外七个人,其中就包括引发这起科场案的方章钺。我们知道,这次复试谁能合格方章钺也不可能合格,另外七位是给方章钺陪绑的。于是,吴兆骞、方章钺等八位"前举人"全家被处以流放之刑。流放到哪儿呢?宁古塔。

## 东北文化的三处穴道

我们要多解释几句。流放,自古有之,流放地肯定都是老少边穷、苦寒之地。全国算下来,哪里最理想?东北地区!清初开始,大批官员、文人被陆续流放到东北,没有这些流人的拓荒,东北不可能有现在这样成色不错的文化成就。具体流放到哪里呢?第一个离京师三千里,叫作尚阳堡,就是现在辽宁省开原市。

那时候的东北不是现在的东北,不仅"层冰积雪,非复人境",而且常常有意外的"惊喜"。有位叫丁澎的杭州文人被流放到了尚阳堡,半夜在茅草房里看书,忽然听见有人敲门。扒门缝一看,没有人。回来接着看书,又有人敲门,扒门缝一看,还没人!我们不是讲鬼故事啊!第三次再敲门,丁澎扒门缝看了半天,结果看见一只斑斓猛虎,围着茅草房直转,钢鞭似的虎尾把门打得啪啪作响。这就是当年的开原,生态系统保存得多么完好!按说这样的地方已经够恐怖了,可是据流放到宁古塔的人说,他们"望尚阳堡,如在天上"!

如果觉得流放到尚阳堡还不解恨,就会从这里再往北数三千里,那就是第二个流放地——宁古塔,满语"六个"的意思,也就是现在的黑龙江省牡丹江地区宁安市。到了康熙后期,这两个流放地不够用了,又开拓了第三个地点——卜魁城,就是现在黑龙江省齐齐哈尔市。这三个地方是东北汉文化的三处穴道,把它们点准了,就能解决东北文化发祥的问题。

还要注意的是"全家流放"。既不是一个人上路,也不是三口五口之家,而是整个家族,可能几十几百口人,因为这个也许不太熟悉的家族成员的错误,就被流放到万里之外,苦寒绝域。那真是呼天天不应、叫地地不灵的人间悲剧!

吴兆骞家族人口不太多,方章钺就不一样了。他父亲方拱乾、大哥方玄成全都丢了官,连同其他几位兄弟亨咸、育盛、膏茂,一起以罪犯身份流放到了宁古塔。顺便一说,这里面有一个有意思的小掌故:方拱乾的几个儿子没有用统一的范字命名,但有一个统一的特点:"文头武脚"。玄、亨、育、膏、章,都是"文头",成、咸、盛、茂、钺,都是"武脚"。所以有人开玩笑说:再生儿子就叫"哀哉"吧,也是"文头武脚"啊!

## 情理交通第四　绝塞生还吴季子[1]

[1] 姚椿《题国初诸公寄吴汉槎塞外尺牍》。

### 家庭教师顾贞观

顺治十六年（1659）闰三月初三，吴兆骞启程赴宁古塔，从江南的烟水迷离进入了东北的冰雪摧残。他的恩师吴伟业长歌一首《悲歌赠吴季子》，与自己的得意弟子作生死之别。这首诗我们在前文讲聂绀弩时引过，这里还应该看一看：

人生千里与万里，黯然销魂别而已。君独何为至于此？山非山兮水非水，生非生兮死非死。十三学经并学史，生在江南长纨绮。词赋翩翩众莫比，白璧青蝇见排抵。一朝束缚去，上书难自理，绝塞千山断行李。送吏泪不止，流人复何倚？彼尚愁不归，我行定已矣！八月龙沙雪花起，橐驼垂腰马没耳。白骨皑皑经战垒，黑河无船渡者几？前忧猛虎后苍兕，土穴偷生若蝼蚁。大鱼如山不见尾，张鬐为风沫为雨。日月倒行入海底，白昼相逢半人鬼。噫嘻乎，悲哉！生男聪明慎莫喜，仓颉夜哭良有以。受患只从读书始，君不见，吴季子！

"山非山兮水非水，生非生兮死非死""受患只从读书始，君不见，吴季子"，这样的句子出自苍老憔悴的诗坛盟主笔下，足以催人泪下。在送行的人群里，有一个人没有掉一滴泪，也没有说太多话，他只是暗暗攥紧了拳头：汉槎兄！不管付出什么代价，不管要花费多少时间，我都会把你救回来！这个人就是——顾贞观。

顾贞观是无锡人，家世比吴兆骞显赫得多。他的曾祖是晚明东林党的党魁顾宪成，顾氏家族与大明朝休戚与共，感情深厚，积极投身抗清事业，付出了非常惨重的代价。家仇国恨驱使之下，顾氏子弟出仕新朝的少之又少，但凡跟新朝靠拢的都被视为一种背叛，饱受舆论谴责。顾贞观就成了这样的不肖子弟，顺治十八年（1661）初，顾贞观启程赴京，奔走权门，仰人鼻息，总算熬得一点文书之类的小官，但对于营救吴兆骞毫无帮助。

一晃十多年过去了，直到康熙十五年（1676），顾贞观才终于谋得了一个有希望的差事——到大学士明珠府上任家庭教师。更重要的是，他和明珠的大公子纳兰性德惺惺相惜，结成了莫逆之交。

怎么才能深深打动纳兰性德，让他向明珠强力推动"营救行动"呢？纳兰是至情至性的词人，那就写一点儿至情至性的词吧！这一年冬天，顾贞观寓居千佛寺，眼看漫天冰雪，寒意侵骨，遥想六千里外的吴兆骞又会是怎样的苦寒难熬？一腔积郁热望难以宣泄，于是挥笔写下《金缕曲·寄吴汉槎宁古塔，以词代书，丙辰冬，寓京师千佛寺，冰雪中作》二首：

季子平安否？便归来、平生万事，那堪回首。行路悠悠谁慰藉，母老家贫子幼。记不起、从前杯酒。魑魅搏人应见惯，总输他、覆雨翻云手，冰与雪，周旋久。　泪痕莫滴牛衣透，数天涯，依然骨肉，几家能够？比似红颜多命薄，更不如今还有。只绝塞、苦寒难受。廿载包胥承一诺，盼乌头、马角终相救。置此札，兄怀袖。

我亦飘零久！十年来、深恩负尽，死生师友。宿昔齐名非忝窃，只看杜陵消瘦，曾不减、夜郎僝僽，薄命长辞知己别，问人生、到此凄凉否？千万恨，为兄剖。　兄生辛未吾丁丑，共些时、冰霜摧折，早衰蒲柳。诗赋从今须少作，留取心魂相守。但愿得、河清人寿。归日急翻行戍稿，把空名、料理传身后。言不尽，观顿首。

## 和血和泪的"以词代书"

要特别注意"以词代书"四个字。之前也有人说"以诗代书""以词代书",都是泛泛而已,都没有严格按照书信的格式,但是顾贞观做到了"词"与"书"的高度吻合。我们给人写信,第一句都问平安,顾贞观第一句也是这样:"季子平安否?"同样问平安,他这一问力量非同小可,那是十几年的惦念、担忧、努力凝结成的一句,五个字背后其实是有千言万语的!接下来一句没有按照惯常思路打听吴兆骞的近况,而是直接宕开,接入"便归来"三个字,可见"归来"是无时无刻不萦绕牵挂在顾贞观心头的。这一转,笔力千钧,下面"平生万事,那堪回首",再转回来:假设你能回来,想想自己这一辈子,怎堪回首?这样,开篇两句就构成了"现在—未来—过去(现在)"的时间线,笔法腾跃,矫若神龙。

"行路悠悠谁慰藉,母老家贫子幼",这是写吴兆骞的"现在",要注意"母老家贫子幼"的六字句,掰开了是三个二字句——"母老""家贫""子幼",这都是人心深处最痛楚的地方。面对这样残酷的现实,所以才"记不起,从前杯酒",宁可忘却、不敢想起早年诗酒风流的情景,那离现在的自己太遥远了!

"魑魅搏人应见惯，总输他、覆雨翻云手"，这两句背后是有着极其深沉的感慨的。吴兆骞流放宁古塔背后有仇家陷害的因素，但顾贞观笔下"覆雨翻云"的"魑魅"哪里只是指一般的仇家呢？不是指那个群魔乱舞的世界吗？在后文顾贞观还说："数天涯，依然骨肉，几家能够。"他的这种眼光很难得。他没有拘于一人一事、一家一姓，而是放眼到整个时代，这样一写，词的境界和意义就都不一样了，"冰与雪，周旋久"六个字也就显得格外沉痛。

　　上片的情感汹涌澎湃，一浪高过一浪，下片前半部分就要平静一些，大都是劝慰之辞："泪痕莫滴牛衣透，数天涯，依然骨肉，几家能够？比似红颜多命薄，更不如今还有。"这是强忍内心激愤与痛楚的安慰，但真的能安慰到吴兆骞吗？不管你怎样开解自己，"只绝塞，苦寒难受"！反复的劝慰、体谅，反复拿自己和吴兆骞形成同频共振，可是真能抵得上飞雪胡天、卷地北风中的苦熬吗？由此过渡到煞拍部分："甘载包胥承一诺，盼乌头，马角终相救。"这里用了两个典故。一是申包胥哭秦廷。《左传》记载，伍子胥率吴兵破楚，申包胥乞师于秦，秦王不许。申包胥"立依于庭墙而哭，日夜不绝声，勺饮不入口七日"，秦王感动，最终答应出兵救楚。二是用燕太子丹的典故。燕太子丹在秦为人质，问："什么时候放我回去？"

人家回答得很简单:"乌白头,马生角。"燕太子丹回国之后,派荆轲行刺秦王。这两个典故并不生僻,而且非常恰当地表达了顾贞观的坚决心性。"置此札,兄怀袖","此札"是我许下的誓言,吴兄你好好珍藏,立此为据吧!

写到这儿,一首词结束,一个完整的意思表达完了,但还远远不是全部。第一首词相当于一封信的前两段,我们还要看看信的后半部分写了什么。

第二首的开头不容易,要承上启下不说,还要够分量,压得住上一首汹涌浩荡的情感洪流,"我亦飘零久"五个字是做到了上面那些要求的。一个"亦"字,不仅关合着吴兆骞的遭遇,更领起了第二阶段汪洋恣肆的情感喷发。"十年来,深恩负尽,死生师友",这两句背后也有一篇大文章,但是不暇说,也不能说。因为目的不是要炫耀、市恩,而是为了解说"飘零"二字,点到为止即可。所以下面话锋一转,追溯往事:"夙昔齐名非忝窃,只看杜陵消瘦。曾不减,夜郎僝僽。"我们呕心沥血,磨砺志节学问,那一点小小虚名都是我们辛勤博得的呀!

关于"夙昔齐名",我们可以加一点注解。吴、顾确有才子之并称,但吴兆骞的锋芒比顾贞观要尖锐一些。他个性张扬,做事不依常规,留下了不少掌故逸事。读私塾的时候,他把别的小同学帽子偷走了,还往里面撒了一泡尿。老师批评他,他却说:"与其戴在俗人头上,还不如给我当个尿盆的好!"这位私塾先生叫计东,也是一位名士,很有识人的眼光,他给吴兆骞"算了一个命":"此子必定成名,但是露才扬己,不能免祸。"

长大以后,吴兆骞与大名士汪琬一起散步,忽然跟汪琬说:"江东无我,卿当独秀!"路人为之侧目。这是南朝时袁淑见了谢庄《鹦鹉赋》以后的感叹语,袁淑后面还有一句:"我若无卿,亦一时之杰也。"于是把自己写的《鹦鹉赋》收了起来,秘不示人。袁淑虽然很自负,但还是自认不如谢庄的,其实是惺惺相惜。吴兆骞引用这句话的意思可就不对了,这有点儿像相声《对春联》的开头:"整个相声界你的文化水平最高,数你了……当然了,比起我你还差一点儿!"如此狂傲,势必会引人嫉恨,惹来大祸也与这个性格特点有关。

"凤昔齐名"的风华转瞬即逝,自从你获罪流放,我们天各一方,无缘再见,人生到此地步,那可真是太凄凉了!"问人生,到此凄凉否",这八个字里包含的人生况味实在令人难复为言。其实又何止一个吴兆骞呢?屈原的人生、司马迁的人生、杜甫的人生、柳永的人生、苏轼的人生、黄景仁的人生、龚自珍的人生、沈祖棻的人生……哪一个不值得我们问上这么一句呢？所以我多次强调，顾贞观这两首词有极其广阔的"超越性"，超越了一时一事、一家一姓，甚至超越了时空阻隔，尖锐地扎进我们心里。这才能称之为千古绝唱！

过片遥接"人生"二字，转入家常叮咛。"兄生辛未吾丁丑。共些时，冰霜摧折，早衰蒲柳"，算算自己的年纪，也到了"保温杯里泡枸杞"的油腻中年了，何况又经历了那样有形无形的摧残！"词赋从今须少作，留取心魂相守"，熬心血的词赋要少写一点儿，多保重一点儿，但愿能盼到河清人寿那一天。"归日急翻行戍稿，把空名、料理传身后"两句照应的是第一首开头"便归来，平生万事，那堪回首"那两句，而意思又有所不同。所谓"空名"，在那空荡荡里边难道不是包含着无比浓郁的历史感和生命感吗？写到这里，应该煞尾了，"言不尽，观顿首"，最后六个字是标准的书信格式，但如同"季子平安否"一样，这也不是套语。"言不尽"是真的有千言万语没有说尽，"观顿首"也充满着庄严的仪式感和友情的沸腾温度。

## 太息梅村今宿草

两首和血和泪凝成的千古绝唱，拿给纳兰性德看了以后发生了什么呢？顾贞观有记载，他说："容若见之涕下，曰'河梁生别之诗，山阳死友之传，得此而三'。""河梁生别之诗"是指苏武、李陵，"山阳死友之传"是指向秀悼念嵇康、吕安的《闻笛赋》。纳兰性德说，这是千古第三个友情佳话，自己深受感动，决意承担这个Mission Impossible（不可能的任务），并许诺以十年为期。

要知道，这是"先帝"亲手定下的铁案，纳兰性德敢应允十年已经非常不容易了，但顾贞观一听就急了："人寿几何？"吴兆骞已经流放塞外十几年了，他还能不能熬过十年呢？再三恳请，纳兰把期限缩短到了五年。

尽管纳兰性德也很受康熙皇帝赏识，但营救吴兆骞，他的能量还不够，只能找个合适机会去跟他父亲明珠恳求。明珠明白这件事的难度，沉吟许久，跟顾贞观说："顾先生，我知道你滴酒不沾，今天你喝下两大海碗烈酒，我就答应你救吴兆骞回来。"顾贞观二话没说，将两大海碗烈酒一饮而尽，颓然醉倒。[1]明珠也被顾贞观所打动，让自己的得力干将徐乾学出面，筹措了一笔钱，以纳赎城门的名义把吴兆骞"买"

［1］事见袁枚《随园诗话》卷三、徐珂《清稗类钞·义侠类》"顾贞观救吴兆骞"条。

了回来。那时正是康熙二十年，纳兰性德兑现了"五年之诺"，而吴兆骞在塞外整整流放了二十二年，回到山海关内已经是半百老人！无辜遭难，流放半生，万般挣扎，得以生还，还得感谢讴歌圣上的英明伟大，这是一个什么样的世界！

吴兆骞于康熙二十年（1681）十一月中到达北京，徐乾学在欢迎宴会上写了《喜吴汉槎南还》一诗，诗坛唱和者有上百人之多，其中大诗人王士禛有两句"太息梅村今宿草，不留老眼待君还"——可惜你的恩师吴伟业先生去世多年，没有看到你生还的这一天。这两句最为沉痛，也最为人传诵，是对"吴兆骞事件"的绝好概括。

吴兆骞终于回来了，但一介罪囚，生计无着，纳兰性德又推荐他在自己府里做了塾师。所谓"生馆而死恤之"，作为满洲贵胄的纳兰在汉族文人中赢得广泛认可和尊重，跟他这样的义举有着莫大关系。按说此事已经非常圆满了，但是还有一个小枝节不能不提。

顾贞观没有讲过自己如何营救吴兆骞，吴兆骞以为自己回来都是徐乾学出的力，不仅没领顾贞观的情，反而因为小事与顾贞观翻了脸，到明珠那儿说了一堆顾贞观的坏话。明珠也没动声色，而是安排了一天，请吴兆骞到自己书房饮酒。吴兆骞来到明珠书房，看见墙上挂了一个木牌，上写"顾某为吴某饮酒处"。听明珠讲了当时的情形，吴兆骞痛哭失声，这才找到顾贞观百般致歉，两个人和好如初。我们乍听起来会觉得吴兆骞太不像话了，但是，这样的小插曲恰恰是人生的本真面貌，也更丰富了顾、吴千古友情佳话的色彩。

康熙二十三年（1684），五十四岁的吴兆骞一病不起，临终之前他跟儿子说："现在想起在长白山脚下射野鸡，在松花江畔钓大马哈鱼的时候，真是让人留恋哪！"这位江南才子最终是在对白山黑水的乡愁中落下人生帷幕的！[1]

吴兆骞的故事讲完了，顾贞观的词也讲完了，但我还有些想法要说。论事也好，论词也好，我们都应该承认，这是三千年诗歌史、文学史上罕见的宝贵财富。但是，出于"宋以后无词"的僵化理念，我们长久以来对这样的千古绝唱都是视而不见，或者一带而过。即便是近年撰写的文学史中，包括现在各所大学最通用的高教版《中国文学史》，讲到宋词，二三流的词人都不吝篇幅，征引繁多，到了清词、到了顾贞观这里，三言两语，惜墨如金，连原文都舍不得引一下就略过去了。这不正是我们在"古今交通"部分批评的"厚古薄今"思维的典型表现吗？像这样的"千古不可无一，不能有二"之佳作，我们是应该好好审视评价、给它

---

[1]徐珂《清稗类钞》第二十七册《吴汉槎为师于塞外》：（吴）临殁语其子曰："吾欲与汝射雉白山之麓，钓尺鲤松花江，挈归供膳，付汝母作羹，以佐晚餐，岂可得耶？"

应有的文学史地位的!

## 读诗:一种活法

在"情理交通"部分,我们讲了不少诗词作品,有韶华迁流、思古幽情,也有凄美的爱情、飘荡的乡愁、高贵的友谊。阅读这些作品的时候,我们的眼光常常是超出了技术层面的。我们会忘掉背景、本事、流变、审美宽度那些概念,把自己浸泡在单纯的感动之中。某种意义上说,这才是"读诗"。只有感动了,与作者的心灵发生碰撞了,迸出火花了,才是最好的"读诗"。

这样的读诗与自己的生命感有关,再举个小例子。大概 2004 年底,我应《中华活页文选》的邀请,给他们做一个很小规模的龚自珍选本,只能选入十几首诗。我在如此有限的篇幅里选了别人不会选的一首——《己亥杂诗》第八十首:

夜思师友泪滂沱,光影犹存急网罗。
言行较详官阀略,报恩如此疚心多。(近撰《平生师友记》)

为什么选这一首呢？2003年8月，我的导师严迪昌先生逝世。对我来说，那是一棵大树倒下、无可荫庇的痛切感，很难用言语表达。从2003年底到2004年初，我花了不少精力总结严先生的治学理路，写成了一篇《不傍古人著心史——严迪昌先生古典文学研究述评》，发表在《文学遗产》2004年第5期上。

那篇文章我写得很投入，通过系统总结，对严先生的学问也有了不少新认识，再加上回忆多年的师生感情，所以沉溺在怀念心境中久久不能自拔。在这种心情下重读龚自珍诗，忽然被这首诗击中了。《己亥杂诗》我看过很多遍，几乎从来没有注意过这首诗，但这一次不同——这就是我想说的话！在"讲解"部分，我只写了这样几句话：

诗有多种读法，其中一种与年龄和阅历有关。如以上这一首大家不太熟悉的诗，以前我读不懂，大概也是不会选的，但近日先师严迪昌先生遽归道山，在写完一篇纪念他的文章之后，读到这篇作品则如中雷击，轰然而有共鸣，刹那间体会到了定庵写下这二十八个字时内心的沉痛和悲凉。

所以我说，从事文学研究不能没有理性，但尤其不能没有感情。要"情理交通",读诗就不再是一种鉴赏、研究行为,而是上升成为一种生命方式、一种活法。读诗,说到底是读人、读人生,能读到这种境界是一种幸福。当然,也可遇而不可求。

知行交通

# 知行交通第一　我之格律观

## 如鱼饮水，冷暖自知

我从 2004 年开始提出"四个交通"，即上面所述之"内外""古今""雅俗""情理"。当时也提出，还应该有两个"交通"，那就是"中外交通"与"知行交通"。

所谓"中外交通"，强调的是比较文学的视野，把中国文学的发展放在世界文学发展的大框架里去观察。作为世界文学的一个有机组成部分，中国文学在自己的文化背景下是这样表达的，那么类似的思考、体悟在另外一种文化背景、文明类型下是怎样表达的呢？与我们的表达有何异同？这就要求我们具备一个世界文学的基本知识架构。

这方面我们最熟悉的典范著作是钱锺书先生的《管锥编》和《谈艺录》。每讲到一个哲学、文化、文学、诗歌现象，钱先生都保持着"比较意识"，以他渊博的腹笥告诉我们古希腊、古罗马是什么情况，印度、波斯、意大利文化是什么情况，雪莱、叔本华是怎么说的，英国俚语是怎么说的，那真正是做到了文史哲打通，古今中外打通。为什么说钱先生是文化昆仑？这个"昆仑"的高度确乎令人高山仰止、难以企及。这样一种境界很理想，但是"心向往之而不能至"，我们不能陈义太高，反而弄成空中楼阁，最后只好提到"虽不能至而心向往之"的程度。

与之情况类似的是"知行交通"。我当时觉得自己也没做到、没做好，还是不作长篇大论的好，但十余年过去，我也逐渐意识到：虽然依旧没做好，但已经形成的看法应该讲一讲，也值得讲一讲了。这个"交通"对于我们的诗词研究、诗词人生是非常有意义的。

"知行交通"与"情理交通"存在着一定的逻辑关系。当我们的心灵和古人强力对撞的时候，我们也不一定只是"感动"，说不定还会产生一点儿创作的"冲动"。如果能够在"知"——也就是掌握了阅读、鉴赏、进行学术研究的基本法门——的同时，还能够"行"——也就是捉起笔来进行创作，那么，这首先是更有深度的生命方式，更有魅力的活法。退到第二义来说，对我们自己的学术研究也是非常有好处的。

禅宗语录《五灯会元》中有句名言，叫作"如鱼饮水，冷暖自知"。纳兰性德的词集叫《饮水词》，就是取自这个典故。我们阅读、鉴赏或研究诗词，如果有一点儿创作的甘苦体验，感受就会大不相同。这就好像你学游泳，不能说游泳理论我都会了，跑到草地上去蝶泳仰泳自由泳，像郭德纲相声《我这一辈子》里头说的那样，最后"遭到了园林部门的阻挠"。你必须下水扑腾，呛过水也不要紧，只有那样才能真正学会本事，看别人怎么游泳也能看出门道。这是个不难理解的道理。

从另外一个层面来说，在现代学术得以成立的晚清民国时代，诗词学者几乎没有不能创作的。以词学界为例，吴梅、夏承焘、龙榆生、唐圭璋、詹安泰、刘永济、卢前、沈祖棻、顾随、缪钺、叶嘉莹……哪一个不是优秀的词人？吴、夏、詹、沈、刘、顾几位更是可以称为大家，在千年词史占据一席之地。据我所知，现代学术史上的词学家只有一位是不填词的，那就是胡云翼。我们甚至可以这样讲：作为一位诗词研究者，自己不能写一点诗词的话，很可能你就没有达到及格线，你所从事的就很可能只是隔靴搔痒、言不及义的研究。在这个意义上，我们提出"知行交通"并不是一个多高的要求，只是由于这根文脉在近几十年大幅断裂，如今的诗词研究者能够创作的已经相当少，所以大家也不好意思提出来要求学生而已。

严羽有一句带点儿神秘主义色彩的话，"诗有别材，非关书也；诗有别趣，非关理也"，很对。诗歌写作是有一点儿神秘色彩的，需要一定的天资和禀赋，但是，能写比不写好，能写好一点儿比写得差一点儿好。时间长了，发现自己的潜质，说不定慢慢会写好的；即使写不好，那也算饮过水、游过泳，比站在干岸上要好得多。

## 百年下性灵弟子

我说说自己的体验。我从高中时候开始学着写诗词，那时候确实是"学"，而且是自学，很不成样子，属于清代大词人陈维崧说的那样，后来听到有人诵少年之作，"头颈辄为之赤"。从保存记忆的角度出发，我从1990年底，也就是大二的时候，开始敝帚自珍式地保存自己的诗词习作。到现在近三十年，大概写了三百首，统称为《佳谷斋诗词稿》。"佳谷斋"是我的斋号，取"半雅半俗"之意，我认为，这两个字最为简洁地勾勒了自己的生命状态。

几十年写下来，不敢说好，但想法颇多，其中最应该交代的是格律问题。我的所谓"诗词"格律上毛病不少，也常常受到同道师友的指教批评。有的时候我也分辩几句，更多时候则是低头认错。2015年夏天，我随意写了一篇《我之格律观》的小文章，作为一个不很严肃的小结，我们就以此为基础来说一说。

性好诗词，偶有所触，东涂西抹，虽不以诗人自命，而箧中不觉半盈，积数百篇矣。

友生辈叫好者多，谀厚我也，我不多说，听之而已。长老则勉励之余，更以格律多病见教，我亦不多辩，逊谢而已。然格律事终需一谈，稍有兴致，随想随写于下：

这是一段"小帽儿"，或曰"引言"，下面分论几点：

一、古之论诗者多，而我最服膺随园老人，以百年下性灵弟子自命。又最爱《随园诗话》此一则："杨诚斋曰：'从来天分低拙之人，好谈格调，而不解风趣，何也？格调是空架子，有腔口易描；风趣专写性灵，非天才不办。'余深爱其言。须知有性情，便有格律，格律不在性情外。《三百篇》半是劳人思妇率意言情之事，谁为之格，谁为之律？而今之谈格调者，能出其范围否？况皋、禹之歌，不同乎《三百篇》；国风之格，不同乎雅、颂，格岂有一定哉？许浑云：'吟诗好似成仙骨，骨里无诗莫浪吟。'诗在骨不在格也。"

袁枚是我最喜爱的古代诗论家，没有"之一"。他的"性灵说"与其说是诗学概念，不如说是一个闪光的哲学概念，很有思想史的意义和价值。在形而上的层面，袁枚对人性有着非常通达的理解，他看重个体生命的意义，以自由为生命存在的最高目标。在形而下的层面，"性灵说"又可以成为袁枚对待现实世界的一种态度、立场。

## 袁枚、杨潮观的"诽谤官司"

我们来说一件事，那就是袁枚和他的朋友杨潮观之间的一场"诽谤官司"。这两位都是乾隆文坛的重量级人物，袁枚不用说了，杨潮观也是当时成就最高的戏剧作家之一。两个人本来是好朋友，袁枚甚至将女儿一度寄养在杨潮观家里，但是，晚年这对交好几十年的朋友翻了脸，为什么呢？

起因在于袁枚写了一部志怪小说《子不语》，里面记述了杨潮观给他讲过的一个怪梦。杨潮观在做乡试考官的时候，梦见一个女子给自己推荐了一张考卷，醒了以后，发现这个考卷作者是侯方域的后人，所以他认为这个托梦的女子是李香君。这篇小说名字就叫《李香君荐卷》。袁枚把这件事写在了《子不语》里，书出版以后,很高兴地给老朋友杨潮观寄了一本,但杨潮观看到这一篇《李香君荐卷》的时候,非常不高兴,他写了一封很是不短的信斥骂袁枚,说他轻薄下流,并且说李香君是"婊子"。

如此义正辞严,剑拔弩张,并加以"佻达下流"的定谳,已足见杨氏心中愤怒之不可遏止了。可他仍以为不足,最后部分竟要求袁枚"务即为劈板削去",以收斩草除根之效。总之,杨潮观认定袁枚是在严重"诽谤"自己的名誉!如果在法制健全的今天,他可能会不惜与之对簿公堂,并索取精神损害赔偿若干的。

面对这样激烈的谴责,我相信袁枚一定是出乎意料,并受到了剧烈触动的。他大概没有料到这位情意深笃的故人会为此事动这样大的肝火,也想不到才华艳发、见地颇高的杨潮观会表达出如此不堪的意见来,更何况,袁枚一生致力开掘性灵,解放纯真,杨氏主动来撞自己的枪口,来信中字字句句皆与自己的思路背道而驰,他又岂能不一展妙绝天下之辩才,回应杨氏的"炮轰"乎?于是,在杨潮观的"挑衅"之下,两位古稀老人、文坛泰斗的笔墨官司正式上演。

袁枚连续回了三封长信,其言辞之妙,无以复加。比如他说:"香君虽妓,岂可鄙薄哉?"李香君虽然是妓女,但当马士英、阮大铖势力那么庞大的时候,她能明辨正义邪恶,能够抵受奸险小人的诱惑与威胁,这种风范士大夫里头有几个呢？袁枚说："行行出君子，妓女这一行中有侠妓，有义妓，还有忠于国家、大节凛然的忠妓。史册中记载下来的，不一而足。这些女孩子都是生来不幸，堕落到这个低贱行业，但是能够出淤泥而不染，比那些口讲孔孟仁义而暗为盗贼之行的人不是强多了吗？"最终，袁枚得出了一个非常有意思的结论——"伪名儒不如真名妓"！

## 伪名儒不如真名妓

我觉得袁枚的这些思想非常宝贵，这不是自矜口舌之利，不是卖弄小聪明，不是诡辩纵横之术，也不是一般的风流习气或"怜花"情怀。我一直觉得，袁枚是一个很地道的人文主义者，起码比今天某些满口人文关怀而心里和某些"低贱者"划清界限的学者教授们要地道得多。袁枚是把妓女这些"贱民"当成与自己一样平等的人来看待的。"伪名儒不如真名妓"，这八个字的意思尽管不是由他首创，但是能说得这么明快通透，仍然让人觉得振聋发聩。

基于这种发自内心的人文情怀，他对自己的老朋友杨潮观已经把话说到了相当刻薄的程度："就眼前而论，老兄你的地位比较高贵，李香君非常卑贱，恐怕再过个三五十年，天下人只知道有李香君，不知道有你杨潮观吧？"其实这话不是袁枚第一次说。杨潮观只是一个没有什么权势的前市长，袁枚说这话谈不上有什么风险，但即使是某些可能给自己带来很大危险的权贵，袁枚也是自信十足，从来就没退缩过。

他的《随园诗话》中就记载过这样一件事儿：我有一方闲章，上面刻着一句诗"钱塘苏小是乡亲"。苏小小是南朝名妓，杭州人，我也是杭州人，所以刻了这么一个闲章，这是无伤大雅的玩笑话。有一次，赶上一个贵官到南京来，跟我要一本诗集，我一时随意，就把这个印章盖在诗集上面。这位贵官大发雷霆。我一开始知道自己错了，不断道歉，但是这位权贵仍然不依不饶，我禁不住发火了，我说："先生，你以为我这个印章用得不伦不类吗？现在看，先生你官居一品，苏小小是妓女而已，但恐怕百年之后，天下人但知有苏小小，不再知道有大人你啊！"当时满座哄笑，那位贵官想必也非常尴尬。这是袁枚平生的得意之见，所以一说再说。

袁枚还有一个问题也值得说，那就是"好色"。袁枚这人一生好色，而且好谈色，不仅好谈女色，还包括男色，他平时论诗的时候也常常用"色"来作比喻。比如说"选诗如选色，未近心已动""选诗如选色，总觉动心难"，都说得很有意思。如何认识袁枚好色的问题呢？我觉得"好色"其实就是他高张的人性解放的大旗上最鲜明的色彩之一。比如说他讲过一段好玩儿的话："好色不必讳，不好色尤不必讳。"人品高下哪在于好色、不好色呢？周文王有一百个儿子，肯定好色吧？而孔子把他当成圣君；卫灵公好色，娶了南子，孔子把他当小人。唐朝有一个奸相卢杞，这个人不好色，家里连侍妾都没有，但人称"蓝面鬼"，是很著名的小人；东晋的宰相谢安挟妓东山，整天带着妓女喝花酒，最后成就一代功业，不也是君子吗？

你看，袁枚这话说得多有力量，多么通透！所以我才说，我们常常把袁枚当成诗人、文人来看待，但实际上，袁枚不是普通的诗人、文人，他是一个相当了不起的思想家，个性解放思潮在清代的传承有很大一部分是落在袁枚肩上的。前些年南京大学组织出版了一套水平很高的《中国古代思想家评传》，其中特别把袁枚列进去，写了很厚的一本，这个选择是非常有眼光的。

多说了一点儿袁枚的事情，目的是想表达我对袁枚的喜爱和景仰，所以才会以"百年下随园弟子"自居。具体到论诗，袁枚也是一如既往地通透旷达，快人快语。在上面那则诗话里，他先引了杨万里的一段话，但我很怀疑那段话也是他自己说的，假托杨万里来引起后面的议论而已，这是文人常见的"故弄狡狯"。

接着杨万里的话，他说："有性情，便有格律，格律不在性情外。"这是他性灵说的纲领，可谓直擒要害，势如破竹。为什么？因为"《三百篇》半是劳人思妇率意言情之事，谁为之格，谁为之律？而今之谈格调者，能出其范围否？"这是袁枚很擅长的策略，对那些打着"复古"大旗的诗坛权力把持者、头脑冬烘糊涂者，他总是拿出比对方更古老、更正宗的例子让人无言以对。同时，这又不是诡辩术，"诗在骨不在格也"的结论当然是高明的，是对一班死守格律者的一声棒喝，它也构成了我自己的格律观的基础。

## 情所寄，有欢笑，有悲愁

二、冒广生谈词云："自万红友一言，误尽学子。郑叔问扬其波，朱古微承其绪，而天下尽受其桎梏矣……近二三十年，人人梦窗，谓其守律之严也。梦窗时无词律，其所守之律，非谓即清真之词耶？然尚不如近人之死守，硁硁于平上去入之中，而无一首佳词，甚至无一句佳句能上口者，真可怜虫也……无论词曲，是陶冶性情之事，非桎梏性灵之事……若于句中首字、三字，平仄亦不许移易，甚至通首平上去入，一字不许移易，何苦在高天厚地之中，日日披枷带锁做词囚也?"

吴眉孙谈词云:"词一大瀛海,容纳万方流。我身偶尔飘坠,芥子著虚舟。高调铜琶铁板,低唱晓风残月,遗响各千秋。双管好齐下,何用介鸿沟。

情所寄,有欢笑,有悲愁。花场酒国来往,神动与天游。正要笔歌墨舞,怪底字荆句棘,肝肾苦雕镂。我梦落烟水,浩荡逐浮鸥。"二氏语我皆喜欢。

这两条都是我几年来撰写《近百年词史》过程中的发现。冒广生[1]是继晚清大词人朱祖谋之后又一代词坛盟主,论词通达,自己也写得很好。他这里说的"万红友"是指清初阳羡派词人万树,万树所作《词律》是第一部集大成式的词律专书,有着重要的词学史地位,但冒广生认为他讲求词律过细,耽误了后学,并且把晚清四大词人里的郑文焯、朱祖谋也列入了"误尽学子"的梯队。这个评价不算公允,但他下面的话我很喜欢:第一,人人学吴文英的格律严谨,但吴文英不过是学周邦彦的。第二,吴文英学周邦彦也没有死学,后人为什么要讲求那么细,平上去入一字不差地纠缠呢?第三,死学也就罢了,问题在于平上去入都不错,却写不出好词,甚至没有好句子,"可怜虫"三个字说得一针见血。第四,写词作曲的目的是陶冶性情,不是桎梏性灵,每个字都战战兢兢。"何苦在

[1]冒广生(1873—1959),字鹤亭,号疚斋,江苏如皋人,著作有《小三吾亭诗文集》《疚斋词论》《冒鹤亭诗歌曲论著述》《四声钩陈》。

高天厚地之中，日日披枷带锁做词囚也？"这话说得真是一通到底。

吴眉孙[1]是一位不大有名的词人，但这首论词非同凡响。他开篇说"词一大瀛海，容纳万方流"，这两句就高屋建瓴，见地不凡。"情所寄，有欢笑，有悲愁"三句更是把一面"情"字大旗亮出来，与冒广生异曲同工。他们二位的意见我都很赞成，所以我说："相较格律之'解放派'与'保守派'，我算'折中派'。所写为不古不今之诗词，一如所治为不古不今之学问。"我同意有限度地解放格律，目的是解放"骨"，解放"性灵"，解放"情"。

## 诗在骨而不在格也

什么叫作"有限度""折中派"呢？我有几条技术层面的看法：

诗词用韵宜宽不宜窄，所谓诗当用平水韵、词当用词林正韵之说，吾不谓然。真想复古，该用《切韵》，至少用《广韵》才算正宗，何必用从二百多部减到一百多部甚至更少的韵书才算标准？可见韵部应随语音的实际运用情况而变动。现代人以现代共同语

[1] 吴眉孙（1878—1961），名庠，亦名清庠，江苏丹徒人，曾任交通银行总行文书主任，晚年任上海文史馆馆员。眉孙为著名藏书家，数万卷中颇多佳椠，后皆让归国家。晚岁病盲，寄身土室，画地自牢，境遇颇为凄凉。

(普通话)为基础、以十三辙韵书为基准大体可行。梁启超致胡适书信中说:"韵固不必拘定什么《佩文斋诗韵》《词林正韵》等,但取用普通话念去合腔好。"詹安泰《论填词可不必严守声韵》说词韵"人各异说,说各有因,只求谐适,不必一律"。在此前提下,我个人比较严辨 ing(eng)与 ong 两个韵部。

入声字宜严不宜宽,不得押平声韵。

押韵是个大问题,讨论得非常多,各界争论极其激烈。比如 2008 年,针对中国诗词学会倡导的"声韵改革",伯昏子、徐晋如(胡马)起草了《关于传承历史文化、反对诗词"声韵改革"的联合宣言》,并征求网络签名。《宣言》声称:"这种短视的'改革',把媚俗附势当作与时俱进,以消解文化传统为代价,并严重误导诗词初学者和一般爱好者……实践证明,中华诗词学会的'声韵改革'能导致劣诗泛滥、伪诗横行,目前充斥报纸杂志的'老干体'就是明证。"可谓声色俱厉。

伯昏子、徐晋如都是我特别欣赏的当代诗人,但把问题提到这样的高度我并不完全认同。"老干体"的出现是文化现象,与大历史背景有关,与风雅道丧、风骨销蚀有关,与声韵是否改革没有必然联系。用新韵也可以写出好诗,用"平水韵""词林正韵"照样可以写出"老干体"。在这个意义上,我不认同《宣言》的逻辑。还是袁枚那句话,"诗在骨而不在格也"。

提倡诗必用平水韵、词必用词林正韵也有逻辑上的问题,我在上文已经说得很清楚了。之所以补充梁启超、詹安泰两位的意见,是因为常常有人说"主张声韵改革者皆浅学之士",那么我就举两个不"浅学"的人来给大家看看。其实还可以补充一位,那就是启功。

启功有一本书《诗文声律论稿》,篇幅不大,但启功斟酌备至,为之倾注了大半生心血。[1]作为精通声律的语言学家,启功竟是反对死守声律的。在《启功丛稿·诗词卷总序》里,他以学理态度对陆法言、孙愐、杨万里、魏了翁诸家关于声律的说法进行剖析,结果是"读了陆法言的一句和孙愐的半句话以后,我更放胆押韵,不再标举什么'十三辙'、什么'词曲韵'以为自己乱押韵的护身符了"[2]。与冒广生、吴眉孙相比,启功比他们更高一筹处在于"放胆押韵"的结论乃是源于两位制定韵书的祖师爷!这就更有一种"以子之矛,攻子之盾"的逻辑力量。所以他明确宣称:"我所理解的韵,并不专指陆法言'我辈数人,定则定矣'的框框,也不是后来各种韵书规定的部属,只是北京人所说的'合辙押韵'的辙和韵,也就是念着顺口、听着顺耳的'顺'而已矣……'韵'字古既作'均',应即从'均匀'之义命名的。声调均匀,如扬调的与

[1] 启功自述:"六十年代我还起草了……《诗文声律论稿》,但在'文革'期间始终无法出版,直到'文革'后才得以问世。这是我的用力之作,花费了多年的思考与斟酌,直到本世纪初我还在不断地修改,可谓耗费了我大半生的精力。"见《启功口述历史》第五章《学术著作》一节。

[2] 该书第4页,其中陆氏一句话指"欲广文路,自可清浊皆通;若赏知音,即须轻重有异",孙氏半句话指"若细分其条目,则令韵部繁碎,徒拘桎于文辞耳"。

扬调的相随；韵类均匀，如啊韵母的与啊韵母的相随，岂不很均匀吗？"[1]

从这些言论来看，我是主张解放声韵的，但我不主张完全解放入声字，特别是入声字作平声字押在韵位上。一旦把入声字当作平声字用，平仄系统就会出现严重混乱，导致诗词的音乐美大幅度丧失。在我看来，押韵不妨从宽，入声字则要尽量从严，所以我说自己是"折中派"。

杂七杂八谈了一点格律，但既不是学者的专业研究，也不算诗人的深切体会，一家之言而已，不必较真儿。

[1]《启功丛稿·诗词卷》，第19页。

# 知行交通第二　那一场风花雪月的事

在上一讲里，我说自己近三十年来存下了三百首左右的诗词习作，接下来就要跟大家说说这些习作中刻录下的青春记忆与生命轨迹。再次强调：我不算诗人，只是一个诗词爱好者；这些诗词写得不算好，也不大合规矩，之所以花篇幅讲，无非是呈现自己"知行交通"的过程而已。正面的经验不多，能汲取一点儿最好；反面的教训不少，可引以为戒。

## 轻寒轻暖总相关

就从 1991 年说起吧。那一年我十九岁，大二到大三。大学生活的主题之一肯定是爱情，我的好多时间都用来与一个同是十九岁的女孩"起腻"。十九岁的时候，觉得自己已经很大了，其实不过是两个大孩子。女孩子又最容易喜怒无常，"翻脸比翻书还快"，那时候写的诗词很多都与这些有关。用当时流行的周治平的一首歌来说，就是《那一场风花雪月的事》。比如下面这两首：

风花雪月天，西楼执手意阑珊。冰泪如雨萧萧落，可怜，最是情极易心酸。　拥君浅深谈，轻寒轻暖总相关。莫道长夜无知觉，绵绵，一似三生石上缘。

——南乡子（1991.9.17）

昨夜画楼影里，眼波一寸盈盈。轻爱轻怜柳病，骤寒骤暖兰情。　今夜辗转无梦，迷离望见孤灯。谁会凄凉消息，秋叶暗打窗棂。

——谪仙怨（1991.9.25）

相比之下，《谪仙怨》似乎更好一些，"昨夜""今夜"的对照略见章法。两首词相隔一周左右，所谓"冰泪如雨""轻寒轻暖""骤寒骤暖"，都是写实，可见，大孩子爱情中的喜怒无常是主要书写对象。值得庆幸的是，二三十年的时光呼啸而过，那个喜怒无常、说翻脸就翻脸的女孩现在还在我身边。

转眼间七年过去，那个女孩早做了我的新娘。我们的孩子两岁的时候，我到苏州大学师从严迪昌先生攻读博士学位。1999年初，寒假将至，我接到妻子的信，信手写下了这篇《清平乐·接内子书》：

飞来小字,犹有香风系。一片软语轻轻地,不许愁人不起。　屈指计日还家,想象脸边生霞。闲行忽忽看着,腊梅新开黄花。

这首《清平乐》是我迄今为止写得最"顺快"的词,完全是心里话,几乎不假思索地记录下来而已。如果说它有一点儿好处,大概就在于"真"吧。

## 诗歌是一碗青春饭

婚姻没有成为我们爱情的坟墓,但是,风花雪月必然要走到柴米油盐。在给一个朋友的诗集作序的时候,我说:"诗歌其实也是一碗青春饭,在粗粝的生存面前常常显得过于奢侈……我自己在商海'呛水'后能够重回学苑,已经算是幸运者,可是不也被生存的尖石硌得遍体鳞伤?"[1]2000年6月所作的《端午前二日平居感怀》三首正是柴米油盐生活的一点儿写照,可以略感安慰的是,粗粝的生存毕竟还没有把诗意完全磨秃:

三橡傲近柳枝塘,万蛙鼓奏芰荷香。
饥来且啖山妻粟,饱后不羡大官羊。

[1]《谁在默默守望——非鱼诗集序》。

雕虫渐少空中语，疗贫难传肘后方。
马齿又增悲欢减，微余豪气到酒狂。

少时浩气动风云，此日瀌落易销魂。
半世总延穷鬼坐，十年常遇钱神嗔。
飘零心事关妻子，明灭灯花照典坟。
自料生无封侯骨，芰荷风起掩重门。

十年飘摇近中年，横塘一雨五更寒。
往梦醒转雄心淡，新诗写成鬓毛斑。
薄酒尚堪杯第六，眉痕喜见月初三。
蜗庐粗营真草草，安坐赖有山妻贤。

关于第二首的颔联"半世总延穷鬼坐，十年常遇钱神嗔"可以做一点说明。有诗友指出这一联是"合掌"，也就是上下联同言一义。我在认同的前提下也给出一点儿解释，写了一条"诗话"：

《文心雕龙·丽词》谈对偶云："反对为优，正对为劣。""正对"者，事异义同，后世所谓"合掌"，诗之大忌也。若"胡马依北风，越鸟巢南枝（《古诗十九首》）""蝉噪林逾静，鸟鸣山更幽（王籍《入若耶溪》）""吴宫花草埋幽径，晋代衣冠成古丘（李白《登金陵凤凰台》）"等皆是。此虽为通例，乃不可一概而论。即如"胡马"一联，非以两事作引，不能蓄足气势，导出思乡之情，然则此中或有"言之不足故长言之"之理也。余旧有"半世总延穷鬼坐，十年常遇钱神嗔"之句，亦犯合掌之病，然此际正困顿之极，寥寥七字，不能发抒郁懑也。

我觉得自己的解释是有一点儿合理性的。这说明有些"诗病"不能一概而论，自己有甘苦，才会去思考某些"不得不然"的情况，"知"与"行"的关系也就在其中了。

## 调侃：中年情味

再一转眼，又是十余年过去。2011年的愚人节是我们相恋二十周年纪念日，四十岁的人了，早过了风花雪月的年纪，那些恋情或许沉淀成了更加浓郁醇厚的亲情，如同陈年的老酒或者普洱茶，别有一种悠长的回味：

转睛廿年矣。忆当初，愚人甘作，青葱心事。忽凉忽热小儿女，像煞一场游戏。蓦回首、岁华迤逦。

潦倒艰难都挺住（里尔克诗：挺住意味着一切），只今日、执手味如蜜。管门外，风吹雨。　　人海中我找到你（八三无线版《射雕英雄传》歌词，黄霑作）。同度过、虎眼黑眉，春风桃李（某日戏改黄山谷诗作"桃李春风一杯酒，黑眉虎眼十年灯"赠晓秋）。天南地北熬生计，小康六分之一（晚清小康标准有六：天棚假山石榴树，金鱼肥狗胖丫头）。须看取、飞蓬儿子（维维中考辛苦，久未理发，日前引"首如飞蓬"句嘲之）。琉璃杯斟琥珀酒，叮当碰、一笑轩窗底。两相看（李白诗：相看两不厌），犹欹旎。

——金缕曲·时值愚人节，与晓秋相恋二十周年纪念日，不能无词，因缀连口语以赠。其间多寓调侃，盖结习之难除也。

　　这里值得注意的是"调侃"二字。我觉得写到这个时候，我开始形成了一点儿自己的风格特征，那就是"调侃"。调侃，古语也称为俳谐，向来不被视为诗词的正道，但我的理解不同。我觉得调侃是中年人的境界，一方面身心俱老，不允许，也不愿意像年轻人一样正儿八经、声嘶力竭地说话，需要选择一种新的表达方式，笑着说或反着说；另一方面，"调侃"其实并不容易做到，除了自己天性相近，还要经历愤懑忧伤、看过生老病死之后才能逐渐酿成特殊的味道。

小而言之，调侃用于妻儿师友，可增喜乐；大而言之，调侃用于世态人情，愈显锋芒。我读一些"调侃大师"如聂绀弩、启功等很投脾气，自己也逐渐走上这条路。

2012年给妻子的"元旦贺词"，我写了四首《西江月》，当时正读沈尹默、马叙伦等人的"金鱼唱和词"[1]，非常喜欢，于是学写了几首。在小序中我有几句话："其中戏语颇多，时近打油，盖《西江月》声情便俗，加之结习难空也。"这里可以提出一个小问题：词牌的声色情感有一些微妙的不同，《西江月》可能是所有词牌中最通俗的一个，近世说书人的"定场诗"如果用词的话，《西江月》会以数量上的绝对优势胜出，甚至还专门有相声《西江月》，我说它"声情便俗"应该不错。领悟到这一点，也与自己的创作经验有关：

犹多少小时梦，转睛四十年华。蠹鱼为伴冷生涯，几许误人声价（尝与诸生戏言曰："本无甚虚名，然为虚名所误不少"）。 新我宁如故我，看她日益怜她。一笑依然脸上霞（十四年前在苏州，寄《清平乐》云："想象脸边生霞"），忘却三五白发。

眼底无涯岁月，心头刹那芳华。仍是娇憨小女娃，教人割舍不下。 嫣笑和风细雨，盛怒走石飞沙。偶

[1]民国七年（1918）五月七日为沈尹默生辰，他作有《西江月》四首。九年（1920）五月十一日，北京大学同人宴集于城东金鱼胡同海军联欢社，尹默出示组词。越日，马叙伦有继作十二首，张尔田、伦哲如又分别和马词三首、六首，遂形成四人参加、总数二十五首的"金鱼唱和词"，马叙伦《石屋余渖》完整地收录了全部作品。

如灶君孩他妈（常笑晓秋家居如灶王奶奶），粗服还兼乱发。

高卧髀里生肉，近视雾边看花。闲把一杯观音茶，静听莺叱燕咤。　四十年光过了，前途漫漫正赊。牵手不嫌肉儿麻，更况甜甜情话。

青春逝去杳渺，须鬓添来槎枒。饭余饱啖东门瓜，万事尖风吹瓦。　人生一盘棋局，世相几部鸣蛙。昏昏灯底将正麻，街鼓忽然三打。

这四首词用了同一韵部，当然是新韵，从中可见我解放声韵的基本立场，遵从了启功先生"顺"与"均"的原则，同时也证明我说的新旧韵与"老干体"之间没有必然联系的观点。四首词里前三首依旧是调侃，第二首的"盛怒走石飞沙""偶如灶君孩他妈"很是写实，曾得到作为第一读者的儿子的深度认同。最末一首略显苍凉，但"将正麻"作为"正麻将"的拆解拼装说法，还延续了一点儿"调侃味"，我自己也有点儿小得意。

2014年的纪念日与平常不同，那一年，我们的儿子将要上大学了，确乎感慨良多，于是有《临江仙·二首赠晓秋，时订情廿三年纪念日，数日后维维将赴南京大学面试》，只看第一首：

蓦想廿三年前事，情订恰在今宵。苹红脸与草绿袍。有风轻吹过，那丛美人蕉。　转眼雏鹰将飞了，剩下卿我空巢。一片春愁待酒浇。人生幻魔法，岁月柳叶刀。

这一首的调侃成分也比较少，掺杂进一点儿淡淡的失落感。"一片春愁待酒浇"是蒋捷的名句，镶嵌进来，感觉还算浑成。

再过一年，仍用原韵写了两首《临江仙》，但是"韵虽同而心境颇异"，因为2014年深秋老父亲去世，这样的凶年能够互相支撑过来，庆幸之余，心情难免激楚一些。"世路百千浪""生死路与短长桥"云云，都是由此而来：

廿四年光如过翼，转睛又此凉宵。老我依旧草青袍。世路百千浪（《上海滩》歌词，黄霑作），且饮酒三蕉（东坡不善饮，晚年方能尽三蕉叶）。　谁分苍凉过凶岁，感卿撑拄危巢。心苗总需心血浇（顾随语意）。同佩长生剑，共掌多情刀（古龙小说标目）。

无涯往梦都化作，滔滔一片狂潮。生死路与短长桥。沧桑也看遍，激风掠林梢。　小楼岂真能成统，楼外拍岸惊涛。不如葫芦照画瓢。长安推俊物,啜鱼态最娇(龚定盦诗咏狮子猫:"缱绻依人慧有余,长安俊物最推渠。故侯门第歌钟歇,犹办晨餐二寸鱼",鲁迅以为叭儿狗"折中调和平允之态可掬")。

至此,那一场风花雪月的事已经随着岁月渐变成中年的颜色。青春自有青春的好,中年况味也有它自己的斑斓。梁实秋说:"中年的妙趣,在于相当的认识人生,认识自己,从而做自己所能做的事,享受自己所能享受的生活。科班的童伶宜于唱全本的大武戏,中年的演员才能担得起大出的轴子戏,只因他到中年才能真懂得戏的内容。"真是至理名言。"真懂得戏的内容"以后,风花雪月就会一直"风花雪月"下去,而且香气扑鼻。

# 知行交通第三　我和我追逐的梦

## 一笑吴门竟有缘

1993年毕业于吉林大学中文系以后，我进入某银行工作，但仅仅五个月就辞了职，放弃了这个"金饭碗"。在某权威媒体工作了短短四个月，又一次辞了职，放弃了这个"银饭碗"。这些举动让我成为系里教育师弟师妹的"突出典型"，当然是反面的。

回头来看，我的两次辞职（以至于后来"堕落"成为"无业游民"）既大有背水一战的味道，也让我更明确地知道了那些看似光鲜的职业并不适合自己。那时候我才开始真正考虑自己将来的道路，并最终选择了自己的"初心"——学术研究。

1994年春，我斗胆给后来的博士导师、苏州大学严迪昌先生写了一封万言长信。信中不但谈了自己阅读《清词史》的感想体会，还更"斗胆"地提了一点儿意见，认为某几个章节段落有所不足。严先生不仅没见怪这个毛头小子的鲁莽狂妄，写了热情洋溢的回信给我，还赐下了一份正在某出版社等待付梓的《清诗史》校样，我有幸成了名著《清诗史》最早的读者之一。1994年4月某夜，读《清诗史》至清晨，我写了三首绝句寄给严先生：

江湖百转衣尚白，鱼雁一至眼同青。
惭愧先生相怜意，清宵费尽读书灯。（时先生为购《文苑丛书》一套。）

读到先生椎凿篇，想见风华倾江南。
不傍古人著心史，魂惊此编三十年。

为谁飞去为谁还，凤凰巢稳人卷帘。
廿年跃马幽燕北，一笑吴门竟有缘。（用陈尧佐《踏莎行》词意。）

诗不算好，但心意表达得肯定真挚，特别是"不傍古人著心史"一句，从我当时的眼界而言，还算抓住了严先生学术著述的核心特征，所以十年后严先生去世，我写了一篇总结他学术研究的文章，也用了这一句做标题。

1995年初冬，严先生六十初度，我敬呈《满江红》

一首，用了《清词史》着力书写的清初词坛三大唱和之一的"江村唱和"的"涨"字韵。前面我们讲过用韵的问题，我为什么去思考"用韵"的合理性问题呢？显然跟自己的一点儿创作实践有关：

卅年江南，回首处，心潮应涨。近花甲，才人怀抱，可能无恙。片纸飞传吴江下，先生居在梅花上。秋风后，莼鲈依然肥，谁堪饷。　万斛愁，须轻漾；洞仙歌，须高唱。看此夕何夕，须倾佳酿。铜琶铁琵犹在耳，拍板红牙尚堪杖。出阊门，冷香拂拂来，横斜状。

这些诗词都是学步之作，不可能入严先生的法眼，但可能是看在我好学的份儿上，严先生还是给了几句背后的嘉勉。这是多年以后从"掌门师兄"张仲谋教授为我所作的一篇序文中知道的：

在"严门弟子"中，大勇颇以创作见长。他多年前曾经写过一阵子武侠小说，据说还曾想以创作为生，这使我与他未谋面时就觉得他有几分豪侠之气。后来就不断地在业师严迪昌先生那里读到他寄来的旧体诗词，居然也写得像模像样，不禁令我刮目相看。虽然还未入"严门"，诗词中已常常涉及清代文坛掌故了。他与严先生诗词往还多年，直到1998年才襆被南下，由其妻陪伴一起到吴门就读。打个不恰当的比方，他的那些诗词也许颇有"温卷"之作用，虽然大勇决不会这么想；而当严老师在他的书房里，微笑着点上一支烟，把大勇的诗札拿给我看时，他对这个远在东北而从未谋面的小伙子，显然已经有几分喜爱了。记得我当时还有一些杞忧，以为一个着迷于写武侠小说的人，能耐得住寂寞来读清诗吗？[1]

带着严先生这样的奖勉栽培，我终于在1998年"襆被南下"，正式拜入先生门下攻读博士学位，"廿年跃马幽燕北，一笑吴门竟有缘"，当然是感慨良多，于是有两首词：

春愁仿佛山近远，吴醪清绝，不辞红心盌。又到流华五月半，芳草乍迷歌衫乱。　故园昨宵忽梦见，似水浮生，淡淡思量遍。渐渐千江凉月满，照人独啸溪桥畔。

——鹊踏枝（1998.5.13）

奇花新雨卷。但残春、茫茫百事，谁驱谁遣。先生高卧复高谈，一笑温然破法。语细细、抽丝剥茧。我亦生涯磨坷惯，兴湍扬、肯较当年浅。酒正醇，眉应展。　衮衮浮世谁通显。吾但眠，林间牗下，随人圆扁。游戏文章谋梁稻，一半空中苍犬。偶狂言、

[1] 张仲谋《马大勇〈清初庙堂诗歌集群研究〉序》，吉林人民出版社2007年版。

师其宽免。先生定知敝意久，只微醺、闲闲翻坟典。"香奁句，何须剪。"（此日谈及拙作武侠说部《剑圣风清扬》，向先生解释风清扬一夫三妻非出所愿，先生以为无妨。故末句云云。）

——金缕曲·五月十一日与迪昌师谈用秋水轩韵

（1998.5.13）

《清平乐》只是一时感触而已，没有什么可解释的，"秋水轩韵"值得做一点说明。"秋水轩唱和"是清初词坛规模最大、影响最深远的一次唱和活动，对清初词风的转变具有相当重大的作用。严先生在《清词史》中首次揭橥这次唱和活动的过程和意义，是全书最大的亮点之一。我于1998年5月11日第二次与先生面谈，长达数小时，于是用了"秋水轩剪字韵"记述整个过程，其中也含有向严先生致敬的意思。"秋水轩剪字韵"难度比较大，险韵很多，"遣""泫""茧""扁""犬""典"字等都不容易押得稳妥，我这首只能算是完成了基本要求而已。

## 戒酒·祭词·财迷

通信四年，至此正式拜入严先生门下，"我和我追逐的梦"之间距离更近了。兴奋满足之余，接下来要面对的是很现实的生活压力。一点点微薄的助学金，加上妻子不太高的收入，难免入不敷出，捉襟见肘，对"钱"字格外敏感。2000年夏天，我写了组词《沁园春·与钱问答》：

钱汝来前，汝听我歌，我歌萧骚。吹笙挟瑟，天下衮衮；缠金跨鹤，世上滔滔。且逐功名，莫论学问，五车未敌一羽毛。惟余我，伴青灯墨卷，伊郁无聊。

古今多少人豪，笑书生到此意气消。纵苦寒读书，都成云散；长杨作赋，只等萍飘。五柳先生，使于今日，三斗也折乞米腰。袖手看，君呼风呼雨，为蜃为妖。

钱曰咄咄，何物腐儒，口吻轻嚣？便酒臭朱门，非我差错；寒充陋室，怪汝清高。天道无亲，能者探骊，何必辞锋冷若刀？须知我，早铜皮铅骨，久历诙嘲。

劝尔齿颊休刁，将经卷文章一火烧。即屠龙难就，尚可屠狗；画虎不成，无妨画猫。纸醉金迷，钗横鬓乱，一笑且拈琥珀醪。归来罢，正酒阑歌散，月冷秋霄。

我拍钱肩，笑曰孔兄，斯言得之。使凛凛檄文，散为霞绮；泠泠郁气，暖作云霓。何必短长，且安本分，一枕春梦几多时。胡涂甚，只眯目趺坐，心飞神驰。

转笑世人都迷，但矻矻为君白鬓丝。想海市成楼，皆归荒幻；蕉叶覆鹿，总是离披。不如筑茅，江滨岭表，与白鸥盟便忘机。雄心敛，好持螯纵酒，遁于卑辞。

这一组词的写法是有点儿来历的。辛弃疾有一首不太有名但非常有意思的词，叫作《沁园春·将止酒，戒酒杯使勿近》：

杯汝来前！老子今朝，点检形骸。甚长年抱渴，咽如焦釜；于今喜睡，气似奔雷。汝说刘伶，古今达者，醉后何妨死便埋。浑如此，叹汝于知己，真少恩哉！
更凭歌舞为媒。算合作、人间鸩毒猜。况怨无小大，生于所爱；物无美恶，过则为灾。与汝成言，勿留亟退，吾力犹能肆汝杯。杯再拜，道麾之即去，招则须来。

他要戒酒，于是警告酒杯：你以后离我远一点儿！开头四个字就是"杯汝来前"：你站好了，我跟你好好说一说这些年你是怎么诱惑我、怎么害我的，巴拉巴拉说了很多，一直到煞拍才住嘴。这意味着什么呢？杯子一直老实巴交听着主人的训斥埋怨，现在它只剩下三个短句、十二个字的机会可以"表态"了，像小品里说的："就剩一句啦？"这一句可以说点儿什么呢？

第一句，"杯再拜"，礼数很周到，但用掉了三个字，还有九个字了；再加一个"道"，那就剩下八个字了，这八个字是"麾之即去,招则须来"。酒杯心里是很有底气的:我知道你现在心情不好,拿我出气,要赶我走。没关系,我就老老实实地走,但我有把握,你还会招我回来的!你看,酒杯的表现多有风度,多聪明!

这首词要注意以下几点:首先,这是一首"俳谐词",但是"俳谐"背后有悲愤,滑稽背后是郁怒。这首词作于庆元二年(1196)辛弃疾家居上饶、铅山之际,此前两年之中,辛弃疾四挂弹章,一切职务,褫夺净尽,这是又一个"老子颇堪哀"[1]的闲散郁愤时期。这种情况下,辛弃疾借词陶写怀抱,怪怪奇奇,滑稽雄伟,乃是他不可多得的平生杰作。

其次,这是辛弃疾"以文为词"的顶尖作品。往远里说,其拟人式的寓言手法源自庄子,主客问难的手法来自汉赋,如东方朔的《答客难》、扬雄的《解嘲》、班固的《答宾戏》等;往近里说,则最接近韩愈的奇文《毛颖传》与《送穷文》[2]。

再次,这首"止酒"词虽称不上辛弃疾的名作,但"以文/赋为词",具有极大的开拓意义,从而为后代词人开启了无数法门。我在2008年曾写过一篇长文,专谈这首词的接受,统计出受其影响的作品多达五十余篇。[3]其中成就最高的是晚清四大家之一王鹏运的"祭词"二首:

[1]辛弃疾《水调歌头》。
[2]刘体仁《七颂堂词绎》指出此二篇即《毛颖传》,颇为后人取资,其着眼点盖在于"真少恩哉"一句。实则据我体会,此二篇得力于《送穷文》尤多,远在《毛颖传》之上。
[3]我的统计口径比较严格:必须用《沁园春》词牌,一般要具有拟人、对话等特征。

（岛佛祭诗，艳传千古。八百年来，未有为词修祀事者。今年辛峰来京度岁，倡酬之乐，雅擅一时。因于除夕，陈词以祭，谱此迎神，而以送神之曲属吾弟焉。）

词汝来前！酹汝一杯，汝敬听之。念百年歌哭，谁知我者；千秋沉潆，若有人兮。芒角撑肠，清寒入骨，底事穷人独坐诗。空中语，问绮情忏否，几度然疑。

玉梅冷缀苔枝，似笑我、吟魂荡不支。叹春江花月，竞传宫体；楚山云雨，枉托微词。画虎文章，屠龙事业，凄绝商歌入破时。长安陌，听喧阗箫鼓，良夜何其。

词告主人，酺君一觞，吾言滑稽。叹壮夫有志，雕虫岂屑；小言无用，刍狗同嗤。捣麝尘香，赠兰服媚，烟月文章格本低。平生意，便俳优帝畜，臣职奚辞。

无端惊听还疑，道词亦、穷人大类诗。笑声偷花外，何关著作；情移笛里，聊寄相思。谁遣方心，自成呰舌，翻讶金荃不入时。今而后，倘相从未已，论少卑之。

这两首是晚清词苑名篇，也是王鹏运一生治词心得的夫子自道。所谓"百年歌哭""千秋沉潆"，其实质在于推尊词体。词之发源既古（千秋），功用亦大（歌哭），那么，就不应被视为"忏""绮情"的"空中语"。在鄙薄哀叹"春江花月""楚山云雨"的世风的同时,他特别强调"芒角撑肠,清寒入骨"这样"有为而作"的"大题目"与"大意义",而"画虎文章,屠龙事业"的"凄绝商歌"心态则又是清季衰颓大势的反映。

"词告主人"一篇亦饶有趣味,词本自居"雕虫""小言"之列,俳优帝畜,安之若素,却忽然听说"词亦穷人大类诗"。惊疑之下,更分辩道:我是"烟月文章格本低",又"何关著作?"只能"聊寄相思"罢了。此后若想让我"相从未已",还请"论少卑之",不要把我抬得太高了吧!二词皆有滑稽之态,牢骚满腹,而内蕴着一系列重大严肃的主题,是学"止酒"系列作品的翘楚之作。

更值得注意的是,辛弃疾与酒杯的对话是在一首词的容量中完成的,王鹏运则把它扩展到了两首词的容量,"控辩双方"机会均等,那就更有利于深化自己要表达的情感和思想。我对辛弃疾、王鹏运的创作激赏不已,所以又一次"学步",但把王鹏运的两首扩展成了三首。除了"控辩双方"唇枪舌剑,还加了一首"结案陈词"。论水平,我当然无法企及辛、王两位大师,但略有发展,也算自己的一点儿菲薄贡献。

## 与先生诀别

穷困潦倒也是"追梦"的一部分,待我获得博士学位,回到母校吉林大学执教,仅仅一年半的时间,就惊闻严迪昌先生罹患重病的噩耗。2003年非典肆虐,一直迁延到7月中旬,警报解除,我才能来到苏州探望先生。7月14日晚,我在先生书房里徘徊四顾,黯然神伤,夜过丑时而不能寐,写成五绝句:

吴门重见泪零丝,疮心痛骨两支离。
犹记前年筋力健,雨夜一伞过杨枝。(前年夏先生数过杨枝塘寓所,谈笑风生。)

重到吴门意阑珊,欲笑欲泪两艰难。
夜分独坐潇潇雨,看得清减倍心酸。

对此骤惊岁月迁,沧桑人世岂旧观。
我痛先生身心痛,一样今夜不成眠。

先生春日涵咏地,我今来见案凝尘。
已残图书未干墨,抚看般般总伤神。

坐卧书城岁月新，心香一脉迹前尘。

人生患苦能多少，枯枕空堂嚼草根。（先生晚号书斋曰"草根堂"，取范伯子"草根无泪不能肥"诗意也。）

我与妻子在苏州陪伴了先生十日左右，离开苏州时那种黯然神伤难以言表，因为知道这次已经是诀别了。8月5日晚接到消息，先生已于二十时二十二分溘然长逝。我翌日动身前往苏州，8月8日夜为先生守灵，因有《金缕曲》用秋水轩剪字韵之作：

蓦地惊飙卷。立中宵、荒茫万绪，谁能飑遣？忆到杨枝塘外雨，泪同旧雨急泫。平生事，枯蚕缚茧。蝶梦布衲徒自苦，想可能、苦海回头浅。眉间锁，几回展？　伤心全藉奇文显。凭腕下、凤起蛟腾，月丰云扁。卅年横箫复说剑，轻他琦琮豚犬。只在劫、失意难免。七百余日别未久，竟重来、与此断肠典。天人痛，若刀剪。

当年与先生初见面的时候，我就用了秋水轩韵，五年后再用居然已是悼念，"天人痛，若刀剪"绝非虚言。先生的逝去对我是非常巨大的精神打击，精神上的大树轰然倒塌，此后不再有凉荫的庇佑，也不再有方向的指引。三年之后，我受同门委托，主持《严迪昌先生纪念文集》的编纂工作，大功告成之前，我南下拜祭先生，感赋六首《望江南》：

谁能信，先生已长眠。我来哭拜迟十日（先生忌日在八月五日），墓边草青竟三年。一别千余天。

常梦见，梦醒最情酸。那日双泪如落雨，混茫心绪一灯悬。可怜已三年。

先生好，含泪讯平安。倘或成仙事真有，可能天上胜人间。骑鹤复骖鸾。

幽燕北，夜夜梦江南。犹是草根堂上客，缥缈菊香与茶烟。醒处泪阑干。

无限事，只好梦追攀。老仙已乘黄鹤去，再无咳唾到人寰。风雨飒生寒。

三年矣，人事暗流迁。每从醉酣追往梦，聊凭文字证因缘（时正编先生纪念文集）。天意总难言。

大约是在《严迪昌先生纪念文集》编纂完成出版

以后，我才逐渐觉得心理上接受了与先生永别的事实，终于无奈地平静下来了。"每从醉酣追往梦，聊凭文字证因缘，天意总难言"，这就是人生况味吧！佛家讲"爱别离苦"，那真是深刻的哲学！

## 梦原是，心头想

对严先生的怀念当然一直持续，但随着时光的流逝，梦见他的时候越来越少了。想不到 2014 年元月 2 日夜，我又梦见了严先生。在梦里，我与先生久久拥抱，促膝而谈，热泪长流。半夜醒来，疑真疑幻，写了这首《金缕曲》：

醒来倍惆怅。飞云车、清飙引去，半空犹响。早知再拜除非梦，梦也支离惝恍。做西爪、东鳞模样。可能真有神仙境，琼楼宇、筑成九天上。偶惦念，人间访。　　午夜心魂难安放。那梦中、深躬紧抱，热泪奔淌。先生一去十年久，我亦鬓白添两。尚学步、引吭高唱。荧荧一灯对冰雪，笑不觉、曙色贴窗亮。梦原是，心头想。

这一首虽然是长调，但也写得很"顺"，几乎不用什么雕琢锤炼，剪裁一些心里话就足够了。如果说可以做点儿艺术分析的话，我觉得题为"梦见"，但从"醒来"开篇，到下片才写到"深躬紧抱，热泪奔淌"的梦境，到煞拍又以"梦原是，心头想"六个字解构了"梦"字。这些地方的感情线是有点儿曲折的，虽然那不是刻意经营的结果。

在"我和我追逐的梦"里，没有人能代替严先生的位置。弟子爱戴老师是正常的、应该的，但严先生对我的意义可能有点儿不一样。2014年的这首《金缕曲》看似画上了这段师生因缘的句号，但其实我知道，并没有。严先生对我的影响会持续终生，而且会越来越深刻，越来越醇厚。比如2018年10月，我收得严先生1975年所著两篇文章的手稿，有感作《临江仙·意外收得迪昌先师手稿两份，皆1975年作，故起用东坡吊欧公〈木兰花〉句》一首：

四十三年如电抹，小字依旧崚嶒。人世间事百无凭。何限尘土梦，递作一灯青。　　岭上闲云都看遍，归来逸气轩腾。茶烟阁子记学经。同是识翁者，波底月渊澄。

词题中所谓"东坡吊欧公《木兰花》"是指这一首词："霜余已失长淮阔，空听潺潺清颍咽。佳人犹唱醉翁词，四十三年如电抹。草头秋露流珠滑，三五盈盈还二八。与余同是识翁人,惟有西湖波底月。"1975年至2018年正好四十三年,所以用了东坡成句,一个字都不用改,而煞拍两句也用了东坡的语意。这种袭用也是有意为之,取两段师生情之相似也。

## 有些鸟的羽翼

我在1999年曾写下一篇《先生赐法书记》的小文,也录在下面,作为与恩师这一段缘分的小结:

余自塞北迁吴,迢迢四千余里,飘荡转辗,寄身葑门桥外。自春徂夏,三阅月矣。

大凡人之奇穷,无非二端:一曰谋生计拙;二曰守节而不辱胸中所思。余虽不才,竟兼二者而有之,亦大不快中一快事。余既遭奇穷之厄,百无聊赖,日与妻愁眉相对,不知所以。嘻!斯亦盛世中之奇观也。

余落落居吴门,无可慰藉,唯数日至迪昌师府上一行。淡淡言语,以破岑寂忧闷。先生足迹,十年不至葑门,以余近鹤栖于此,两月间凡四五至,至则微饮酒,饮酒则闲闲说话,夜深方归。先生自言平生皆苦中作乐,余亦以得先生教诲为乐,解我目下之苦也。

因忆元旦日拜见先生,携杜鹃花一盆,知先生见此微物亦喜也。是夕先生果然喜甚，因请教先生"霜红簃""枯鱼斋"命号之来历，并云日后有暇名斋，当取"佳谷"二字为说，盖半雅半俗之意也。先生不言，但微颔而已。余因乘兴求先生法书，为题此额。噫！彼时余虽无复去春意气风发之致，亦颇觉豪放，初未料及此日之摧颓也，思之怃然。

近日玉兰师姊毕业，将之金华执教。先生乃择日为书二手卷，以当恩师所颁之文凭。写毕，意未尽，因忆余当日恳求，复为书二卷，今日乃手赐之。

卷一右上角钤朱文闲章，乃"老树春深更著花"七字，是顾亭林诗，先生甚珍爱，曾取之以喻清词在词史上状况。自左至右，书三字曰"佳谷斋"，隶体，笔致波峭，真力弥满。再左有数行小字题款云："大勇以佳谷名斋，非祈年丰，亦非谋山水窟，吴门实亦无佳丘壑。其之所以取此，别有意也。贤伉俪蛰门桥外，已阅春秋。索三字题额，缘目半盲，难即应，因循至今。久不作隶，聊写其意耳。"落"严迪昌书于己卯孟夏枯鱼斋南窗下"字，末钤二印，师讳及斋名也。

卷二右上角钤朱文"更能消几番风雨"七字，辛稼轩《摸鱼儿》中句也。余读此已阅十数年。然未知因何，见先生此印仍觉中心悽恻，怆然伤神。以左书四绝句云："破屋三间自授书，日长天阔兴何如。私怜老去无多力，偷得工夫学灌圃。　少年裘马日轻肥，笑我临风未奋飞。技痒愧无长袖舞,金门四谒已知非。  渐渐秋风老被欺,闲中歌笑倍凄其。人生各有伤怀处,不为莼鲈结远思。  雅难入俗何曾雅,狂到容人不厌狂。识得庐山真面目,秾纤何必袭时装。"再左题款云:"录清人李道南自题小像诗四首为大勇秋丽寓斋补壁",落"严迪昌己卯重五前日"数字,下钤讳章、斋名章。

此四绝句不入能品、逸品之目,非不能也,盖以自写自心,殊无意且不屑也。先生法书,亦犹此意。其一未尝非自写怀抱,其二则直指我心,其三虽有自况之意,亦自有我中宵长叹之因由也。"各有伤怀处"云云,岂正是耶?其四是先生勉励语,亦未尝非悲切语也。去岁入门第一课,先生即举此诗示之,其间自有灵犀暗通之处。

呜呼!师恩厚重,其栽培期冀,犹小焉者也。解我心,知我怀抱,使我中宵读之,泪欲盈睫,此真随园所称之"从来知己胜感恩"者也。因为之记。

一九九九年六月十四日

1999年是我最困顿的时候,所以文章里有几分凄恻,但是,我常常想起在此四年前看过的一部美国电影。那时候还是录像带时代,那部电影的画质很差,全程黑白,还满是跳动的雪花,但是电影本身震撼了我,特别是有一句台词震撼了我:

有些鸟毕竟是关不住的，因为它们的羽翼太光辉了。

这部电影就是《肖申克的救赎》，当年的译名极其不知所云，叫作《刺激1995》。

我想，这部电影和这句台词也是让我一直追梦的动力之一。其实每个人都不同程度地被"关在"不同的地方，有时候被穷困关住，有时候被健康关住，有时候被欲望关住，有时候被智商关住……但只要你的羽翼足够光辉，意志足够坚定，心灵足够强大，最后，你肯定能飞出来，飞到高远的天空里自由翱翔。

# 知行交通第四　含情欲说人间事

## 再写"财迷词"

梦，永远值得追；人间事，也永远要面对。所谓"生老病死""求不得""怨憎会""爱别离"，人生七苦，"一个都不能少"，那些感慨，也必然要形诸笔墨。2010年初，我一度被足病所困扰，所以写了一首《减字木兰花》：

并刀割痛，长夜苦呻难成梦。细数五更，斯痛差可语人生（西哲语云："未经长夜痛哭者，未可与语人生"）。　蹒跚双足，从此要津难先踞。世路茫茫，便缓缓行也何妨。

言病说痛，嗟老叹卑，都属于格调不高的一类，非要写的话，就需要有点儿"超越性"，弹出一点儿"弦外之音"。"蹒跚双足，从此要津难先踞。世路茫茫，便缓缓行也何妨"，这几句就多少有一点儿的。稍后我第二次写了《沁园春·与钱问答》三首，与"止酒""祭词"相比，咏阿堵物当然是大俗事，写三首不够，十年后再写三首，更是俗上加俗，但是一来根骨鄙俗，没有办法；二来也想看看能不能在"俗"中发掘寄寓一点儿"雅"的东西。与十年前相比，这三首调侃愈浓，所谓中年心境，略见于斯：

哎呀孔兄，久不相逢，盍兴乎来。叹十载前见，臣年尚少；世事曼衍，恣意推排。富贵功名，翻掌可致，侯万户何足道哉。初未料，料半生寂寂，白须盈颏。

到今百计全乖，剩昏黄、灯底几局牌。对南面书城，居然王者；西窗笔墨，往复徘徊。镜里鹄形，袖中赤手，依旧与兄隔天涯。问大哥，弟何处开罪，愿言之赅。

孔兄闻言，瞥然哂之，嘴几乎歪。想前度逢君，苦心训教；虽云正色，颇杂嘲诙。以汝IQ，当有所悟，讵料仍然一书呆。这十年，竟略无出息，其真可哀。

还须闭口干杯，免听君、胡扯复瞎掰。数助教飘蓬，司勋落拓；耆卿沦谪，伯虎摧颓。古而及今，才人坎壈，矧君驵侩属下材。从此后，且安神度日，莫鸣喈喈。（温庭筠诗："曾于青史见遗文，今日飘蓬过此坟"，杜牧诗："落拓江湖载酒行"。李清照文："猥以桑榆之晚景，配兹驵侩之下材。"）

如是我闻，起而长揖，先尽一罍。恰微中闲谈，豁焉轩敞；不烦要语，绝弃嫌猜。冷淡生涯，从今日可，此揖聊谢孔兄台。微斯人，竟吾归谁与，乱了心怀。

望兄许我追陪，好聆听、舌底绽风雷。令射影阳谋，轻轻放下；挢沙伎俩，稳稳推开。纸醉红尘，金迷世界，尽作荒唐一梦槐。说不定，兄今宵别去，异日还来。

——沁园春 庚辰之夏，余鹢栖吴门，生涯濩落，因仿辛老子"止酒""与钱问答"三首。恍焉十年，今又逢庚，虽较昔之困窘略为可观，而濩落之感，大体无异，因更作前题三首，聊以遣兴，用九佳十灰之韵，盖辛老子元韵也。

基本思路与十年前一致，还是"控辩双方＋结案陈词"，其中"哎呀"两字的开头也可以做点说明。就我所见，词中第一个用口语"哎呀"的是毛泽东，他的《念奴娇·鸟儿问答》是一首奇作，写小麻雀"哎呀我要飞跃"更是神来之笔；第二个用"哎呀"的是启功。他的手书《论书绝句》一百首"为友人携去"，其实是偷去，结果自己又花大价钱从商人手里买回来，于是他写了《南乡子》以抒愤懑无奈之情：

小笔细涂鸦，百首歪诗哪足夸。老友携归筹旅费，搬家，短册移居海一涯。　转瞬入京华，拍卖行中又见它。旧迹有情如识我，哎呀，纸价腾飞一倍加。

到我，大概是第三次用"哎呀"。这几首词应该说比十年前好一些，十年之间，两次与钱问答，《沁园春》长调写了六首之多，看来是"财迷"的典型表征，但谁能说这不是人生况味呢？如果若干年后有人研究我的诗词创作，我倒以为这六首"大俗事"《沁园春》没准儿能成为自己的代表作呢！

## 岁月凋零小伙伴

白居易的《悲歌》有两句写中年最为警策："耳里频闻故人死，眼前唯觉少年多。"人到中年，同辈朋友的离去居然不知不觉中已经开始了。2012年3月，我的好友、杰出诗人马波心脏病突发病逝，享年仅四十三岁。惊痛之下，我写了两首《水调歌头》以致悼念之情：

兄弟你走了，去天际翱翔。没有留下言语，一点不张扬。你用奇特方式，如此残酷展现，什么是死亡。

玩笑开太大，令我摧肝肠。　从故土，到异国，上天堂。四十三年电抹，剩照片泛黄。也许尘世无味，或者彼岸太美，总之已无妨。窗外太刺眼，正午的阳光（马波有《阳光二十行》）。

我再得醇酒，与谁共捧觞。兄弟你的笑脸，在脑海飞翔。恍若轻尘一片，又如射线强烈，令我们目盲。你究竟咋想，走得恁匆忙。　只余下，好日子，旧时光。命运深不可测，最常是无常。静悄悄地坠落，赤条条地离去，意味太悠长。大家都一样，只你先启航。

马波是个快乐的人，好玩儿的人，是朋友圈里的开心果。如今他突然离去，我也不愿哭天抹泪地悼念他，而是用了一种他一定会喜欢的方式。非要用古人之语来概括，或许这就是"以乐写哀，其哀倍之"吧！当年把这两首词发布于博客，有位网名"上元斋主"的先生留言说：

先生的两首词写得平实，平则平中见情见奇；实则实实在在，实心实意。娓娓道来，如泣如诉，难舍难分的兄弟之情历历在目。读词如见词人与老朋友唠家常，道知心话，难能可贵，内美藏之。历吊祭诗、词、文难写，真正写得好的如凤毛麟角，而多见夸赞亡者功德，颂扬生平贡献者，词句寡味少情，四海皆准，表面文章，甚而作秀者亦有之……然先生之词蹊径独辟，学养与襟抱可见，人生哲理存其内。把死亡看作人生的一部分去写，没有把死亡写得恐怖、可怕，有了这一思想前提，词的字里行间就自然少了些悲悲切切，多了些潇潇洒洒的人生态度。由此，读者哪怕是不经意地诵读或默念，都会被感动。而静下心来细品时，细思时，却又发人深省，若灵性好者或能在深思中顿悟，得以超脱，也未可知。真是难得一见的好词……

  这位先生的评价太过溢美了，我不敢当，但其中说得中肯的部分，我也不敢辞。作为第一个离开的朋友，马波成了此后较长一段时间的主题，我又写了下面两首：

  难得纾愁抱。相逢处，意气犹昔，真薄云表。略似少时旧梦影，狂言尚堪绝倒。浑忘却、中年料峭。毕竟大有萧条感，三日来、三祝活着好（接连三日为活着干杯）。沧桑事，看过了。  某处墓已生长草。向南天、一杯遥奠，空想音笑。当筵一曲将进酒（红雨高歌《将进酒》陈涌海版），人与江山俱老。听来是、苍茫律调。江南江北拍天水，者良辰、高会能多少。秋深矣，送归鸟。

  ——金缕曲·赠红雨、阿兰、振涛诸兄，
  兼怀马波

又是娇花开满眼,者般繁华,看过N多遍。忽忆春灯红酒面,后街那座咖啡店。  岁月凋零小伙伴,那些花儿,渐都飘花瓣。时光悄悄地走远,咱们好久没相见。

——蝶恋花·听陈奕迅《好久不见》,致早逝的马波及青春时代所有老友

《蝶恋花》里用了"N多"的流行语,好几位朋友都不以为然。英文字母能否写入诗词?平仄怎么算?这样的争论很多。我的意见很明确:完全没有必要拘泥,尽管放胆使用。启功先生曾有"一堆符号A加B"之妙句[1],那是遵从了他"顺"与"均"的原则,我们也不妨亦步亦趋,照葫芦画瓢。更加重要的是,用英文入诗词绝非猎奇或革命,我们只是要通过这样的方式写出我们是谁、我们在哪里而已。在这一点上,我特别赞同嘘堂的一段话:"如果我们的文言诗不能说出我们是谁,我们居住在哪里,我们生活在一个怎样的世界中并如何真切地体验着这些情境,那么,任何经营都无意义。"[2]

与《蝶恋花》相比,《金缕曲》是我的"难得正经"之作。有朋友说"大有陈维崧风味",我心窃喜,古代词人中,陈维崧差不多是我的第一"爱豆",但

[1] 词为《踏莎行》,全文曰:"美誉留芳,臭名遗屁,千千万万书中记。张三李四是何人,一堆符号A加B。 倘若当初,名非此字,流传又或生歧异。问他谁假复谁真,骨灰也自难为计。"
[2] 嘘堂《时语入诗小议》,"衡门之下"微信公众号发布。

自己才力远所不及，不能走他"霸悍"的路数。这首能稍得其"沉郁"，我已经很开心了。从"雅正"一点儿的眼光看，这首《金缕曲》或许也可以成为我的"代表作"。

## 世道人心滋味长

"人世间有百媚千红"，世界当然是斑斓夺目的。我性情不近山水，但2013年秋有机缘游新疆可可托海，仍然被童话般的美色所打动，写下两首《浣溪沙》：

群峰攒剑刺青冥，鸟道千盘未肯平。肥羊俊驼逐队行。　绚黄叶飞秋讯号，白桦林眨黑眼睛。苍穹上定有精灵。

谁将千林遍染黄，为秋天换靓衣裳。再添几笔小山羊。　掬寒冷泉消尘热，看骆驼队走夕阳。哈萨克歌蕴忧伤。

两首词都只有一半还好，算是一点儿写山水的实践印记而已。我感触最多的还是天心永闷、世道靡常，据说诗人有"忧生""忧世"两种，我不算诗人，所以两种都占一点儿。每逢岁末，检点哀乐，常有不由自主的吁叹。比如2015年初这一组《西江月·岁暮杂感》：

又是长蛇赴壑，依然飞雪重楼。世事于我风马牛，消磨几盅黄酒。　　悟道寻花迷路，学问逆水行舟。闲来看取陈秋秋，眼角眉梢笑皱。（红雨寄晓秋黄酒一坛，并媵五绝句，言语佳妙，不徒情真意挚也。[1]）

生丁红羊劫运，将过甲午凶年。新春已届四十三，谢了春风一半。　　案头氤氲茶气，阁子缭绕香烟。来来去去者人间，兴亡司空惯见。（时值贱辰，将及老父百日祭。）

行路南辕北辙，经天东雨西风。谁能世界股掌中，正多痴人说梦。　　长笑丛碧诙诡，苦想蹋叟音容。三更灯火五更钟，起看星河影动。（高层表态，排攘西学，余撰百年词史，正及张伯驹、马一浮一章。）

题目叫"杂感"，写起来也"杂"，东一榔头，西一棒子，贯穿其间的主题则一直是世道人生的滋味。第三首中"丛碧诙诡"的"丛碧"是张伯驹的号，我们在前文谈诗钟的部分已经引过他的"诙诡"之作，很令人解颐。2016年岁末，又写一首《贺新郎·应邀

〔1〕红雨诗云，"麻姑指爪能搔背，力士脱靴我何难。密语有聊三件事：发呆喝酒到处玩"，"薄雪天寒增客味，乾坤大度许人闲。不是小年偏忆汝，此时冬酿味初甜"，"软语相关似当年，兰房许我醉时眠。会稽山下传春瓮，欲救佳人呵手寒"，"淡黄杨柳草芊芊，瞻之在后忽在前。吴门当日风轻软，可是寒食落花天"，"雪泥鸿爪信随缘，不废天真即少年。浮生赖有温情系，颜色相当语不传"。

总结我的2016》：

日子照常过。无非是、蠹书码字，嘶声上课。偶入牌局捉麻雀，输得七窍烟火。少有闲、新词吟妥。隐身一片树叶后，障眼法、谁能看见我。莫凭阑，罡风大。　祖国开满小花朵。欣欣然、排排位次，吃些果果。山人老去添白发，懒与群英争座。且遁向、华胥梦躲。不妨乘桴浮于海，任雷狂、雨横多颠簸。大航向，抓稳舵。

这种私人化的"总结"照例会有比较多自嘲、调侃的成分，但也有"明志"的意思。明志，不一定都要高亢嘹亮、悲壮慷慨，也可以嘻皮笑脸、举重若轻。"隐身一片树叶后，障眼法、谁能看见我""不妨乘桴浮于海，任雷狂、雨横多颠簸。大航向，抓稳舵"，这不都是"志"吗？谁能说这种方式下表达的"志"就不"明"呢？顺便一说，我写完这首词，又邀请好友姜红雨兄为同调同题之作，他的唱和快人快语，生机跃动，给了我极大的惊喜：

假装没烦恼。这一刻、茶烟轻飏，光阴飞跑。去年人五今人六，只个数字换了。天底下、无非渺小。老鸹添堵鹊添笑，论物种、都挂鸦科号。人有病，别赖鸟。　雪打寒窗风料峭。暖生涯、烫酒腌虾,拈花惹草。大宝欢腾小宝怒,因为神仙争吵。到三更,齐齐睡了。良夜漫如萤光海。有谁在、流云间垂钓。大月亮,悬树杪。

2018 于我是个凶年,好在渡过了这一小劫,看见了希望和曙光。值岁末,颇有感慨,于是写了《贺新郎·2018 总结》:

灾年也撑过。难逆料、月球背面,犬牙丘壑。穠春丽夏多少夜,听风听雨愁坐。看烟蒂、明灭星火。中年滋味知何似,似波浪、兼天一轻舸。谁懂我,黎尔克。　差喜艰虞都平妥。安排就、读书阁暖,摩卡香浣。北窗雪霜纵严凛,南窗新叶斜鞾。重有兴、高歌入破。天下输赢能底事,但小女、小儿关情可。他们笑,如花朵。(里尔克云:"挺住意味着一切。"里改黎,用一平声。)

"天下输赢能底事,但小女、小儿关情可。他们笑,如花朵",我觉得这是自己内心很真诚的声音。

## 词牌"新宠"《鹧鸪天》

《贺新郎》是我最喜欢的长调词牌,所作也最多。近一两年,我又有了一个词牌"新宠"——《鹧鸪天》,有几首还差强人意,比如2016年所作《忽念及廿年前著武侠说部,感涂二首》:

谁记当时道路穷,欲从纸端问英雄。三更月色灯惨绿,百样风流面桃红。 蛇吞象,虎斗龙,天时人事苦峥嵘。廿年一梦江湖远,剑气犹寒到梦中。

飞镝射月总无能,滥竽谈剑聊以鸣。吹笛杏花疏影下,曲到恩仇酒先倾。 花摘叶,水登萍(武侠说部有"飞花摘叶""渡水登萍"之说),萍花散聚最关情。尔时未识人间险,漫说江湖路不平。

当年写武侠小说,纯粹为稻粱谋,二十年后回顾起来,总成一笑,也有对光阴、人世的一点儿感慨,两个过片"蛇吞象,虎斗龙""花摘叶,水登萍"的对仗都还有点新意。有了创作经验就能明白,过片两个三字句其实是《鹧鸪天》的"词眼",值得认真经营。

2017年夏,我用五年半时间写成的《近百年词史》

初稿杀青,凡一百一十多万字。这是我个人学术生涯的"标志性工程",不能无词,于是也写了两首《鹧鸪天》:

忍向萧斋耐冷寒,著书况味减枯禅。架上尘编未三绝,湖濆红杏看五年。　新世界,旧词篇,拍案讲史当桃源。含情欲说人间事,总付吟边与酒边。

忽来蕙风潜北窗,摩挲小字欲生凉。不朽功让诸公立,无聊事须我辈忙。　新打扮,旧声腔,天人格斗两苍茫。腐儒那有名山业,付与时人冷笑场。(近百年词史杀青,狂慧兄以为名山事业,赋此答之。)

这两首《鹧鸪天》在微信朋友圈发出来以后,得到了中山大学彭玉平教授、广州大学曾大兴教授等先生的称赞。这里或许有一个小原因:两首词的过片三字对句我都用了"新口口""旧口口"的格式,"新""旧"的对照与纠葛是我做"二十世纪诗词史"的主题词、核心思路,作为填词句法也很有意思,所以稍后又写了好几首:

湖畔阑干紫蓼花,风送暖香过桑麻。初凉节候宜纵酒,暑热心情且端茶。　新口号,旧鸣蛙,枝头啼煞红嘴鸦。不知秋意浓多少，埋头多吃两片瓜。

——初秋薄夜散步校园

饱饭黄粱百未能，扪腹湖濒看野藤。聒噪蛙群风也热，崎岖世态酒能平。　新箝口，旧收声，填成小词字字冰。浇漓心绪托秋意，预作寒蝉高树鸣。

——初秋薄夜散步校园（其二）

乐事难逢岁易徂（元稹句），得钱沽酒且呼卢。有题不书[1]好闭嘴，无话可说惟看图。　新懵懂，旧迷糊，未必今吾胜故吾。寒天最宜加餐饭，灶头红火正蒸鲈。

——2017岁末总结

年来忧集鬓逾华，不觉春深绿意加。诗能扫愁聊当酒，酒易伤心转觅茶。　新痛楚，旧疮疤，如风往事也纷拏。临岐最爱娇小女，一笑粲如解语花。

——扫愁

秋心似共海潮生，明明明月竟不明。钟簴苍凉行色晚（定庵句），谈锋磊砢老猿惊。　新谣诼，旧风声，秘晦狂言谢时名。可怜江上兼天浪，犹自咣咣说太平。

——重读己亥杂诗有感

[1] "有题不书"来自我写的一首《蝶恋花·有题不书》："百种奇花竞奔放，千啭燕莺，万般媚声唱。马屁能拍翻天响，树叶过河全凭浪（郭德纲相声中歇后语）。官高可以学问长，何必寒窗，矻矻酿思想。不如采菊南山上，悠然学个陶元亮。"

筑成阁子未曾名，绿墙粉笔漫纵横。从雅从俗谈何易，欲屈欲伸两不能。　　旧斋号，新感情，廿年生计付尘羹。老仙早乘黄鹤去，摩挲手泽尚清泠（迪昌师 99 年赐"佳谷斋"隶体法书）。

——戏以粉笔书佳谷斋三字于阁楼上[1]

这几首里都有着一点儿现实的感触，看来随着马齿徒增，二毛丛生，"忧生""忧世"的浓度也有所加强，滋味也稍稍厚实了一些。

## 谢先生、奇文枕边书

2018 年去世的文化名人比较多，朋友圈里满目哀思，其中最触动我的还是单田芳与金庸二位先生的逝世，分别有词云：

嗓似公鸭叟。偏渲染、神道魔怪，龙虎鸡狗。也历桑田沧海劫，也看楼塌客走。老花眼、醉乜良久。何限往事苍凉甚，但婆娑、一指田头柳。芳淑气，悬河口。　　倏然我亦中年后。数十载、苜蓿生涯，较升量斗。隋唐豪杰明英烈，三杯两盏淡酒。偶听起、如逢故友。声声醒木犹清越，问下回、尚能分解否？

[1] 佳谷斋，取"半雅半俗"之意，故词中云"从雅从俗谈何易"，前文已提及。

翁不应,但摇首。

——贺新凉·单田芳先生辞世,用清初赠柳敬亭韵悼之

呜呼金翁,竟辞人间,我失江湖。记东海桃荑,三春眉妩;北溟冰火,九剑独孤。清眸若星,浮生驰电,降龙掌能降得无?冥冥月,看寒窗雪夜,天外飞狐。

世界漫漫迷途,谢先生、奇文枕边书。将浑沦万象,果因加减;慈悲千手,缘分乘除。梦里河山,刀头人欲,抟作魔幻小拼图。公归矣,剩苍莽烟水,一望模糊。

——沁园春·别金庸先生

柳敬亭是一代评书宗师,也是身系一部南明痛史的风尘奇士。当年他以近八旬的高龄北上京师献艺访友,曾引起无数"粉丝"剧烈的情感激荡,"赠柳"诗词数以十计,颇为壮观。[1]其中写得最好的是曹贞吉与龚鼎孳两首《贺新郎》(亦名《贺新凉》《金缕曲》):

咄汝青衫叟。阅浮生、繁华萧瑟,白衣苍狗。六代风流归抵掌,舌下涛飞山走。似易水、歌声听久。试问于今真姓字,但回头、笑指芜城柳。休暂住,谭天口。　　当年处仲东来后。断江流、楼船铁锁,落星如斗。七十九年尘土梦,才向青门沽酒。更谁是、嘉

[1] 我曾指导学生做《清初文坛"赠柳"现象考论》的硕士论文,其中统计"赠柳"诗词文八十九篇(首)。

荣旧友。天宝琵琶宫监在，诉江潭、憔悴人知否？今昔恨，一搔首。

鹤发开元叟。也来看、荆高市上，卖浆屠狗。万里风霜吹短褐，游戏侯门趋走。卿与我、周旋良久。绿鬓旧颜今改尽，叹婆娑、人似桓公柳。空击碎，唾壶口。　　江东折戟沉沙后。过青溪、笛床烟月，泪珠盈斗。老矣耐烦如许事，且坐旗亭呼酒。判残腊、消磨红友。花压城南韦杜曲，问球场、马弰还能否？斜日外，一回首。

　　单田芳先生在评书史上的地位与柳敬亭几堪抗衡，同时他也是"阅浮生、繁华萧瑟，白衣苍狗"的一个，所以我应门下诸生之请，用曹、龚等公原韵写了这首悼念之词，其中的"老花眼、醉乜良久""隋唐豪杰明英烈，三杯两盏淡酒"等句尚可称自然，而"但婆娑、一指田头柳。芳潋气，悬河口"则嵌入"田芳"二字，也是有意为之，比之泛泛而言似乎更能表达一点儿悲悼之情。

　　至于金庸先生以九十四岁高龄辞世，对我又是一次心灵的冲击。九十四岁堪称人瑞，在北方民间称之为"老喜丧"，是当成喜事来办的，所以谈不上多么悲伤，但我不仅是读了三十多年金庸的"骨灰粉"，也曾多年四处讲金庸，算是半个"吃金庸饭"的人，老先生挥别江湖，不可以没有一点儿表示。

这首《沁园春》我自己并没有多满意，平平而已，但有一点是我与大多数悼念金庸者不同的：别人常常把着眼点放在"英雄侠义"上面，而我心目中，金庸笔下的江湖更多指向的是"人性"与"悲悯"。"清眸若星，浮生驰电，降龙掌能降得无"，这说的是命运靡常的无力与无奈。萧峰以降龙十八掌纵横天下，所向披靡，但他还是被命运无情地捉弄于股掌之间，不仅从武林中人人景仰的大英雄"堕落"成了杀父母、杀师父、杀朋友的"大恶人"，连"双眸粲粲如星"的心上人阿朱也被他一掌打死了，[1]演出了一场俄狄浦斯式的悲剧。读到"塞上牛羊空许约"那一段，我们的心头又会翻起怎样的波澜！后面所谓"世界漫漫迷途""梦里河山，刀头人欲"等，指向的无非都是悲悯与人性的主题。这是我多年读讲金庸的感悟与体会，我会不自觉地形诸辞章，从而在立意方面"略深一筹"。"谢先生、奇文枕边书"，这只是我个人对金庸先生的致敬与告别，本心里并没有凑热闹、博眼球的想法。

所谓"含情欲说人间事，总付吟边与酒边"，作为教师、学者是如此，作为诗词爱好者、习作者也是如此，这十四个字对自己的状态还是有一定概括

---

[1]《天龙八部》第二十二回回目。

力的吧!

　　盘点二十多年的诗词习作,词比诗写得多,水平也稍好一些,当然,话说回来,作为一个习作者,哪种体裁好一点坏一点都不要紧,要紧的是:这是我以诗词的方式对自己生命轨迹的一点记录。同时,它也必然对我的诗词研究工作产生积极且重要的影响。我花大篇幅讲自己的诗词习作,其实无非是想阐明上面的两层意思。

# 几句结语

至此,"五个交通"都讲完了。"五个交通"是我数十年爱好诗词、研究诗词所积累的一些心得的总结,我试图在里面讲一些普及性的常识,也想兼顾、容纳一些学术研究的新认识、新理念。这只是良好的愿望,真的落实起来,可能既不"普及",也不"学术",又成了一种蝙蝠式的存在,水平所限,也只能如此了。同样因为水平的原因,书中的舛错谬误必多,我也期待着读者诸君的指教。同时,要向艾明秋女士、我的学生赵郁飞和王敏致谢,她们为本书之成付出了诸多辛劳。

诗词,是汉语言文字中最氤氲缥缈的一部分,是中国文化中最芬馨醉人的一部分,也是我们人生中最甘香丰润的一部分。它与我们的笑声、喜悦相伴,也与我们的泪水、忧伤相伴,为人生的调色板涂抹出无数缤纷的色彩。但愿越来越多的人走进、拥抱、沉浸在诗词的世界里,我诚恳地翘望着,一如在暗夜翘望白日,在严冬翘望暖阳。

马大勇

戊戌元夕后二日于佳谷斋

己亥龙抬头日改定于佳谷斋